# 近代
## 白話書寫現象研究

羅秀美◎著

# 李 序

　　在我考慮博士論文題目之際，我的當代性格已經形塑完成。那時，我一邊教書，一邊從事文學媒體的編輯工作，當然也參與文壇大大小小的活動，有關現當代文學的論述文章之寫作也從未間斷。我記得的情況是這樣：我試擬了二個研究方向，一是持續在六朝領域研究文學理論，一是轉到民國做文學批評，前者對我來說駕輕就熟，後者充滿誘惑並有著極大的挑戰，以我的個性，其實也沒什麼好斟酌的，做現代就是了，我的老師黃永武教授不贊成我留在六朝，又不放心我一下子跑太快，談了一個夜晚的結論是，那就研究晚清好了。

　　於我而言，這個決定太重要了，我自此走進了一個蒼涼末世，時代的輓歌已然響起，四處又都有新生的喜悅。有人呼天喊地，悲傳統之淪喪；卻也有人神采飛揚，喜西潮之洶湧而至。我就這樣接觸了章炳麟、劉師培、王國維、梁啟超、譚嗣同等等近代的學術巨人，初步了解大陸學界有關

「近代」歷史觀念的形成，乃至其發展狀況，特別是在文學這一塊。我發現在古代和現代之間，這個歷史的大轉折，曾經長期被我們所忽略，我最終之所以把它界定成「前現代」而經之營之，實有一番審慎認知的過程。

我以《晚清文學思想之研究》通過學位考試之後，到淡江大學中文系任教（1987），開始帶研究生以來，指導了多篇以晚清為研究對象的論文，離開淡江到中央大學以後，原也想繼續耕耘這一塊園地，可惜客觀環境沒給我比較好的機會，於是把力氣全放在海內外的現代中文文學上面，晚清，或者說近代，只能維持最基本的關心，有機會也會寫些論文，譬如說微視《老殘遊記》，進行各種自然與人文意象之研究，寫成專書。

爾後指導研究生寫的論文大部分都是台灣文學，近代或晚清，就只有一篇研究晚清短篇小說，一篇研究二十世紀上海租借地文學，以及羅秀美的這本《近代白話書寫現象研究》了。

我不能確定秀美到底從什麼時候開始想研究近代白話書寫現象，當初她和我談起這個構想時，我直覺到和我在博士論文中的一章〈晚清白話文運動的意義〉有關，當然鼓勵她寫了。我的想法是，這實在是需要放大特寫的文學／文化課題，我當年發現了它的重要性，卻沒有好好展開，秀美從大傳轉文學，做過紮實的古典文學批評研究，從作為文學表現媒介的語言文字之歷史課題切入，既是現象，也是本質問題。她一向的刻苦耐勞，我確信她必能勝任這一項研究。

秀美的速度和適度讓我放心，我只能說她實在有潛力，觀念、方法和材料都掌握得好，而且勤快。寫作過程中的激

盪與調適，於她而言，必然也是一次完全的冶煉，看她從釋
義開始，繼之以文化背景的鋪敘、白話理論的詮解，乃至於
白話書寫與童蒙教育、大眾傳播、文學創作之間的關係等，
她都能條分縷析、論證周詳，而最終將其置放於歷史脈絡
中，與五四相互對照且輝映，完成她的大論述。大開大闔
間，我們也見到一位年輕學者的慧眼與憂懷。

　　我想這只是個開始吧，特別是她畢業後的漂泊將告一段
落之際，本書適時付梓問世，合當也是學思的新的起點，我
特別為她感到欣慰。寫序的時候，也提醒自己，晚清尚有未
完的學業，得空得回去補修。

李瑞騰

※本文作者現任國立中央大學中文系教授，兼圖書館館長。

# 目　錄

## 第一章

# 序　論

## 第一節　研究動機

　　自一八四〇年以降，迄於一九一九年，為中國文學史上通稱的近代時期。在新舊快速交替的時代裡，政治、社會、經濟各方面都展現了迥異於過往的面貌，衝突與變異不斷上演。特別是文化與文學，隨著大環境的變遷，不得不採取新的表述方式，以因應新時代的到來。

　　新的表述方式指的就是由傳統的文言文走向白話文的發展。千百年來，文言文使得一般大眾望塵興嘆，大多數文學作品建構出一套文人之間的溝通符碼，成為上層社會案頭的擺飾品，而非全民共享的文化資產。文言文成為士大夫階層的文化表徵，而白話文則落入邊陲地位，大都不受上層文士重視。然而，一直到了近代，仍舊如是。

　　但是，一場由先進知識份子所挑起的文學改革活動，卻逐漸蔓延。他們反省到傳統中國文言、白話分流已久的事實，便開口倡議言、文（文、言）合一的可能性。[1]這股巨大的潮流，勢必改變傳統中國的文學書寫模式；而它的成就，最終出現於五四白話文運動之際。即使如此，近代白話書寫卻往往在文學史上「消聲匿跡」，其光芒都被後來的五四白話文運動所掩蓋。

　　因此，筆者想深究的問題是：千百年來深具文化優勢的文言文，為何在十九世紀中葉以來改變如此之快？以致於漸次將典範地位拱手讓給白話文？而文學史上文言文與白話文分流已久的事實，是否也暗示書寫方式勢將轉變？立足當代，白話書寫已慣如家常，文言書寫只在學院教本及應酬進退中隱沒。但是，近代一段白話文與文言文交錯書寫的歷史裡，卻有著許多吶喊（白話書寫理論的出現）與奮力一搏（白話書寫文本的出現）的情狀，不斷出現。白話文要完全掙脫文言文的禁錮，於形式或內容而言，都不是容易的事。然而，文言文與白話文的地位，終究還是對位互換。

　　此外，筆者還想深究：一般研究者論及「白話書寫」，多將焦點集中於五四白話文運動，[2]對於近代白話書寫的歷史較少關注；即或論及，亦只視為五四之先聲而順帶述之，並未能以專著正視近代白話書寫的歷史面貌及意義。[3]因此，對於近代白話書寫問題，大多未進行較系統化的完整論述，尚停留於點到為止的景況。[4]因此，有必要針對這個議題進行統整，以再現近代白話書寫於文學史上的面貌及意義。

　　職是，筆者擬重新檢閱近代文學史上與白話書寫相關的

議題，一方面回溯文學史脈絡，一方面梳理近代白話書寫現象的眾聲喧嘩。以歷時性與並時性的縱橫交錯，企圖重現近代白話書寫現象的原貌及其意義。

## 第二節　研究範圍的界定

　　近代文學史的研究，大多將「近代」定時於一八四〇至一九一九年，前後共六十年左右。[5]此為一般學界共識，在此不擬重新為年代界定著墨。但就本文所討論之實際內容而言，白話書寫的相關理論出現較早；而白話書寫的文本，則大多集中出現於一八九八（戊戌維新）至一九一七年之間，前後約二十年左右。因此，整體而言，本文論述的時間段落以「近代」的後二十年為主。

　　再者，文學語言可分為書面的（written）與口頭的（oral）兩種。書面語指的是以文字將之書面化的語言，應包含文言文與白話文兩種；口頭語指的是未經書面化的純粹口語。因此，口頭語一旦進入書面，化為文字，便須視作書面語看待。而白話文與文言文雖有淺白、古奧之分，但其質性雷同，都是書面語。張漢良《比較文學理論與實踐》即說得相當清楚：

> 語體文和文言文並非對立的語言系統，兩者本無先驗的、獨立的語言質素，足以作為彼此區分的標準。就語音、語構和語意三層次而言，兩者沒有本質上的差異。如果有區別，也僅在語用層次。亦即語言使用者

> 對以上三種層次的慣例的認知、認定和認同問題。前
> 次，所謂「語體」的白話文，和文言文一樣，已經不
> 再是口語，而是被書寫過的文字。**6**

由此可確知，無論文言文或白話文都是書面語。本文即以白
話的書面語為主要探討對象，而不涉及口頭語。

此外，近代文論家不斷提出「言文合一」或「文言合一」
的論點，容易使人混淆。依照言、文二字連用的文義判斷，
「言」指的應該就是語言或口頭語，而「文」指的就是文字
或書面語。為了論述之方便，茲列示如下：

1. 書面語、口頭語

| 書面語 | 書面化的語文，分為文言文與白話文。 |
|---|---|
| 口頭語 | 與書面語相對，未經書面化。 |

2. 言文合一、文言合一

| 言 | 語言；口頭語 |
|---|---|
| 文 | 文字；書面語 |

因此，所謂言文合一或文言合一，指的是語言與文字一致，
也就是直接將口頭語寫入書面，以文字表述。近代文論家大
都認為，拉近口頭語和書面語的距離，便能夠改善以文言文
為主的書面語的弊病，可以去除文言文帶來的閱讀障礙。於
是，在「我手寫我口」的號召下，能將口語再現於書面的白
話文就成為時髦與流行的產物了。

本文所謂「白話書寫」指的就是相對於文言文的書面表
達形式，即凡是以純粹口語或接近口語的文字所書寫的白話

文本，都在探討範圍之內。包括報章文字、小說、學堂教本、宣講冊子……等各項載體，處處可見白話文本的蹤影。本文將爬梳近代文學史中以白話書寫的相關文本，以檢視近代白話書寫現象的發展面貌，並補足近代以來、五四之前白話文歷史的斷裂與空白。

# 第三節　研究成果的回顧

關於白話書寫的議題，胡適《白話文學史》允為開山之作。時在民初，由胡適振臂高呼的白話文運動，直陳「白話文學史就是中國文學史的中心部分。中國文學史若去掉了白話文學的進化史，就不成中國文學史了，只可叫做『古文傳統史』罷了。」[7]如此石破天驚的論調，頓時成為白話文學發展的重要指標；整個五四時期的白話書寫運動，便以此為嚆矢。時至今日，一般對於五四白話文運動的深刻印象，多由此而來。

因此，此後大部分與白話書寫相關的論述，多集中於探討五四白話文運動的義涵，如陳璦婷《民初白話文運動（1917-1919）》、周志文〈信念與迷思——初期的白話文學運動〉、呂正惠〈他改寫了文學史——白話文學史六十年後〉、周有光〈白話文運動80年〉、黃國彬〈白話文的得與失〉、張克濟〈白話文運動的再省思〉等論文，[8]都以五四白話文運動為探究對象。

自胡適以後乃至目前學界，多將白話書寫的問題聚焦於五四時期，咸認五四白話文運動的開創性意義特別重大，開

啟了現代文學的白話書寫源頭。這使得距離五四不太遠的近代白話書寫現象，一直湮沒於歷史洪流中。然而，每一項運動的發生，必然有其歷史成因與背景，斷不可能驟然成形。因此，在五四之前的白話書寫現象，應有必要重新加以研討。幸而，這部分的議題，已有數篇論文探觸，如李孝悌〈胡適與白話文運動的再評估 ── 從清末的白話文談起〉、夏曉虹〈五四白話文學的歷史淵源〉、馬欽忠〈白話文運動的文化針對性與崇古情結〉等論文，[9]對於五四之前的近代白話書寫現象，進行某種程度的歷史掃描，交待了五四白話文運動並非憑空出現這一事實。但是，仍舊尚未完整面對近代白話書寫議題。

首先，李孝悌〈胡適與白話文運動的再評估 ── 從清末的白話文談起〉一文認為清末白話書寫的發展對五四影響甚大，只有釐清它的面貌，才能重新對胡適在新文學運動中的貢獻做出真正的理解及價值判斷。文中依次論及「清末白話文的發展」及「重新看胡適在中國近代白話文運動史上的地位」。他認為清末的白話文書寫現象最值得重視的就是白話報刊的蓬勃發展，此外還有各級政府的文告、宣傳，私人寫的宣傳或告誡性的文字等。關於清末白話書寫的蓬勃發展，李孝悌的結論是：

> 白話文的發展，在清末已經成為一個重要的思想、文化與社會運動。這當然不是說白話已取得絕對的優勢，成為當時中國各地普遍使用的書寫工具。毫無疑問的，白話的使用基本上還是一些大城市裡比較風行。事實上，這與整個中國的現代化的趨向若合符

節。[10]

白話書寫的風行在清末確已成為一種時尚，但其中最大的問題乃是仍存有上／下、雅／俗的分野，即白話書寫的文本多用於向下啟蒙、開通民智，一般知識份子並未完全採用白話做為日常書寫工具。同時，白話書寫的風行，多半藉由報刊與書籍的傳播，於是城市中的小市民自然成為比較容易接受白話書寫的一群讀者。此外，李孝悌也談到：

> 就白話文而言，我們也可以說清末最後十年的發展是中國近代白話運動史真正的開端。五四的白話文運動絕不是一個突如其來的異物，而是清末發展的延伸和強化。換句話說，清末的白話與五四的白話並不是兩個互不相干的發展，而是同一個延續不曾斷絕的新的歷史動向的產物。我們說五四白話和清末的白話屬於同一個不曾斷絕的傳統，最直接的證據是領導一九一〇年代白話文運動的兩個台柱——胡適和陳獨秀——都在一九〇〇年代的主要白話刊物上寫過大量的文字，而且其中的一些主張都成為一九一〇年代啟蒙運動中新思想的要素。[11]

李孝悌認為五四白話文運動與清末白話書寫現象存有相當明確的承繼關係，主要因為胡適與陳獨秀也曾參與過清末的白話書寫活動，他們在五四時期相當多的主張是延續早年的歷鍊而來。同時，他認為胡適最大的貢獻就是把清末以來蓬勃發展的白話文重新定位，使它的對象從中下等社會擴及到每

個層面；並將它的使用者從引車賣漿之徒提升到大學教授和文學藝術殿堂的守衛者。

其次，夏曉虹〈五四白話文學的歷史淵源〉一文則依次論及「八股文的沒落與白話的方向」、「晚清白話文運動」、「梁啟超的新文體」及「五四白話文學的成功」等。她也認為五四白話文運動並非憑空發生，與晚清白話書寫現象有明顯關聯。但她認為這種關聯並非「直接」的，兩者在內容實質與語言形式上有極大不同，而「新文體」卻是使兩者發生關聯的必要環節。因此，五四白話文學源頭的探討便有其必要性。她認為八股文失勢後，便出現兩種新興的散文體，即白話文與新文體。這兩種新興文體從進化論的觀點出發，認定書面語向口語靠攏、文言文變為白話文是中國語文發展的必然趨勢。經由有識之士的提倡，白話文與新文體在實踐上分別走上不同的道路，但最終統一於五四白話文學。此外，她還認為中國的語言、文字分離已久，要使其復合，並非一朝一夕可以完成，但經過晚清白話書寫強力的推進，使這種在自然狀況下要經過很長時間才能完成的統一，在較短時間內得以實現。同時，無論如何，晚清的白話文已是手口如一，反映了語言進化的迅速。

接著，馬欽忠〈白話文運動的文化針對性與崇古情結〉一文，則依次論及「打倒『文言文』作為改造社會的中心內容」、「書面語的共同特徵和文言文的文化功能」及「文言文生長的社會機制」等幾個議題。他認為國際近代文化史上，從語言文化層面作為改造整個社會的突破點似乎很少見。而中國近代一場關於語言文字的變革，卻是把社會變革和文字的改革及文體的更新聯繫得那麼緊密。這些具有反省

能力的知識份子提出欲求社會進步，必然要先打倒漢字、廢除文言文的主張。他認為近代一批知識份子紛紛提出廢文言、興白話的呼聲，顯見白話文是符合口語特點且緊繫於社會文化生活中的一項工具，而文言文是不符合歷史和人的現實生活原則的書寫工具。既然如此，便不得不令人反省何以被視為腐朽的文言文能夠屹立數千年而不墜？他便從書面語的共同特徵和文言文的文化功能、文言文生長的社會機制等方向提出論證。最後，他認為提倡白話文而廢棄文言文，主要目的在割斷與傳統的聯繫，把文言文所懸置起來的文化傳統的基礎從根部抽離，返回到人們所生存的當即現實中，徹底逆轉人們的緬古心理情結。為了擺脫這種崇古情結，打倒文言文便勢在必行，以期建立一個言文一致的文化社會。

綜合言之，前述二篇論文（李孝悌及夏曉虹）論述方向大約一致，皆從五四白話文運動上溯近代白話書寫現象，以闡明兩者明確的關聯，而不致落入歷史斷裂的問題。而馬欽忠則由近代白話書寫現象的生發，探討文言文與白話文不同的文化功能，以釐清近代之所以廢棄文言文的真正原因。論述的側重點不同，相同的是對於近代白話書寫現象都有一定程度的著墨。這是目前為止學界有關近代白話書寫運動最重要的幾篇論述。

除了前述單篇論文形式的論述之外，以專書形式出現的相關論述，相對更少。僅見譚彼岸《晚清的白話文運動》、郭延禮《中國近代文學發展史》第二十二章第五節「近代白話文熱潮」及《近代西學與中國文學》第七章第三節「近代白話文熱潮」、陳萬雄《五四新文化的源流》第六章第一節「清末的白話文運動」、李瑞騰《晚清文學思想論》[12]第七章

「晚清白話文運動的意義」等數部。譚彼岸《晚清的白話文運動》為正式以近代白話書寫現象為單一議題論述的唯一專著，但篇幅甚少，僅四十四頁之多；其餘為專書論文，僅佔全書一部分章節的份量。整體而言，份量均屬簡短。

　　就譚彼岸《晚清的白話文運動》而言，其論述重點有三，一為「晚清白話文運動的幾個先驅者」，二為「白話文推行的一般情況（1.全國推行的白話報紙2.大量印行的白話教科書3.傳播新思想的文學）」，三為「胡適《文學改良芻議》的竊盜行為」。此書旨在鉤勒清末白話書寫現象的面貌並肯定其歷史地位。此書前述二部分的描述已為學界共識；唯有第三部分較引起爭議。

　　爭議之處有二：一是充斥著意識型態的批判觀點，言必稱揚共產主義與毛主席。如：「文言與舊詞彙裝不下新的物質內容和新的意識型態，必須用新的名詞和新的文體，因而非用白話不可。」[13]、「毛主席在新民主主義論裡曾對五四運動以前的文化作了科學的總結。」[14]、「我們從毛主席的指示可以認識，晚清白話文運動有同中國封建思想作鬥爭的革命作用，因而對於以後的啟蒙運動，是起了一定的影響的。」[15]……諸如此類的言說充斥文中，使學術與政治思想混攪不清，明顯為大陸早期未開放前學術思想受到嚴重禁錮的時代產物。其次，則是極力駁斥並辱罵胡適及其相關之白話文發展的言論，對胡適之大謬嗤之以鼻。如：

　　　　晚清白話文運動是五四白話文運動的前驅，有了這前
　　　　驅的白話文運動，五四時期的白話文才有歷史根據，
　　　　可是買辦資產階級胡適妄想割斷歷史與偽造歷史，他

用兩種手法，一是「遠交近攻」，一是「白話文外來論」，他為了要找白話文的歷史淵源，寫了一部模糊階級性的《白話文學史》，把白話文扯到漢唐去，又根據他的極其混亂的「白話」解釋，胡亂地說漢朝那裡「有許多白話」，那裡又是「大部分是白話」，唐朝那裡「也有很多的白話作品」那裡「幾乎全部白話化」，使讀者陷入「白話」的迷魂陣，眼花心亂，……於是胡適可以從心所欲地盜竊晚清白話先驅者的主張，割斷晚清白話文運動的，而使人不知不覺被欺騙了。……把歷史發展的必然產物——白話文，說成為實用主義在中國的應用的偶然事件，盜竊了裴廷梁、陳榮袞的先驅主張，說成為他個人在美國的「新發明」，散播「白話文外來論」的買辦觀點，我們要應用歷史唯物主義揭破胡適割斷歷史和偽造歷史的無恥行為。[16]

文中對於胡適於白話文的相關言說斥為荒誕，並加以無情的批判。

　　然而，以其論述內容而言，譚彼岸認為「晚清白話文運動是五四白話文運動的前驅，有了這前驅的白話文運動，五四時期的白話文才有歷史根據」這項觀點值得重視。這項結論對往後的相關研究產生相當重要的影響，陳萬雄在《五四新文化的源流》中亦表示相同的看法：

　　……白話報與晚清語言文學改革的問題。不僅是後來的研究者，五四時代白話文運動的倡導者如胡適、

周作人等，都極言白話文學的開創是在五四時代。他
們雖然知道和承認清末白話的流行，但只承認其目的
在「宣傳革命」和「開啟民智」，而否定在文學和語
言上要求，更否定與五四白話文學的聯繫。[17]

其實在晚清時代，如白話文的倡導者，已明白到語言
文學改良的本身意義，對其中的緣由、利病，曾加以
劃切的分析和說明。[18]

晚清白話文運動與五四時代的白話文運動，確是一脈
相承，不能分割。其中，五四白話文運動的倡導者，
如蔡元培、陳獨秀、胡適、錢玄同、李辛白、高語罕
（高超）、馬裕藻等皆曾在晚清時代主持過白話報，這
是清末白話文運動與五四白話文運動的內在聯繫的具
體而微的最好說明。[19]

此文將五四白話文的源流正式定位在清末白話書寫現象上，
並肯定清末白話書寫在文學改革上的成就。因此，論者認為
近代與五四白話文乃前後一脈相承的縱線發展，五四白話文
並非前無古人的創舉。此說將五四時代的白話文成就往前推
進了一大步。因此，重回歷史脈絡檢視五四白話文發展的源
頭，近代白話書寫現象的成就確實值得重視。

　　然而，近代文學專家郭延禮卻抱持不大相同的觀點。他
認為：

儘管近代白話文熱潮沒有改變近代文學中的語言形

式，詩文的主導傾向還是使用文言，但它的功績是不可磨滅的。它促進了近代文學的發展，也為「五四」時期白話文學的倡導奠定了理論基礎和語言基礎。但近代白話文熱潮並不能直接引發為「五四」時期的白話文學，它有自己的弱點和侷限。沒有五四運動，沒有「五四」文學革命將士們如胡適、陳獨秀、錢玄同等人的倡導，白話文學是不能一躍而為現代文壇上的驕子的。[20]

依照郭延禮的說法，近代白話文熱潮並沒有直接引發五四白話文的發展；而是五四健將們的努力，才使得白話文佔有今日獨尊的地位。但是，這麼說似乎又顯示郭延禮對近代白話書寫現象並非全面肯定。但是，他有段話卻是這麼說的：

把近代白話文熱潮和「五四」的提倡白話文區別開來並加以比較，並非意味著忽視或貶低近代這一白話文熱潮，而是為了更準確地審視它在近代資產階級文學革新運動中所取得的成就和存在的弱點。但近代白話文熱潮，作為一次文體改革，在促進言文合一、擴大白話的實用範圍和影響，以及加速中國文學近代化的進程諸方面均有積極作用；對於裘廷梁、陳榮袞、梁啟超、黃遵憲、王照、施崇恩等人在近代白話文熱潮中的積極貢獻也應充分肯定。另方面，從近代白話文熱的理論宗旨和走向來考察，它也為「五四」白話文學奠定了理論基礎和語言基礎，並成為它的先導。只有這樣，才能更全面、更準確地認識和評價十九世紀

末、二十世紀初所發生的這一白話文熱潮。[21]

依此言之，郭延禮對近代白話書寫現象是肯定的。此外，郭延禮兩部專著（《中國近代文學發展史》及《近代西學與中國文學》）中均曾經專節討論「近代白話文熱潮」。[22]郭延禮是以寫歷史的角度看問題，大致就近代白話書寫現象的理論、實踐及侷限等各方面加以陳述。雖然未深入探賾，仍不失為了解近代白話書寫現象的入門導引。

陳萬雄在《五四新文化的源流》中以一節的份量處理「清末的白話文運動」。他的研究最值得重視的，就是肯定近代白話書寫現象是五四白話文的源頭。茲摘示如下：

> 白話文運動是五四新文學運動的重要環節，更直接的說，是燃點了五四新文學運動的火炬。過去，關於五四白話文運動的首倡和源流，有多種不同的看法。首先，被視為「高舉文學革命義旗」的胡適，對自己是白話文學發明和首倡者，自認不諱。終其一生，不厭其詳，不嫌重覆，表彰他這段歷史不遺餘力。……完全脫略晚清白話文的存在而不置一詞，這是很可商榷的。……[23]

> 其實晚清確存在一個白話文運動，且直接開五四白話文學的先聲。在早期胡適的文字中，也曾透露了自己所受過的影響。……[24]

> 清末的最後十年，有一個相當規模的「白話文運

動」，並且「是五四白話文運動的前驅，有了這前驅
的白話文運動，五四時期的白話文運動才有根據。[25]

陳萬雄在追溯五四新文化源流的同時，發現必須對近代白話
書寫現象加以肯定，才能使五四白話文運動具有歷時性的意
義，而非憑空冒出。他認為任何思潮的發生一定有跡可循；
基於這點認識，陳萬雄肯定近代白話書寫現象的存在意義。
整體言之，陳萬雄以專書中的一節研究近代白話文，將之視
為五四白話文的預備，其論述脈絡與李孝悌類似。

　　而李瑞騰在《晚清文學思想論》中則以專章處理「晚清
白話文運動的意義」。該書將白話書寫現象這一議題置於下
篇「新文學思想的產生」中。如此安排自有其用意，〈序〉
說得很清楚：

　　　　最後則從文學發展的必然性以論晚清興起的白話文運
　　　　動，由於晚清的知識份子已意識到知識普及對於救亡
　　　　圖存的重要性，普遍而深入的反省賴以傳播新思想的
　　　　文字媒介，他們體悟到語言和文字必須合而為一，才
　　　　可能達到傳播的有效性，於是而有大量的白話報出
　　　　現，促成晚清的白話文運動。[26]

作者從文學的對抗關係討論衝擊古文學思想的力量，而白話
書寫現象的發生顯然就是直接衝擊舊文學的一種新思想。文
中最重要的論點是「晚清白話文運動的時代意義」一節，作
者認為從白話文理論到白話報的發展為其實踐內容，在在說
明這項運動已是全民性的，但仍有其偏限所在：

無疑地，晚清的白話文運動有其侷限性，主要是知識
份子將白話視為工具，只知利用它快速而普遍傳達新
觀念。有人一味的要「崇白話，廢文言」（如裘廷梁
和陳榮袞），有人認為兩者殊途而用，卻仍堅守古文
陣營（如劉師培）。大部分還停留在「知道要用白話」
的階段，尚未發展到「用什麼樣的白話」和「怎麼把
白話用好」的階段，易言之，他們還沒有把做為文學
表現媒介的白話當作經之營之的對象。所以，真正的
白話文運動必須等到民初五四之前胡適的「文學改良」
和陳獨秀的「文學革命」了。27

李瑞騰認為近代白話書寫現象的時代意義，確乎已經產生。
整體而言，近代時期並未把做為文學媒介的白話認真經營，
以致白話文的發展必須由五四來完成。

綜合言之，幾部專著的篇幅雖然不多；但現有的研究成
果，皆指向同一件事實：即近代白話與五四的承繼問題。因
此，在更為全面而深入的相關論述出現之前，本文擬在前人
研究成果的基礎上，重新參酌各項史料及文本，省思近代白
話書寫現象的諸多議題，進而描繪其面貌。

# 第四節　研究進路

本論文試圖為近代白話書寫現象，鉤勒出清晰的歷史輪
廓，以填補五四之前被遺忘的白話文歷史，以建立白話書寫
現象的「近代性」（modernity）意義。

　　本論文既以填補五四之前被遺忘的白話文歷史為主軸，且試圖呈現近代白話書寫的完整面貌。如此一來，前人的研究成果乃成為相當重要的參考資料。但是，現有研究成果的論述尚未完備，大多為近現代文學整體研究中的一部分，而且是以五四為論述基點，採取向上探源的角度，以描述近代白話文的輪廓。除此之外，應該可以在現有的研究成果基礎上，以更周延的史料重構近代白話書寫現象。

　　本論文的研究進路，大致可以分為三個論述重點：一是白話書寫的歷史回溯及相關理論，二是白話書寫的實踐及文本的呈現，三是近代白話書寫與五四白話文運動的接壤及對照。本論文即依循這三大方向，漸次展開論述內容。

　　第一部分要討論的是白話書寫的歷史回溯及相關理論，計畫以四個章節處理相關議題。首先，回歸大傳統，上溯文學史中的白話書寫內容，以觀察歷時性發展脈絡下的文言與白話所呈現的意義。而重溯文學史，可由「書寫系統之分化」、「文風雅俗之歸趨」與「文化階層之分野」等三個面相討論文言與白話的意義。研究結果顯示，文言與白話並非完全對立的兩組命題，而是交互影響的；同時，文學史的內部規律，才是白話書寫由邊陲成為主流的原因。

　　其次，白話書寫現象既成為近代文學的主流，檢視書寫現象的文化背景，便是建構其理論的重要根據。其發生的文化背景可由「科舉制度的廢除」、「翻譯事業的興盛」及「文學社會運行機制的變化」等三個面相加以觀察。這些狀況，對於白話書寫的推動有極深遠的影響。

　　復次，白話書寫的理論，大致可分為兩個類型加以討論。這個議題與知識份子對於自我的角色定位有關，一是大

力提倡並全面肯定白話書寫主張者，從「我手寫我口」、「崇白話而廢文言」、「以白話為維新之本」到「開民智、啟愚民」，先進知識份子皆指向白話書寫對於改良社會的必要性。另一種類型的主張，是傳統知識份子的功能分殊論。大抵而言，他們認為改良社會應以白話書寫為主，發揚國粹則以文言書寫為主。換言之，預設讀者決定了工具的運用。

第二部分所要處理的是白話書寫理論的實踐及文本的呈現。白話書寫現象以三個範疇展現其內涵：「童蒙教育」、「大眾傳播」與「文學創作」。

首先，童蒙教育所表現的白話書寫現象，分別由「注音及文法書籍」、「蒙學刊物」及「白話教科書」的出現得到印證。凡此種種，皆為推動知識普及化的必要途徑，白話書寫自然成為必然的工具。

其次，大眾傳播所表現的白話書寫現象，分別以「白話文告及傳單」、「白話報刊」及「報章文體」等三個面相展開。白話宣傳品及報刊雜誌皆為面向大眾傳播的利器，蓬勃發展的大傳事業加速推動白話書寫的普遍性。

復次，文學創作所表現的白話書寫現象，分別在「小說」、「散文」、「詩歌」及「劇本」的創作上展現。作品開始以機器大量印刷傳布，使得文學的生產與消費走向與商業市場結合的方向，文人的創作紛紛以淺俗的文字為主。文學市場的轉變，展現白話書寫的正確性。

第三部分要討論的則是近代白話書寫與五四白話文的接攘與對照的問題。大致而言，近代白話與五四白話的關聯相當密切，其接攘與對照之處尤有可觀。同時，近代白話書寫不只影響五四，也直接促成現代文學以白話書寫體系為主的

發展。

　　就近代白話與五四白話的接壤與對照而言，首先所要處理的是五四白話文領袖對近代白話文的看法與評論。五四領袖的白話書寫經驗，很大一部分來自於早年（近代）參與報刊編寫的經歷，如胡適、陳獨秀即是。其次，透過近代與五四白話的對照，突顯近代白話書寫的特色。其特色有三：一是「救國維新的實用性高於文學藝術性」，二是「融鑄口頭語與書面語易產生糾葛」、三是「倡議書寫白話者，其個人書寫習慣仍以文言為主」。最後，近代以來，白話書寫已成為現代文學的主流形式，以白話文為書寫工具已屬理所當然。

　　透過以上研究進路的展開，庶幾可以建構近代白話書寫現象的面貌。同時，通過歷時性及並時性的互動觀察之後，近代白話書寫現象的「近代性」（modernity）意義也能夠適切的突顯出來。

　　本文所謂「近代性」，指的是白話書寫於近代文學史上所展現的特殊時代意義。換言之，白話書寫現象是古典中國文學走向現代中國文學的轉捩點，也是傳統文言文書寫逐步邁入現代白話文書寫的關鍵時期。在近代白話書寫現象之前，文學的書寫媒介就是文言；而近代白話書寫的呼聲四起之後，文學媒介則是文、白並呈的局面，白話書寫並未迅速成為一般大眾習以為常的書寫媒介。此期，白話書寫現象，並不完全等同於五四白話文運動時期的白話書寫，更不與現代白話書寫的習慣相同。此時的白話書寫，具有它特殊的質性。

　　職是，面對處在「尷尬」局面的近代白話書寫現象，吾

人究竟要如何定義其文學史上的意義？吾人認為近代白話書寫現象所呈現的意義，正好在於它所豁顯的「近代性」意義上。

最後，白話書寫現象本身，在近代特有的時代氛圍下，進行一場與傳統文言書寫的對話；而當時豐富多采的社會文化質素，又能適切的突顯白話書寫現象的劃時代意義。因此，發現文學史的「近代性」正是近代白話書寫現象所豁顯的意義。

# 註 釋

1  如黃遵憲《日本國志・學術志二・文學》（臺北：文海書局，1974年）、〈梅水詩傳序〉（《人境廬未刊稿》）、裘廷梁〈論白話為維新之本〉（收錄於《清議報全編》卷二十六，臺北：文海書局，1987年）即為相當重要的著作。文後陸續討論之。

2  參考文後所附書目，大部分與「白話文」相關的論述皆以五四為討論對象。只有極少數以近代白話書寫為對象，如譚彼岸《晚清的白話文運動》（武漢：湖北人民出版社，1956年）、郭延禮《近代西學與中國文學》（南昌：百花洲文藝出版社，2000年）中第七章第三部分「近代白話文熱潮」。

3  大都以五四白話文運動為主而上溯近代，如：李孝悌〈胡適與白話文運動的再評估——從清末的白話文談起〉（收錄於《胡適與近代中國》，臺北：時報文化公司，1991年5月）、夏曉虹〈五四白話文學的歷史淵源〉（收錄於《中國現代文學研究叢刊》第24期，北京：北京作家出版社，1985年7月）、陳萬雄《五四新文化的源流》（香港：中文大學出版社，1982年）第六章第一節「清末的白話文運動」。其餘大都直接針對五四白話文運動進行討論。

4  即便如譚彼岸《晚清的白話文運動》及郭延禮《近代西學與中國文學》中特列一小節論及「近代白話文熱潮」，也都是簡短的論述。

5　如近代文學學者郭延禮《中國近代文學發展史》（濟南：山東
　　教育出版社，1995年），即以1840-1919年為斷限。

6　張漢良〈白話文與白話文學〉，《比較文學理論與實踐》（臺
　　北：東大圖書公司，1986年），頁121。

7　胡適《白話文學史》上卷・第一編・唐以前（臺北：遠流出版
　　公司，1988年），頁14。

8　陳璦婷《民初白話文運動（1917-1919）》，臺北：輔仁大學中
　　文所碩士論文，1989年；周志文〈信念與迷思──初期的白
　　話文學運動〉，《國文天地》第12期，1986年5月；呂正惠
　　〈他改寫了文學史──白話文學史六十年後〉，《國文天地》第
　　12期，1986年5月；周有光〈白話文運動80年〉，《語文建設
　　通訊》第56期，1998年7月；黃國彬〈白話文的得與失〉，
　　《二十一世紀》第10期，1992年4月；張克濟〈白話文運動的
　　再省思〉，《第五屆近代中國學術研討會論文集》，中壢：中央
　　大學中文系所，1999年3月）。詳見文後附錄之「參考書目」。

9　馬欽忠〈白話文運動的文化針對性與崇古情結〉，《二十一世
　　紀》第44期，1997年12月。

10　李孝悌〈胡適與白話文運動的再評估──從清末的白話文談起〉
　　（《胡適與近代中國》，臺北：時報文化公司，1991年5月），頁
　　18。

11　同上注，頁19-20。

12　李瑞騰《晚清文學思想論》，臺北：漢光出版公司，1992年。

13　譚彼岸《晚清的白話文運動・前言》（武漢：湖北人民出版
　　社，1956年），頁1。

14　同上注，頁2。

15　同上注，頁2。

16　同上注，頁3-4。

17　陳萬雄《五四新文化的源流》（香港：三聯書局，1992年），頁
　　157。

18　同上注，頁158。

19　同上注，頁159。

20　同樣一段文字分別出現在《中國近代文學發展史》第二十二章
　　第五節「近代白話文熱潮」，頁1137-1138、《近代西學與中國
　　文學》第七章第三節「近代白話文熱潮」，頁301-302。

21　郭延禮《中國近代文學發展史》，頁1139；《近代西學與中國

文學》，頁303。

22　兩文內容幾乎雷同，可視為一篇文字。

23　陳萬雄《五四新文化的源流》（香港：三聯書局，1992年）第六章第一節「清末的白話文運動」，頁131-132。

24　同上注，頁132。

25　同上注，頁133。

26　李瑞騰《晚清文學思想論》（臺北：漢光出版公司，1992年），頁3。

27　同上注，頁191。

# 第二章

# 文學史的回顧：
# 「文言」、「白話」釋義

　　本章擬重述歷史上文學書寫系統的分化問題，即文言與白話分合的歷史面貌。近代文論家不斷提及言（口頭語）、文（書面語）合一的議題，原因即在於傳統以文言文為主流的書面語，容易產生閱讀上的隔閡；而口頭語若能直接書寫於文本中，則明白曉暢許多。因此，文論家大多倡議口頭語與書面語形式的合一。然而，口頭語一旦進入書寫系統，也就成為白話「文」了；無論文言文或白話文，都是書面語。但是，長久以來，白話書寫的歷史總是被有意無意的漠視及輕忽。直到近代，竟激發為一股強大的力量；為了挽救頹敗的國運，知識份子們認為必須改革社會，其首要工作就是開啟大眾的蒙昧無知。對於近代知識份子而言，「言文合一」的書寫模式正式最有利於中下層社會大眾閱讀的，對於新思想的傳播最為直接有效。因此，近代關於文言與白話的議題，所談的其實就是：口頭語與書面語形式的合一以及口頭語進入書面的問題。

在面對這項課題之前，有必要回溯歷時性的文學史脈絡，以明瞭文言與白話議題在文學史上的意義。整體言之，中文書寫系統有兩大特色：一是文學語言講求雅馴，若非先秦經籍所有的，不敢隨意登諸簡冊；二是文學語言具備穩定結構，有一定的章法可供摩習。在傳統語文書寫形式中，文言文正好符合以上要求。它以相對穩定的姿態，維持著千百年來不易改變的語法結構，確立書寫系統的恆久性。相對地，白話書寫則有隨時隨地變異的可能性，不易保有恆久不變的穩定性。因此，相較之下，文言文一直處於主流優勢，白話文則處於非主流劣勢；兩者幾乎形成對峙局面。

然而，文言與白話長久對峙的事實，在文學史上究竟呈現何種意義？為了解析這個問題，應就以下三個面相加以觀察：一、書寫系統之分化：文言文幾乎被視為書面語的同義詞，白話文似乎等同於口頭語；二、文風雅俗之歸趨：文言為雅，白話為俗；三、文化階層之分野：文言文為士大夫的書寫專利、白話文則為普羅大眾的書寫工具。以下依循這三個面向，追溯文言與白話在文學史上縱橫交錯的面貌，並掘發其意義。

# 第一節　書寫系統之分化

長久以來，文言文與白話文的書寫，一直並存於文學史上。但是，歷代文學史對於文言書寫的文本多給予顯著的篇幅加以討論，所謂文學「經典」亦大多屬於這類作品；相對地，以白話書寫的文本則經常屈居文學史的邊陲，備受冷

落。民初，胡適為打破這種定見，特地推出石破天驚的《白話文學史》一書。他認為「白話文學史就是中國文學史的中心部分」，[1]「早在一千八百年前的時候，就有人用白話做書了」，[2]換言之，自《詩經‧國風》以降，歷代即不斷出現白話文本。然而，卻從未有人有意識的鼓吹白話書寫的珍貴及特殊性，以致於「元曲出來了，又漸漸的退回去，變成貴族的崑曲；《水滸傳》與《西遊記》出來了，人們仍舊做他們的駢文古文；《儒林外史》與《紅樓夢》出來了，人們仍舊做他們的駢文古文；甚至於《官場現形記》與《二十年目睹之怪現狀》出來了，人們還仍舊做他們的駢文古文！」，[3]對胡適而言，千百年來的文學史是一種自然的演化，並沒有如同《新青年》一般有意的掀起革命。因此，文言與白話書寫在文學史上呈現並置的事實，卻一直保持分流的情形。這充分說明一件事實：中文書寫系統的分化由來已久。

　　分化的中文書寫系統，被區分為二端：文言文幾乎被視為書面語的同義詞，而白話文原先多記載口頭語，被認為是較質樸的書面語；前者多用於莊重典雅的場合，後者多為民間傳唱或文人消閒之用。同時，文言文自有一套沿習已久的固定語法，並仰賴書面語的穩定性而具備文化傳播的功能；白話文的書寫則可能隨著時空轉移而產生不同的形貌。換言之，文言文與白話文雖然同為書面語，但兩者的書寫情況卻呈現極端穩定與變動的差異。反映在實用層次上，使用者往往因為用途的不同，各自採行適當的書寫形式。時日既久，即造成文言書寫與白話書寫判然二分的現實。

　　就語言學觀點而言，書寫形式與語言之間總是發生矛盾。[4]其原因在於：語言不斷發展，文字卻停滯不前。經過

歷時性的演變之後，「文字便遮住了語言的面貌；文字不是一件衣服，而是一種假裝」。[5]因此，「文字越不是表示它所應該表現的語言，人們把他當做基礎的傾向就越是增強；語法學家老是要大家注意書寫的形式」。[6]這種說法，清楚說明文字與語言之間的悖離，乃勢所必然。[7]而漢字非表音字的特性，更提供了文言文成為穩定的書面語的有利條件與基礎。

職是，回顧中國書寫系統的歷史，可以確知遠古時代文字簡樸，書面語與口頭語之間的距離並不太遠。換言之，怎麼說即怎麼寫。如三王五帝時教育人民，各類文告皆以白話書寫；成周時，文字與語言更趨於相合，聆之於耳，便按之於書。至春秋戰國以後，諸子散文以口語的自然氣勢為基礎，內容多以政論及史傳散文為主；而《詩》、《春秋》（公羊傳）、《論語》、《孝經》、《莊子》、《墨子》、《楚辭》等經典，更雜用口語方言，以便於傳誦，故為當時人所引用學習。[8]相對地，《三墳》、《五典》、《八索》、《九丘》以文言書寫，便不容易為人所誦習。此外，當時外交辭命已重文飾；但民謠俗諺都還是芻詞鄙句，一旦經過加工提煉、載諸方冊的，往往還保存民間語言質樸素美的本來面貌。這時，書面語與口頭語的距離較為接近。然而，誠如前文所言，語言不斷地變化，而文字卻停滯不前，終究會分化得愈來愈明顯。

漢代以後，重視以文言書寫的書面語，白話書寫的書面語則顯然處於劣勢。這時的文言書寫與口頭語愈來愈遙遠，華麗富贍的賦體，即為一例。王充《論衡·自紀》即有「口則務在明言，筆則務在露文」的觀察，顯示賦體盛行的漢代

已呈現口頭語與文言的書面語漸行漸遠的狀態。口頭語要求
說得清楚明白，書面語則以文言書寫並且講求文采華美。於
是，兩者逐漸走向判然二分的路途。

因此，口頭語與書面語的各司其職，使王充認為兩者必
須合一，以明白曉暢的語言書寫文章，才能發揮文章的教育
作用。面對賦體要求褥麗鋪張這項大傳統，王充仍舊敢於提
出一套另類論述，即主張口頭語與書面語合一的要求。目前
可見最早的文獻，就是王充於《論衡‧自紀》中所陳述的一
段話：

> 夫文由（猶）語也，或淺露分別，或深迂優雅，孰為
> 辯者？故口言以明志；言恐滅遺，故著之文字。文字
> 與言同趨，何為猶當隱閉指意？獄當嫌辜，卿決疑
> 事，渾沌難曉，與彼分明可知，孰為良吏？夫口論以
> 分明為公，筆辯以核露為通，吏文以昭察為良。深覆
> 典雅，指意難睹，唯賦頌耳。經傳之文，賢聖之語，
> 古今言殊，四方談異也；當言事時，非務難知，使指
> 閉隱也。後人不曉，世相離遠，此名曰語異，不名曰
> 材鴻。淺文讀之難曉，名曰不巧，不名曰知明。秦始
> 皇讀韓非之書，嘆曰：「猶獨不得此人同時」，其文
> 可曉，故其事可思。如深鴻優雅，須師乃學，投之於
> 地，何嘆之有？夫筆著者，欲其易曉而難為，不貴難
> 知而易造；口論務解分而可聽，不務深迂而難睹。

在這篇著名的文論中，王充認為「文由（猶）語也」，文字
就是語言。惟恐語言滅遺，必須著之於文字；語言一旦進入

書面、化為文字，便是書面語。無論文言文與白話文的書寫，都應該講究書面語與口頭語的統一，務使指意清楚，便於讀者閱讀。因此，在「文字與言同趨」的狀況下，書面語必需「欲其易曉而難為，不貴難知而易造」，而口頭語則是「務解分而可聽，不務深迂而難睹」。因此，他認為漢賦距離口語愈來愈遠，並指出它「深覆典雅，指意難睹」的特色。此外，他又從歷時性發展的角度駁斥一般人的論點，即經傳、聖賢之文難以明曉，並非其材質深鴻，而是「語異」使然。

　　因此，王充在漢賦盛行之際所提出的論點，顯然深具矯正時弊的用心。只有主張以口語入文，才能袪除漢代辭賦共通的因襲與模擬的弊病。由此觀之，王充此文的氣勢頗與近代知識份子的苦心雷同。

　　其次，唐代劉知幾於《史通·言語》中亦有相關論述：

> 尋夫戰國已前，其言皆可諷詠，非但筆削所致，良由體質素美。……斯皆芻詞鄙句，猶能溫潤若此，況乎束帶立朝之士，加已多聞博古之識者哉？則知時人出言，史官入記，雖有討論潤色，終不失其梗概者也。……蓋楚、漢世隔，事已成古，魏晉年近，言猶類今，已古者即謂其文，猶今者乃驚其質。夫天地長久，風俗無恆，後之視今，亦猶今之視昔。而作者皆怯書今語，勇效昔言，不其惑乎？

劉知幾以對照的方式，論述秦漢以前和魏晉以後兩種不同的書面語現象。春秋戰國時期，書面語與口頭語的距離較為接

近，前已述及，不另贅述。而到了魏晉南北朝以後，則是一個分水嶺。以古語代替今詞所造成的書寫習慣，使書面語與口頭語的距離愈來愈遠，並且成為一種時代風尚，樹立了華而不實的文風。到了劉知幾身處的唐代，模擬古代言語的風氣仍舊盛行，創作者多「勇效昔言」，將古代的、過去的稱之為「文」，而「怯書今語」。這使得唐代初期的書面語延襲魏晉以來的風格，即以文言文為主要的書面語言，同時距離口語愈來愈遠。然而，依照歷時性的文學史發展而言，「後之視今，亦猶今之視昔」，[9] 今日的「流俗語」[10]（口頭語）他日或許成為讀者眼中的經典之作。所以，今日看待口頭語，應視之如同過去文言文的書面語一樣的貴重。因此，他對於時人的貴古賤今、競效昔言，不表認同。整體而言，劉知幾已初步觸及口語進入書面語的問題，此說再度坐實古代中國書寫系統分化的狀況。

　　再者，明代標榜「童心」的文論家袁宗道，其〈論文〉亦提出類似言說。茲摘錄如下：

> 口舌代心者也，文章又代口舌者也。展轉隔礙，雖寫得暢顯，已恐不如口舌矣；況能如心之所存乎？故孔子論文曰：「辭達而已」，達不達、文不文之辨也。……唐、虞、三代之文，無不達者。今人讀古書，不即通曉，輒謂古文奇奧，今人下筆不宜平易。夫時有古今，語言亦有古今，今人所謂奇字奧句，安知非古之街談巷語耶？《方言》謂「楚人稱知曰黨」……，余生長楚國，未聞此言，今語異古，此亦一證。故《史記》五帝三王紀，改古語從今字者甚多，「疇」

改為「誰」，「俾」為「使」，「格姦」為「至姦」……
……不可勝記。左氏去古未遠，然傳中字句，未嘗肖
《書》也。司馬去左亦不遠，然《史記》字句，亦未
嘗肖左也。……11

袁宗道認為口頭所言直接宣示內心所感，而書面語又是用來
代替口頭語傳達的。然而，將心之所感、口之所言的口頭
語，直接寫成書面語，無論如何暢顯，在時空變異、展轉隔
礙的情況下，仍舊可能形成閱讀的隔閡，書面語的穩定性無
法與口頭語的隨時變化等量齊觀。因此，語言的變動性使得
已寫定的書面語，不斷地成為歷代讀者眼中深奧難懂的文言
文。後代的讀者，對於前代的書面語多有無法立即通曉的閱
讀障礙；明代文人面對「古文奇奧」，更加認定「今人下筆
不宜平易」。但袁宏道有不同的看法，他從歷時性觀點來理
解這個問題，指出口語有古今差異的問題，而《尚書》、
《左傳》、《史記》等書面語言亦一再蛻變，這些都證明了口
語是不斷變化的。因此，袁宗道順勢發出「今人所謂奇字奧
句，安知非古之街談巷語耶？」的慨嘆。由此可見，袁宗道
也充分體認書面語的穩定性與口頭語的變異性的差異，也傾
向於兩者應該合一，並認為應以我手寫我口的作法，解決此
一問題。

　　此外，袁宏道〈江進之〉一文也有類似的論點，可供參
酌。亦列示如下：

……事人物態，有時而更；鄉語方言，有時而異。事
今日之事，則亦文今日之文而已。12

袁宏道認為口語隨時變異，與其兄袁宗道的觀點大致相通。二說可相互參酌。

　　關於方言口語進入書面語的問題，晉朝葛洪有篇極為重要的論述。今摘錄如下：

> 且古書之多隱，未必昔人故欲難曉，或世異語變，或方言不同，經荒歷亂，埋藏積久，簡編朽絕，亡失者多，或雜續殘缺，或脫去章句，是以難知，似若至深耳。且夫《尚書》者，政事之集也，然未若近代之優文詔策軍書奏議之清富贍麗也。《毛詩》者，華彩之辭也，然不及〈上林〉、〈羽獵〉、〈二京〉、〈三都〉之汪濊博富也。……書猶語也，若入談語，故為知音；胡、越之接，終不相解，以此教戒，人豈知之哉？若言以易曉為辨，則書何故以難知為好哉？[13]

他認為語言隨時代發展而變化，古代的文章簡約，今日的文章繁複；古代的質樸而今日的華豔，所以《尚書》不及現在的詔策奏議，《毛詩》不及現在的辭賦。這種今勝於古的觀點，確實顛覆了傳統以古為尊的觀念。葛洪認為經過雕飾的書面文章（譬如當時的辭賦）可避免古今、地域的隔閡，無論何時何地皆可以一套解讀系統閱讀之，反而沒有易地易代無法閱讀的困窘。因此，他對華靡的書面語抱持認同的觀點。雖然，他也說過「書猶語也」，但顯然他認為方言口語不易明瞭，不符合「言以易曉為辨」的原則，還不如雕飾的書面語來得穩定易懂。因此，就葛洪的觀點而言，書面語與口頭語仍舊是兩個不同的系統，方言口語進入書面系統終究

需要加工潤色，才能免去時間流逝、空間阻絕所造成的閱讀困境。

綜合以上，古代中國的書寫系統被分化為兩股，書面語的記載以文言文為主流，以口語為主的白話文書寫則是一股暗流。文言文所具備的特點：高度穩定性、匯通方言口語以及歷久彌新等，使它得以取得中國書寫系統的獨尊地位。

因此，就書寫系統的分化而言，大致區分為文言文為主的書寫與白話文為主的書寫。歷代以來，文言與白話書寫系統時有對立分歧，遂促使不同時代的文人，如王充、劉知幾等，不約而同地提出書面語與口頭語合一的呼聲，以促成言文合一的終極理想。

# 第二節　文風雅俗之歸趨

文風雅俗之歸趨，亦經常與文言、白話的特質畫上等號。一般認為文言書寫勢必為雅，白話書寫勢必為俗。[14]換言之，文言文較白話文擅於辭飾且更具文采，通常被視為雅正文學的同義詞。在此簡單而直接的二分法中，文言與白話、雅與俗的對立，在文學史上俯拾皆是。

前已述及，王充在《論衡·自紀》中曾經說道：「口論務解分而可聽，不務深迂而難睹。」，口頭語應明白易解，不須太過深刻迂迴。這也是白話文經常被提起的特點，即通俗易曉。但葛洪對於通俗易曉則有不同的看法：「書猶語也，若入談語，故為知音；胡、越之接，終不相解，以此教戒，人豈知之哉？若言以易曉為辨，則書何故以難知為好

哉？」，葛洪認為通俗易曉的文章容易閱讀，但書面語的難讀難懂，更為人稱道，原因為何？此因文章太過通俗易曉，一旦時移勢轉，反而令人難以讀通，比起穩定的書面語更為難解。換言之，過於通俗易曉的文章，在葛洪看來，隱然具備「俗」的特質；而文言文則以深奧難懂為好，且無關時空的變遷。由此看來，文言與白話、雅與俗的區別，隱然成立。

　　因此，在文學史上，文言文的雅正與白話文的通俗，其相對的例證觸處皆是。但是，如何為雅，如何為俗；此時為雅，彼時為俗，亦難於定論。如前述所及，劉知幾說過：「天地長久，風俗無恆，後之視今，亦猶今之視昔」的道理，或是袁宗道所說的：「時有古今，語言亦有古今，今人所謂奇字奧句，安知非古之街談巷語耶？」，這些都可以說明雅俗之間所存在的辯證關係。每一部經典，在不同時代都必須面臨不同讀者的審美觀念的檢擇；歷時性的變動，往往使得讀者的接受視域產生諸多變異，所謂的經典可能已被文學史冷落，原來不被重視的文本則可能重新被評價，取得典範地位。職是，雅俗之間的價值評斷，往往牽繫於不同時代讀者的接受態度上。

　　回顧文學史，宋代柳永在當時就是一般定義下的通俗作家。其作品的通俗程度，使他文名遠播；同時亦招來惡名。柳永的詞作大多交由歌樓酒館人士譜曲傳唱，其大受歡迎的程度，已達到「凡有井水飲處，即能歌柳詞」的地步。[15]這段話雖然充分說明柳詞的廣受歡迎，卻是說話者的譏諷之言，以柳詞之通俗流行而貶低其價值。柳永詞作的特色就是文中充斥著市井之言，[16]如：「無據」(《黃鶯兒》)、「甚時

向」（《委犯》）、「便只合」（《晝夜樂》）、「長只恁」（《征部樂》）、「好生地」（《長壽樂》）等；或是純口語的句子，如：「歌枕背燈睡」（《夢還京》）、「就中有風流」（《金蕉葉》）、「不早與伊相識」（《惜春郎》）、「昨宵裡，恁和衣睡。今宵裡，又恁和衣睡」（《婆羅門令》）……等等。此外，柳永還將歌妓的名字或暱稱寫進詞中，如：「香香」、「安安」、「虫虫」、「心娘」、「佳娘」、「虫娘」、……等等，不一而足。[17]

這些在當時被目為「塵下」[18]的詞語一一進入柳永的書寫系統中，使他的作品備受爭議。儘管後代文學史對於〈雨霖鈴（寒蟬淒切）〉這類詞作給予好評，但他在宋代仍得面對當時批評家無情的攻訐：

> 柳三變遊東都南、北二巷，做新樂府，骩骳從俗，天下詠之，遂傳禁中。[19]

> 彼其所以傳名者，直以言多近俗，俗子易悅之故也。[20]

> 柳耆卿名永，長於纖豔之詞，然多近俚俗，故市井之人悅之。[21]

這些批評都指向柳詞的通俗之弊，雖然詞作大受市井歡迎；但這些與他同時代的批評家，卻從雅正文學的主流觀點對他的詞作表達不認同的態度。由此觀之，通俗流行似乎正是作家不被當代主流認同的致命傷。

職是，柳詞的通俗，在於詞中運用或引用太多市井俗

話。換言之，口語直接進入書面形式，若不加以修飾潤色，而以素樸的本來面目示人，便容易招致主流價值的譏諷與貶抑。因此，書面語一直都被要求必需典重且優雅，與不假修飾的口頭語有所區隔。以典重的文言文書寫的作品，如先秦兩漢散文、唐宋八大家古文都是歷代公認典雅的文言文作品。其優美的文詞多為精鍊過的書面語言，殊少純口語的詞句出現。類似例證所在多有，不另贅述。

綜合言之，文言文與白話文兩種不同的書寫形式，直接關涉通俗與雅正文學的辯證關係，擬待第四節一併討論。以上就是白話與文言書寫形式的第二個差異。

# 第三節　文化階層之分野

從社會政治層面而言，文言文的使用使士大夫掌握書寫權，保障了士大夫的尊嚴，而與一般讀者有所區別。相對地，白話文則多為一般大眾所使用。使用者的文化階層，也正是促使文言與白話的運用判然兩分的另一項重要因素。

中國的文學傳統／書寫傳統一向是以有文化的知識份子（士人集團）為主體的。士人階層掌握一切書寫權，並擁有龐大的匯聚力量，不易被摧毀。書寫系統既然為士人階層所掌控，對於能夠表徵其階級身分的傳統詩文自然備加重視；而傳統詩文的經典亦大多是以文言文為主要書寫形式的。所以，士人的書寫傳統與民間的書寫傳統形成迥異的面貌，分屬兩個不同階層。僅管兩個階層仍有互相流通的時候，[22] 但整個中國文學傳統的主流價值，仍舊操持於龐大的士人階層

中。[23]

　　整個中國文學傳統既然以士人為主體，文言文書寫便是他們理所當然的文學表現形式。身為一種具備文化支配力量的書寫系統，文言文一直保持穩定的結構，且書寫者僅限於文人集團內部。在這個封閉的空間內，很少出現俗語、俗字的應用，雅正的文詞是必然的要求。因此，文言文成了士人的專利品，學習傳統詩文的寫作，是少數懂得文言的人的優勢。與此同時，上下層社會之間的書寫形式的距離益加遙遠。

　　相對而言，一般大眾的書寫系統，大多以較為白話、口語的書寫為主要傳統。但在整個傳統社會文化的制約下，擁有書寫權並且能夠輕易掌握書寫系統的，畢竟屬於少數士人，一般大眾對於以文言文所書寫的文學作品，自然無法投以太多關注的目光。就文學史的發展而言，以士人為主的文學書寫活動，大多以其典雅的風格進入歷史的脈絡中；並以其創作主體多為士大夫，故有廟堂文學之稱。而白話文學雖然未曾消歇，卻一向不在他們的關注範圍之內。然而，文學史初期的謠諺、頌歌、祭祀記錄，以及城市經濟興起之後的小說、戲曲等通俗文學作品，卻是文學中一股潛伏的潮流，深受民間讀者喜愛。因此，一般大眾有興趣閱讀的是通俗易懂、活潑生動的作品，對於文人階層愛不釋手的典雅之作，既沒有興趣更無能力欣賞。自然而然地，以口語為主的、白話的書寫作品才是一般大眾日常有能力閱讀的作品。

　　這種上下階層斷限的局面，長久以來形成相當巨大的文化分野，尤其是在書寫權尚未下放於下層社會時，這種截然不同的劃分特別顯著，它幾乎構成整個中國文學的兩大傳

統,即上層精英的文言書寫與下層大眾的白話書寫。然而,其中亦牽涉到雅正文學與通俗文學的辯證關係。由此觀之,並非全然涇渭分明的文言與白話書寫,在歷時性的發展中,顯然存在不少複雜而糾葛的議題,有待探究。

# 第四節　文言與白話對立?

揆諸文學史,文言與白話系統的對立似乎昭然若揭。但是,所謂「對立」的事實為何?相當值得討論。因為文學史是活潑的、變動的,以歷時性觀點而言,便會發現文言與白話書寫並非全然對立至極端,甚至經常有機會融合或互相影響。以下擬就三個層面論述文言與白話複雜的糾葛情形:一、白話影響文言系統:文言吸收口語以豐富書面語;二、文言影響白話系統:白話小說中時刻可見韻文排偶;三、文學史內部規律:使白話由非主流走向主流地位。

## 一、白話影響文言系統:文言吸收口語以豐富書面語

關於白話影響文言系統,指的就是很白話的口頭語如何進入書面形式的問題,也就是文學史上經常提到的「以俗為雅」。以俗為雅,是要對於俗語進行提煉及組織,使詩文的語言在通俗中具有典雅的效果。這就是兩者並非絕然對立的第一個層面。

當士大夫為主的書寫系統中,一再重複寫作文言為主的

傳統詩文時，這些賴以為生的詩文終有一天將走入陳腐而刻板的泥淖中。於是，文人所具有的對文字的特殊敏感性，使他們不得不另行思考其他的可能性，即吸取非常白話的口頭語言，成為自我書寫中的一部分。因此，文人以白話的口頭語豐富自己的書寫養分，正是化俗為雅的最佳表現。最顯著的例子是杜甫，在他著名的三首詩中，即分別使用許多非常白話的口頭語：

> 一夜水高二尺強，數日不可更禁當。
> 南市津頭有船賣，無錢即買繫籬傍。[24]

> 江上被花惱不徹，無處告訴只顛狂。
> 走覓南鄰愛酒伴，經旬出飲獨空床。[25]

> 夜來醉歸衝虎過，山黑家中已眠臥。
> 傍見北斗向江低，仰看明星當空大。
> 庭前把燭嗔兩炬，峽口驚猿聞一箇。
> 白頭老罷舞復歌，仗藜不寐誰能那。[26]

文中用語，如「水高二尺強」、「惱不徹」、「誰能那」等等，皆為相當通俗的口頭語；杜甫自然的將它們寫入詩中，卻因為轉換的巧妙，並不使人覺得整首詩特別俚俗。關於這點，羅大經曾經提及：「余觀杜陵詩亦有全篇用常俗語者，然不害其為超妙。」[27]指的就是杜甫這幾首詩；所謂常俗語，指的正是上述相當白話的口頭語。雖然如此，杜甫此詩仍被視為超妙（超脫）的佳作。

　　因此，在某些時代的文學發展中，對於口語運用於文言
書寫的正統詩文並不特別避諱，甚至引以為詩文活潑生動與
否的根據。如宋人陳師道《後山詩話》中有一段記錄，梅堯
臣批評閩士的詩語言不夠生動：

> 閩士有好詩者，不用陳語常談。寫投梅聖俞，答書
> 曰：「子詩誠工，但未能以故為新，以俗為雅爾」。[28]

文中指出閩士好詩者，專務於修辭極佳的作品，但梅聖俞認
為若不善於提煉俗語為詩語，以俗為雅，則其詩語言可能不
夠生動。但俗語如何使用，也是一項學問，羅大經在《鶴林
玉露》中說得比較清楚而具體：

> 楊誠齋云：詩固有以俗為雅，然亦需經前輩熔化，乃
> 可因承。如李之「耐可」、杜之「遮莫」、唐人「里
> 許」、「若個」之類是也。唐人寒食詩不敢用「餳」
> 字，重九詩不敢用「糕」字，半山老人不敢做梅花
> 詩，彼固未敢輕引里母、田父、而坐之平王之子，衛
> 侯之妻之側也。[29]

依此言之，羅大經認為俗語、口語進入書面形式，必需經過
鍛鍊；特別是前人已用者，必須是經過時代淬煉而形成的後
人才敢使用。此外，使用俗語的精準性也是相當重要的。
　　此外，明代謝榛《四溟詩話》也有一段很重要的文字：

> 詩忌粗俗字。然用之在人，飾以顏色，不失為佳句。

> 譬諸富家廚中，或得野蔬，以五味調和，而味自別，
> 大異貧家矣。紹易君曰：「凡詩有鼠字而無貓字，用
> 則俗矣，子可成一句否？」予應聲曰：「貓蹲花砌
> 午。」紹易君曰：「此便脫俗。」[30]

謝榛以為粗俗字雖不宜，但加以修飾，必能使語言呈現不同的風味，可避免單調呆板。文中所舉詩句即為一明顯例證。

綜合以上，可見論者皆以「化俗為雅」的方式，面對口語進入書面形式的問題。由此可知，文學史上，不斷出現引用口語進入文言書寫系統的例子。那些俗語俗字經過文人反合常道的點化與妙用之後，往往又成為極新穎的用語，使人不覺其俗。類此文、白相襯的例子不勝枚舉。因此，以口語為特色的白話文進入文言書寫系統的現象，正好展現文學史活潑而生動的一頁。

## 二、文言影響白話系統：白話小說中時刻可見韻文排偶

此外，白話的戲曲、小說隨處可見文言文的套語，這些都是文言與白話相攝的最佳例證。宋元明以後，隨著通俗文學的勃興、城市經濟形成一定規模之後，已開始有知識下放、書寫權逐漸流入民間的現象發生。通俗文學的發展，往往牽涉到一個社會能量的變遷過程；由上而下的知識轉移，使得傳統士大夫的影響力很難完全根除。因此，在通俗文學的書寫中必然殘存文言書寫系統的痕跡，出現許多形式上大量套用文言的詩詞歌賦。因此，審諸宋元明以後的白話文

本，便發現文言書寫的內容屢屢出現於其中。

　　因此，歸納言之，現身於白話文本中的文言書寫內容，往往以三種形式呈現：（一）小說回目以文言書寫為主；（二）文中直接擺弄成段文言的詩詞歌賦；（三）文字敘述中，白話纏夾文言。以下即分別陳述之：

## （一）小說回目以文言書寫為主

　　小說回目（目錄）以文言文書寫，幾乎是所有白話小說的通例。明代著名白話小說《二刻拍案驚奇》的回目即是一連串的文言套語：「卷之一　進香客莽看金剛經　出獄僧巧完法會分」、「卷之二　小道人一著饒天下　女棋童兩局注終身」……，這些列於卷首之前的回目，大多以這樣的文言套語書寫。

　　再者，如清代著名白話小說《紅樓夢》，其回目之書寫更顯出作者深厚的文學根柢，如：「第五回　遊幻境指迷十二釵　飲仙醪曲演紅樓夢」、「第二十七回　滴翠亭楊妃戲彩蝶　埋香塚飛燕泣殘紅」、「第三十八回　林瀟湘魁奪菊花詩　薛蘅蕪諷和螃蟹詠」……等等文辭優美的回目，為精彩的故事增添幾分瑰奇的美感。

　　另一部清代白話小說《儒林外史》也是如此，如：「第一回　說楔子敷陳大義　借名流隱括全文」、「第三回　周學道校士拔真才　胡屠戶行兇鬧捷報」……等等，皆為文言書寫的回目。

　　不僅如此，今日許多十分通行的白話武俠小說，亦多採用文言文書寫其回目，如金庸諸作即是。由此可見，白話小說的書寫形式中，留存諸多文言書寫的形式，乃不爭的事

實。

## （二）直接擺弄成段文言的詩詞歌賦

白話小說除了回目上的文言書寫之外，每回之首、末，經常可見以文言書寫的詩辭歌賦充斥其中。置於每回卷首者，如《水滸傳》楔子：「張天師祈禳瘟疫　洪太尉誤走妖魔」之後，即有一段詩文云：「紛紛五代亂離間，一旦雲開復見天！草木百年新雨露，車書萬里舊江山。尋常巷陌陳羅綺，幾處樓臺奏管絃。天下太平無事日，鶯花無限日高眠。」按書中所稱，此乃宋儒邵康節所作，詩中「為嘆五代殘唐，天下干戈不息」，也正是施耐庵著書的用意所在，頗有借古諷今之意。

此外，《金瓶梅詞話》第二回「西門慶簾下遇金蓮　王婆貪賄說風情」之後，有一詞曰：「月老姻緣配未真，金蓮賣俏逞花容。只因月下星前意，惹起門旁簾外心。王媽誘財施巧計，鄆哥賣果被嫌嗔。那知後日蕭牆禍，血濺屏幃滿地紅。」同樣穿插以文言書寫的詩歌，助成文氣。這些詩文也多有引起下文或總括其義的用途。

將文言書寫置於每回之末者，在《金瓶梅詞話》中也有許多例證，如第十九回「草裡蛇邏打蔣竹山　李瓶兒情感西門慶」文末即是：「正是『東邊日頭西邊雨，道是無情卻有情。』」兩句詩總緒全文大意，亦可視為作者的批語。

此外，《水滸傳》第七十回「忠義堂石碣受天文　梁山泊英雄驚惡夢」之後，也有一詩為證：「太平天子當中坐，清慎官員四海分。但見肥羊寧父老，不聞嘶馬動將軍。叨承禮樂為家世，欲以謳歌寄快文。不學東南無諱日，卻吟西北

有浮雲。」至此，水滸故事已告一段落，此詩亦隱含某些深意。

綜合以上，這些例子，在在證明文言書寫對白話小說所產生的影響。

## （三）敘述中白話夾纏文言

白話書寫中夾用文言的敘述手法，大約以《金瓶梅詞話》使用得最為徹底。在大多數的文本中，不時可見文言書寫的詩辭歌賦參雜其間。如第七回「薛嫂兒說娶孟玉樓　楊姑娘氣罵張四舅」中，即有一段詩，印證此回的部分情節：「媒妁慇懃說始終，孟姬愛嫁富家翁。有緣千里能相會，無緣對面不相逢。」文白交雜出現，特別有味道。

此外，整部《紅樓夢》中亦有大量詩文夾纏出現於文脈中。如第三十八回「林瀟湘魁奪菊花詩　薛蘅蕪諷和螃蟹詠」中，描述的正是大觀園中的詩社活動，自然少不了以典雅文言書寫的詩文穿插其間。如瀟湘妃子〈詠菊〉：「無賴詩魔昏曉侵，遶籬欹石自沉音。毫端運秀臨霜寫，口齒噙香對月吟。滿紙自憐題素怨，片言誰解訴秋心。一從陶令平章後，千古高風說到今。」文中所出現的詩文，恰如其分的展現林黛玉的才華所在。

諸如此類，不斷出現於白話小說中的文言詩文俯拾皆是。白話書寫仍然不時接受文言書寫相當程度的影響。可見，韻文排偶的訓練，早已深植於創作小說的文人身上，他們大多藉此展現自身的文化素養，同時也為白話文本增添一些變化。由此可見，白話與文言書寫的界限並非全然劃分為二，又得一證。

## 三、文學史內部規律：使白話由非主流走向 主流地位

　　由前述兩點證實，文言與白話書寫在文學史發展中存在相當複雜的互動關係。除了互相影響對方的書寫系統之外，文言與白話的發展仍有值得探索之處。

　　在此，必須先瞭解文學史的發展規律。在歷時性的文學史進程中，呈現的往往是穩定的波浪起伏狀態，也就是說一時代有一時代之文學。某些主流文學經典，於下一個歷史階段往往成為非主流；反之亦然。白話書寫或文言書寫的發展，應置於這樣的位置觀察，較能顯示其互動關係的活潑面貌。但是，如此一來卻顯得更為複雜了。以歷時層面觀之，一個時代的白話或俗語，在另一個時代也可以是雅言。因此，很難斷定孰為白話、孰為文言；其終極意義何在，成了相當棘手的問題。白話與文言的界限似乎永遠模糊不清。[31]

　　但以並時性的文學史觀點而言，文言書寫仍舊以高度優勢凌駕白話書寫之上，在大多數時代裡，士大夫們必需學習文言書寫，並以之為登科之鑰。因此，就文學史發展而言，行之數千年的文言書寫活動，一直佔有絕對優勢的地位，成為位居上層的士大夫們專有的書寫方式；白話書寫則以暗流潛伏的姿態，匍匐行進於文言書寫的優勢之下、之旁。然而，時至近代，白話書寫竟以勢如破竹的姿態主宰了二十世紀以來的書寫方式，如此的發展確有令人深思的必要。

　　傳統的文言書寫方式，累積許多豐富而優秀的文學作品；穩定的語法結構，使文言書寫成為一種縱貫古今的體

制，不同時代的不同讀者皆可透過一定的解讀模式，明瞭文字涵義，而不致造成閱讀的障礙。這是文言文所保有的絕對優勢。但千百年來的穩定發展，固然形成恆久不變的穩定性，反之也是起伏跌宕的開始。文言書寫的優勢，大部分來自於科舉制度的保障與要求，大批士人以讀書中舉為安身立命的依靠；科舉取士自然以文言書寫為主要形式，八股散文甚且成為必學必考之項目。在勢之所趨的情況下，所有士人不得不加入摩習的行列；而殫精竭思於八股寫作的結果，就是加速文言書寫的衰朽。歷千百年不墜的文言書寫體制，雖然成就無數優秀的作家作品，其文學之美卻也因此逐漸走下坡。因此，自歷時性觀點言之，文言書寫逐漸由主流走向非主流，與過度腐化的八股散文寫作風氣的盛行，實有密不可分的關係。無怪乎，近代知識份子深刻察覺到這項隱憂之後，遂漸次發出崇白話而廢文言的呼聲，主張以白話書寫取代趨向末流的文言書寫。

　　因此，由文言走向白話書寫，就歷時性層面而言，乃是「一種歷史的必然」。[32]當文言書寫的弊病一一浮現之際，正是白話書寫趁勢而起的時候，這種態勢到了近代尤其明顯。士大夫們為救國救民，為喚醒民心，尤其覺得文言書寫不可施行，於是更加提倡使用白話書寫，以挽救頹勢；這也就是白話書寫被提起的重要外緣因素。

　　由此言之，文學史走向近代之後，便不得不面臨另一個轉捩點：文言書寫開始受到質疑，白話書寫開始正式的面對讀者。因此，以文學史發展規律而言，白話漸次替代文言書寫，由非主流走向主流地位，正是一項文學史的必然。

# 註　釋

1 　胡適《白話文學史・引子》，頁14。

2 　同上注。

3 　同上注。

4 　馬欽忠〈白話文運動的文化針對性與崇古情結〉，頁67。

5 　索緒爾（Ferdinand de Saussure）《普通語言學教程》（北京：商務印書館，1982年），頁53-54。

6 　同上注。

7 　這種情況，相當普遍，如英國維多利亞時代的小說主要建立在書面語上，而不適宜於口頭閱讀。

8 　孔子曾用楚語翻十二經以示老聃（老子楚人）。土話譯書，大約開始於此。

9 　近代黃遵憲〈雜感〉一詩即有：「以我視古人，若居三代先。俗儒好尊古，日日故紙研。六經字所無，不敢入詩篇。……我手寫我口，古豈能拘牽。即今流俗語，我若登簡編。五千年後人，驚為古爛斑」（《人境廬詩草箋注》，上海：上海古籍出版社，1999年，頁42-43），黃遵憲的觀點，其實正與劉知幾的說法不謀而合。

10 　同上注。

11 　袁宗道〈論文〉，《白蘇齋類集》（臺北：偉文出版社，1976年）卷二十，頁619-620。

12 　袁宏道〈江進之〉，《袁中郎尺牘》，《袁中郎全集》卷二十二（臺北：世界書局，1978年），頁37。

13 　葛洪〈鈞世〉，《抱朴子》（臺北：世界書局，1956年），頁155。

14 　文言雅致而白話俚俗的趨向，其實並沒有被武斷地割裂，如白話小說中的文言套辭，文言詩文中借用俗語，以達到化俗為雅的目的……等都能說明。惟待第四節予以論述。

15 　葉夢得《避暑錄話》卷下（臺北：新文豐出版社，1980年），頁616。

16 　除了語言俚俗之外，當時的批評者對於柳永的人品亦評價不高。以其放蕩無羈、出入秦樓楚館、花間樽前的狎邪生活，在

詞中歌詠與妓女相關之情狀，並迎合下里巴人的口味。

17 參考孫克強《雅文化》，頁132-133。

18 李清照〈詞論〉，《李清照集校註》（王學初校注，臺北：里仁書店，1982年），頁194。

19 陳師道《後山詩話》（清・何文煥輯《歷代詩話》，臺北：漢京文化公司，1983年），頁311。

20 胡仔《苕溪漁隱叢話》卷三十九引《藝苑雌黃》云（臺北：臺灣商務印書館，1968年），頁731。

21 黃昇《花庵詞選》（香港：中華書局，1962年），頁93。

22 士人傳統與民間傳統的流通，牽涉到社會階層的上下流通問題，擬待下節論之。

23 參考陳國球〈傳統的暌離──論胡適的文學史重構〉（陳國球等編《書寫文學的過去──文學史的思考》，臺北：麥田出版公司，1997年），頁46-48。

24 〈春水生二絕〉，清仇兆鰲注《杜詩詳註》（臺北：文史哲出版社，1985年），頁515。

25 〈江上獨步尋花七絕句〉，同上注，頁519。

26 〈夜歸〉，同上注，頁1059。

27 羅大經《鶴林玉露》（北京：中華書局，1983年），頁285。清仇兆鰲注《杜詩詳註》，〈春水生二絕〉詩箋註中即引用羅大經的評語：「羅大經曰：『少陵詩，有全篇用常俗語，而不害其為超脫，如此章是也』」，頁515。

28 陳師道《後山詩話》（清・何文煥輯《歷代詩話》，臺北：漢京文化公司，1983年），頁314。

29 羅大經《鶴林玉露》，頁285。

30 謝榛《四溟詩話》（清・丁福保輯《歷代詩話續編》，臺北：木鐸出版社，1988年），頁1179。

31 白話與文言的劃分究竟有無意義？龔鵬程有不同的意見，他在〈傳統與反傳統──論晚清到五四的文化變遷〉（《近代思想史散論》，臺北：東大圖書公司，1991年，頁40-41）一文中提及這個問題，他以為文言與白話的劃分是虛構的，文中引述張漢良〈白話文與白話文學〉（《比較文學理論與實踐》）一文所說，文言與白話的對立是「語言的二元論神話」。因為「語體和文言文並非對立的語言系統，兩者本無先驗的、獨立的語言質素，足以做為彼此區分的標準。就語音、語構和語意三層次而

言，兩者沒有本質上的差異。如果有區別，也僅在語用層次。亦即語言使用者對以上三種層次的慣例的認知、認定和認同問題。其次，所謂『語體』的白話文，和文言文一樣，已經不再是口語，而是被書寫過的文字。」因此，他認為文言與白話無從對立。

32 李瑞騰〈第七章　晚清白話文運動的意義〉（《晚清文學思想論》，臺北：漢光出版公司，1992年），頁180。

# 第三章

# 近代白話書寫現象的文化背景

　　白話書寫現象的興起是近代文學活動中極為耀眼的一環。大多數論著以「文學革命」視之，以其具備開啟現代中國新文學源流的地位而論。但是，以白話為書寫主流並非憑空出現的創舉，其發展早在人們所熟知的五四之前已有跡可尋。

　　自黃遵憲發出「我手寫我口」開始，八股文與桐城古文的書寫風潮逐漸受到質疑，而白話書寫開始零星出現於書冊上。正式廢除科舉考試之後，則士風大變，傳統讀書人失去操弄八股文墨的舞臺，直接促使白話書寫的可能性逐漸擴大。此外，翻譯外文著作的風潮也大為興盛，初期雖多以文言翻譯，但也逐漸帶動文人走向淺俗化的白話翻譯之路。另外，整體文學社會的機制亦逐漸產生質變，文人創作與商業行銷可以結合為一，讀者的拜讀與否成為新的文學價值的衡量標準，淺白遂成為必要。

　　因此，檢視白話書寫現象的文化背景，應就上述幾點加

以討論。

# 第一節　從科舉制度的廢除到白話書寫

## 一、科舉制度保障文言的優勢地位

　　以八股制藝取士乃宋代以來特有的科考生態。其實，科舉考試在唐代考的是詩；到了宋代則改為經義，即由四書或五經中出一題目，由考生做一段文章，形式全與散文雷同。到了明代便變本加厲，文章之首尾如何運作，破題、承題、起講等共有八股，每兩股做為一段，此平彼仄，兩兩相對，便是所謂的八股文。到了明末清初，增加許多限制，不但形式一致，且需符合一定的格調。如此一來，便愈來愈繁瑣了。[1]由於八股制藝的寫作保障了千千萬萬讀書人的仕進之途，因此非熟讀經典無法寫出四平八穩的文章。

　　於是，在士人出路單一且別無選擇的時代裡，眾人無不皓首窮經於其中，只為日後稻粱謀。因此，文言體制及作法之嫻熟，便成為廣大士人必需戮力磨光的重要課題。一旦登進成功，便能有效掌握文字的書寫權利，以文言文做為與上層菁英溝通的工具。

　　但是，八股文以形式為重的特色，卻使它自己逐漸走進死胡同中。八股制藝的擅長，既然能夠決定仕進的可能性；文言的書寫，便同時保障了士大夫的優勢地位。千百年來，科舉制度下的讀書人，早已熟習文言寫作與安身立命之間的

重大關聯。然而，在科舉制度保障文言優勢的同時，其文章寫作卻逐漸走向僵化與衰朽的境地，一系列作品其實已不能算是「文學創作」，只能稱之為「文字遊戲」；四書五經應有的清真雅正，詞氣必須講求代古人立言的姿態，都蕩然無存。科舉制度下原有對士人道德文章（學問）要求的制度，便一一化為《儒林外史》中光怪陸離的畫面。如此百病叢生的狀態，很難不令廣大讀書人憂心忡忡。

## 二、科舉之害與文學生命之斲傷

千百年來，中國士人無不汲汲奔赴科考，對於攸關安身立命的考試制度既愛又恨。針對科考的弊病，明清以來即不斷出現改革的呼聲，如顧炎武、魏禧等人。清初，聖祖即位初年，一度停止八股取士；康熙二年亦曾下詔停止八股文考試，[2]改以策論為主。然而康熙七年命復舊制，仍以八股取士。到了近代，科舉考試的內容已不符時代需求，改革便成了歷史之必然。

此後，陸續出現類似觀點，焦點多集中在考試內容的改革上。到了戊戌維新時期，康有為、梁啟超等先進知識份子先後奏請廢除八股試帖楷法試士，建議改用策論，並且得到採納；[3]維新派進一步要求遞減科考取士名額，也成功改革。改革的同時，廣設新式學堂；但科名的誘惑實在太大，使學生不願進入新式學堂，妨礙新式人才的培養。因此，在形勢逼人之下，清廷不得不於光緒三十一年頒布上諭：「著即自丙午科始，所有鄉試一律停止，各省歲科考試亦即停止」，自此，科舉制度才算正式走入歷史中。

　　科舉之害，所在多有。其中最大的害處，就是士人專務於求功名，將散文創作導向代聖人立言的八股制藝，尤其是明代以來以制藝取士所造成的問題最為嚴重。當時以「時文」稱呼這些作品，乃相對於古文而言，以其重在應時，因此有時文之稱。而一般士人多以制藝投考官所好，每榜所錄取的進士，其文風常為時人所傲效，互相標榜，以新奇為尚。當八股文是入仕的敲門磚時，絕大部分未入仕的讀書人無不於此認真學習。這種為科舉而學時文的風氣，左右明代文壇很長一段時間，如明永樂至成弘之際所崇尚的臺閣體，就是因此衍生的文學流派，以雍容華貴的文風知名於世。當時七子派便不斷批判時文，希冀改革；而三袁也有「獨抒性靈，不拘格套」的論說以面對時文。可見八股制藝的流弊，早已引起討論。

　　以八股制藝為主流的散文創作風潮，一直持續到清代。絕大多數讀書人都曾經以他最寶貴的年歲投注於八股散文的創作。滾瓜爛熟的記憶與背誦，有助於八股文寫作的成功，但也因此為一篇文章浪費太多時間，做成之後也沒有任何價值可言。前已述及，近代以來的讀書人如康有為、梁啟超等人，見識到八股散文的敝害，逐步進行改革，決定以更實用的策論取而代之，企圖打破積弊已久的僵化寫作。因為廢八股，變科舉原本就是變法維新的一大環節，是政治上的變革，也是文體的解放。康有為弟子徐勤便在《時務報》上撰寫長達八千餘言的〈中國除害議〉，全面痛斥八股取士之害。康有為也有專摺請廢八股，歷數其腐蝕人心、敗壞社會的禍害，並認為讀書人謝絕學問，惟事八股的結果是使得二千年之文學自此掃地無用，[4]可見康有為的痛心疾首。

　　而梁啟超從政治與學術的角度，清算八股、科舉弊害的同時，也從文體的角度嚴厲批判八股束縛思想、有害作文的弊端。他在著名的《變法通議》中說道：

> 古人之言即文也，文即言也。自後世語言文字分，始有離言而以文稱者，然必言之能達而後文之能成，有固然矣。故學綴文者，必先造句，造句者，以古言易今言也。今之為教者，未授訓詁，未授文法，閜然使代聖賢立言，朝甫聽講，夕即操觚，……又限其格式，詭其題目，連上犯下以鈐之，擒釣渡挽以鑿之。意已盡而敷衍之，非三百字以上弗進也；意未盡而桎梏之，自七百字以外勿庸也；百家之書不必讀，懼其用僻書也；當世之務不必讀，懼其觸時事也。以此道教人，此所以學文數年，而下筆不能成一字者比比然也。[5]

梁啟超表示古人之言多「文」、「言」合一，後世則逐漸走向言、文分離的局面，指的就是八股之束縛，使下筆不能真正述說自己的思想，文章淪於代聖賢立言的境地。梁啟超痛陳八股文對於創作文學的害處甚為重大，即使擅寫八股也不代表一定能寫出一手好文章。

　　此外，因為專務求取功名，而鄙視小說戲曲等文學創作，也是科舉對文學生命斲傷的另一例證。在講究科場功名的主流價值中，讀書人惟求仕進一途，其餘營生皆等而下之。平日著作以經世濟民、開啟道德人心為務，或以辭尚典雅的詩文歌賦聊表寸心；但對於充滿「淫詞豔曲」的小說戲

曲之流卻多加貶抑。而委屈於主流價值之下的小說戲曲，不僅士大夫無意以此為創作的正途，甚至視為不登大雅之堂的不入流之作。因此，一般正經人家的子弟多不得閱讀此類作品，[6]以免戕害身心。

明清以來，正是科舉以八股取士的高峰期，同時也是小說戲曲蓬勃發展的重要階段。快速成長、大量印行的小說戲曲成為市民生活的重要讀物，寫作者或為科場失意之文人，或為科場順利而仕途失意之文人。[7]無論創作者身分為何，諸多白話小說的創作者，大多以筆名發表，並不願暴露身實身分，如蘭陵笑笑生創作《金瓶梅》即是。[8]在整體社會價值觀下，小說戲曲的創作，其成就仍遠低於一般著作，多被視為娛樂消遣之什。正因為普遍價值觀如此，遂使得大多數優秀的讀書人不願也不可能投注心力於此。因此，除了少數名著之外，大多數創作者多湮沒無聞或姑隱其名。因此，中國文學傳統不似西方以小說戲曲之創作為主流，恰恰呈現相反的局面。

綜合以上，到了近代科舉制度的驟然崩落，瞬間瓦解許多讀書人的仕進之途，文學觀念的改變也在逐步進行中。

## 三、文學活動場域的轉換

時至近代，面對科舉制度的取消，八股制藝已喪失原來既有的優勢地位，讀書人不再因為現實需求而必須學做八股文；更不再因科考而得到仕進的機會。原本學做八股文，為的就是日後安身立命；如今，整個架構呈瓦解狀態，傳統士大夫的生存型態勢必要有所改變。

　　傳統讀書人無法再憑藉科考取得生存權，主要反映在文學活動的變遷上。過去習於書寫的八股制藝及詔策議論等文體，已失去它的表現場域，讀書人依此維生勢必面臨窘迫的境地。而整體社會又正好面臨急遽變動、新舊交替的局面，外在文學環境也出現劇烈的變化。驟失舞臺的傳統讀書人必需重新面對自我文學活動場域的變化，以面向當時風起雲湧的文學世界。於是，他們轉而成為白話小說的創作者、白話報刊的編輯者或是白話散文的書寫者。[9]

## （一）白話小說創作

　　白話小說的創作風潮，在近代後期二十年間達到巔峰。大量誕生的白話小說豐富了當時的文壇，根據統計，[10]僅一九〇〇至一九一九年間長篇通俗小說就有五百餘部，白話短篇小說則更多。同時，也出現專業的白話小說雜誌，如《白話小說月刊》，[11]其中所刊載的長篇小說全是白話書寫的，如《續官場現形記》、《補天石》、《英雄淚》、《美人說》、《不倒翁》、《濱海化生》、《新世界》、《續青樓寶鑑》等等。[12]

　　數量眾多的白話小說，顯示創作者為數不少。其中就有不少傳統文人的小說創作，如曾樸《孽海花》、李寶嘉《官場現形記》、劉鶚《老殘遊記》、吳沃堯《新石頭記》……等等，都是以白話書寫小說而風行一時，[13]頗受歡迎。他們在傳統文學創作之外，為自己另闢一新的文學活動場域。

　　曾樸當年由名師教導學習時文，把八股文作得有聲有色，頗有奪魁之望。但曾樸卻喜愛文藝，偷偷閱讀小說和筆記雜著。一八九〇年，十九歲的曾樸考中秀才，次年赴南京應鄉試，又中舉人；令人稱羨。一八九二年應廷試未中，捐

官留京供職。甲午戰爭時，他在悲痛之餘，覺悟到中國需要徹底的改革，與父親商量入同文館學習外文。其後，曾樸結識陳季同，奠定他日後從事法國文學的翻譯與研究的開端。庚子事變後，金松岑創作《孽海花》，寫了六回，因小說非自己所喜愛，便轉請曾樸續寫，當時曾樸正與丁芝孫、朱積熙等創辦《小說林》雜誌，提倡以小說啟迪民智的觀念。曾樸認為金松岑的稿子不錯，便一氣呵成。這部以近代幾個重要階段為主要描寫對象的白話小說，成為曾樸一生最大的成就，也使他榮登近代四大小說家之列。**14**

而以《官場現形記》聞名的李寶嘉則胸懷大志，第一名考中秀才之後，不願再將畢生精力浪費於科舉上，轉而辦報、寫小說。快速變動的文學環境也正好提供他一個新的可供發揮的園地，因此他陸續創辦《指南報》、《遊戲報》、《世界繁華報》及《繡像小說》等著名報刊。此後所創作的小說有六部之多，其中以《官場現形記》最著名，書中暴露晚清官場的醜惡與官僚的卑劣，成就頗高，為近代四大小說之一。

梁啟超由秀才到舉人，一路行來皆以傳統的儒學訓練為主，成長後遇到新時代的遽變，梁啟超便一舉投入維新事業，從此不再書寫八股文（或桐城文），著力於創辦報刊以及文學創作。梁啟超先後創辦《清議報》、《庸言報》及《時務報》等報刊，同時提倡新文體，寫作小說，《新中國未來記》就是一部帶有預言性質的小說創作。

綜合以上，白話小說的創作，幾乎已成為傳統讀書人轉換文學生命的另一個重要舞臺。他們以厚實的國學涵養，建構一部部驚人的白話小說，豐富了近代文壇的生命力。

## （二）白話報刊編輯

　　近代以來白話報刊的出現，以上海申報館附出的《民報》為最早（一八七六年三月三十日創刊），這是一部以大眾為發行對象的通俗小報，每週二、四、六各出一張，為周三刊。但《民報》卻是由外國人創辦的。至於中國人自辦的白話報紙，最早的是在上海創刊的《演義白話報》（一八九七年十一月七日創刊），此報為章伯初、章仲和等人主編的小型文藝日報。繼之者為《平湖白話報》、《無錫白話報》；後者為提倡「白話為維新之本」的裘廷梁所創辦。此後，白話報如雨後春筍般出現，如《通俗報》、《女學報》、《覺民報》、《京話報》、《杭州白話報》、《蘇州白話報》……等等，據統計約一百七十餘種之多。[15]

　　為數眾多的白話報刊形成近代文學世界的一大奇觀，其中有許多報刊的編輯為具備傳統國學素養的文人。如上述出身於讀書世宦之家的裘廷梁，接受過嚴格的傳統教育，於三禮、諸子、史漢等頗有研究，對於桐城諸家的文章也很有興趣。一心想走「學而優則仕」的裘廷梁，兩次不第，遂絕意於仕途。戊戌變法期間，為宣傳維新變法，他便在家鄉創辦《無錫白話報》（後改名《中國官音白話報》），以「白話為維新之本」立論，將白話文的熱潮推向極致。

　　此外，如上所述，傳統文人不僅寫小說，也編報刊。如曾樸編過《小說林》；李寶嘉編過《指南報》、《遊戲報》、《世界繁華報》及《繡像小說》等報刊，將深厚的國學素養轉換為編輯白話報刊的養分。這類順勢走上編輯檯的傳統文人所在多有，如出身於衰敗官僚家庭的吳沃堯，因為曾經自

修古文，對於自身的文學創作及往後的文學活動都有很大的幫助。吳沃堯先後編輯過《字林滬報》（副刊為《消閒報》）、《采風報》及《寓言報》等；而最具影響力的要算是《月月小說》，允為近代四大小說雜誌之一。擁有豐富的編輯經驗，使他找到文學生命的另一個舞臺。

綜合以上，白話報刊的蓬勃發展，多賴傳統文人的大量投入編輯行列，並逐漸形成一批新一代的文人型報人。傳統文人在此為自己找到新的文學活動場域，而不需拘拘於仕進之途。

## （三）白話散文創作

傳統讀書人除了直接參與白話報刊的編輯以及涉足小說創作，他們也嘗試以白話書寫散文，如梁啟超、章太炎、劉師培等著名文人都是。

近代由梁啟超所發起的「文界革命」，就是一場散文改革的活動，而這場改革則與其報章文字脫不了關係。以報章文字為主體的新文體雖然文、白參半，不能稱為真正的純白話，但夾雜俗語、外語、駢語、日語等語法的「新民叢報體」仍然以其通俗的面貌大受歡迎，有別於當時盛行的八股文或桐城筆法。因此，新文體的開啟正是對舊文體的一種批判。梁啟超大寫新體散文的結果，使得「老輩則痛恨，詆為野狐」，[16] 可見傳統的阻力相當大。而當時除了八股文之外，還有甚為流行的桐城古文，梁啟超也曾經表達過「夙不喜桐城古文」的看法，[17] 主要是因為桐城古文因襲矯揉，且無益於社會的特點。

因此，對於散文創作，梁啟超要求通俗曉暢，如前述新

文體就是明證。而他不滿於言、文分離的狀態，強調應合一的觀點，無形中推動了往後白話書寫的開端。由此言之，並非純粹白話的新文體，正好是帶動白話文體走向新變的重要關鍵。

此外，章太炎先生為文崇尚魏晉，喜愛古奧艱深的書寫風格，也曾經反對過白話書寫；但他為了宣傳革命，「破例」寫過一首通俗的的〈逐滿歌〉以及由演講集結的《章太炎的白話文》。[18]章太炎認同言文一致的看法，卻不大贊成以白話完全代替文言，他認為文言與白話有高低之分，也有讀者身分不同的問題。因此，他認為對一般群眾發聲較適合白話書寫，對於知識份子則使用文言書寫。[19]而《章太炎的白話文》中，計八篇白話散文，雖為演講錄，但仍稍經潤色而成書。其著名篇章如〈留學的目的和方法〉：

> 做一件事，說一句話，最怕別人要問：甚麼緣故？現在諸君在這邊留學，是甚麼緣故？又問回家去教育子弟，是甚麼緣故？大概總說求學是要使自己成有用之材，教育是要他人成有用之材；這句話，原是老生常談。……[20]

這篇文從字順的白話書寫，展現章太炎成熟的白話書寫面貌。

而劉師培家學深厚，父祖輩為《春秋左式傳》的研究專家；[21]劉師培承繼家傳經學，亦卓然一家。然而十八歲即高中舉人的劉師培，卻在京師會考時不幸落第。歸途旅遊上海，因為結識章太炎、蔡元培、陶成章等人，從此絕意仕

途，參與革命黨。其後，並加入林獬（白水）所發行的《中國白話報》，發表許多關心時政以及變法革命的的白話文。而這些在《劉申叔先生遺書》中全未收錄的白話作品，卻鮮為人知，只有在〈國文雜記〉及《辛亥革命前十年間時論》中收有極少數的作品。

劉師培的白話文作品大約可分為四類，[22] 分別為傳記、論說、敘述、遊記等類型。傳記體如〈孔子傳〉、〈中國革命家陳涉傳〉、〈中國排外大英雄鄭成功傳〉等；論說體如〈論列強在中國的勢力〉、〈論中國沿海形勢〉、〈論亞洲北幹山脈〉等；敘述體如〈中國歷史大略〉、〈黃黎洲先生的學說〉、〈西漢大儒董仲舒先生學術〉等；遊記體如〈長江遊〉、〈西江遊〉等。劉師培選擇以白話書寫他對於時局的看法、對學術思想的見解，並力求通俗，與當時崇尚艱深古奧的文體迥然有別。同樣地，劉師培的白話文一樣有文白夾雜的現象產生，雖然文言與白話之間的距離逐漸消融，但仍有半白半文的特色，這也是新舊交替時期的普遍現象。

綜合以上，近代以來逐漸有傳統讀書人開始嘗試以白話書寫散文，雖然仍有受限於內外在各種環境的限制及不足；即使與今日之白話不完全相侔，但仍可視為日後白話書寫的重要先聲。

總之，自科舉制度的瓦解到整個文學活動場域的轉換，近代文人面臨了一次最劇烈的變動。它也直接促使白話書寫現象愈來愈蓬勃、興盛。

# 第二節　從翻譯事業的興盛到白話書寫

## 一、「學習西方」：先進知識分子的信念

　　到了近代，中國對於學習西方已有了積極而明確的方向，尤其是較為先進的知識份子們，多能理解西學對於中國文學的影響與功用。因此，接受西學的首要之務便是翻譯人才的養成，以及留學生與中外文化的交流。這兩項政策的推行，前者使翻譯文學大為盛行，後者使西方重要的文學思想得以傳入中國。這些政策的推行，使得先進知識份子得以學習西方語言文字的特點，以及文學史、文化史上的種種知識，並重新反省本國語言文字上的問題。因此，近代眾多以白話書寫的知識份子多深受西語（或日語）的影響，[23]而呈現夾雜外語的書寫特色；而諸多白話書寫提倡者對於中外語文的比較亦有所反省。[24]職是，近代白話書寫的熱潮正與這兩項原因緊密結合著。

　　學習西方既然成為先進知識份子的重要信念，陸續設立的外語學校便成為他們培養西方眼光的殿堂。如北京的京師同文館、上海的廣方言館等，這些以翻譯為主的新式學堂，培養一批新式的外語人才。其後，又有為了西書翻譯而設立的機構，如寧波的華花聖經書房、上海的墨海書館、江南製造局翻譯館及上海的廣學會，但是大部分以翻譯自然科學書籍為主。

當時還有一種極為特殊的現象，就是大部分的西書翻譯是經由日譯本轉譯而來的。日本在經過明治維新之後，國力大為強盛，主要原因就是學習西方；而翻譯西書便是學習西方的主要方式之一。[25]因此，先進知識份子認為翻譯西書就是日本強盛的原因。當時，日本翻譯的西書數量大而且門類齊全，流亡到日本的梁啟超便大量閱讀了西籍的日譯本，同時也著手翻為中文。[26]而大量的留日學生更是積極投入從日文翻譯西書的工作。[27]這項熱潮大約在二十世紀初達到最高潮，據統計，從一八九六年至一九一一年中國所譯日本書至少在一千種以上，這個數字大大超過同期所譯西方諸國書籍的總和。[28]此外，梁啟超在日本創辦的《清議報》及《新民叢報》及胡漢民、陶成章、章太炎先後任主編的《民報》，除了宣揚各派政治主張之外，也翻譯了不少日本介紹西方資產階級民主思想的文章，更有利於西學的傳播。

自日文漢譯而來的西籍，促進西學在中國的傳播；而中日相近的文化背景，更使得經日本轉譯而來的西方典籍容易進入中國社會，無怪乎張之洞於一八九八年即說道：「各種西學之要者，日本皆以譯之，我取徑於東洋，力省效速。」[29]而這些自日譯本轉譯而來的西方典籍，與前引之京師同文館、華花聖經書房等以自然科學和宗教為主的翻譯書籍，其最大不同點在於，這批由日書漢譯而來的西籍大多為人文社會科學方面的書籍。同時，實行西式學堂教育的中國，當時正好需要大量教科書以充實教育發展，而日本豐富的編寫教科書經驗，正好成為急需教科書的中國可行的學習對象，而許多留日學生即翻譯不少日本教科書，成為五四之前各中小學的主要教科書來源。

　　先進士大夫們處於西方文化進入中國的近代時期，起初仍有抗拒與排斥，但畢竟仍有一批有識之士，極早看出學習西方的必要性。林則徐、魏源主張「師夷之長，技以制夷」，雖著重於船堅砲利部分，但終究看到了西方之長。而維新派的馮桂芬、馬建忠、鄭觀應、康有為、梁啟超等，不只意識到學習西方的自然科學，更重要的是還要學習西方的社會、教育、哲學等，亦即全方位的學習。因此，我們看到康有為為探索國家前途，決心捨棄考據帖括之學，開始研讀《西國近世匯編》、《環遊地球新錄》等書。其後開始讀西書，一八八二年道經上海，大肆採購西書，此後努力鑽研，舉凡聲光電化重學及各國史志、算學等，均成為康有為研讀的對象。他並且結合西方學理，從古代典籍和諸子當中探求歷史變革，寫出《康子內外篇》、《實理公法全書》、《顯微》、《民功篇》等論著，向西方尋求真理。[30]

　　譚嗣同也是努力接受西學的一位人物，他曾以三十歲為界，定義自己之前的學問為「舊學」，其後的學問為「新學」。三十歲這年，他研讀了廣學會的許多書籍，並開始研究算學，他在〈仁學界說〉中就說：「凡為仁學者，於佛書當通《華嚴》及心宗、相宗之書；於西書當通《新約》及算學、格致、社會學之書。」[31]，可見他充分自覺於學習西方一事。[32]

　　嚴復的宣傳西學亦功不可沒，他主張「西學救國」，認為人們的精神改變了，就能變法圖強，這也是他積極翻譯西方名著的動機，透過譯介西書打開人們的眼界，以正確瞭解西學。[33]

　　而梁啟超接受西學始於一八九〇年，入京應試不第的

他，途經上海，始見《瀛寰志略》及江南製造局翻譯館所翻譯的西書，一時為之著迷。其後，又拜師康有為，就學於萬木草堂，閱讀不少西書譯本。戊戌政變後，梁氏逃亡日本，大量閱讀西方典籍，將重點放在西方精神文明的介紹上。為傳播西方精神文明，他先後介紹了亞里士多德、柏拉圖、蘇格拉底的希臘政治與哲學；康德的德國古典哲學；霍布斯的國家學說，斯賓諾沙的無神論；盧梭的《社會契約論》；休謨的不可知論；培根的經驗論和歸納法；笛卡兒的理性主義；哥白尼的日心說；達爾文的進化論；孟德斯鳩的法權學說；邊沁的功利主義；瓦特、牛頓、富蘭克林的發明創造。[34] 在梁啟超積極的宣傳之下，西學的傳布在中國逐漸形成風潮。

綜合以上，康有為、譚嗣同、嚴復、梁啟超等先進知識份子們，除了接受傳統文化薰陶之外，對於學習西方亦有積極的一面。透過對西方文化的學習，近代文學的發展被薰染出特殊的面貌，尤其是語言文學方面的變化。

## 二、譯介西方文學與思潮

譯介西方文學與思潮，是當時知識份子新興的「行業」類別，許多人投身於此，特別是曾經留學國外或接觸西學甚多的知識份子，紛紛投入這項領域，豐富了當時的文壇。這項翻譯事業的興盛，最熱鬧的階段在一九〇五年前後，[35] 與辛亥革命前的社會風潮有關，許多知識份子都有喚醒一般大眾自覺的使命感。想要開通一般人民的視野及見識，最佳的良方之一就是引進西方典籍，以殊異的人情風土思想，一新

天下人耳目。翻譯文學的興盛由社會提供了強而有力的背景，遂成為當時社會上一幅重要的文化風景。

近代投入翻譯世界的知識份子，前期多以文言譯西籍。眾所周知的翻譯家林紓及嚴復，其翻譯文學都使用文言。特別是嚴復，其翻譯更是古雅難懂，連桐城大將吳汝綸也對他的譯筆大為嘆服：「駸駸乎與晚周諸子相上下」，[36]這與當時文壇的整體風氣有相當關聯。另外一批投入翻譯的知識份子，包括曾樸、周桂笙、吳檮、伍光健等人，有別於前述諸人，都有採用淺近文言或白話文翻譯的經驗，翻譯語言的變化對於當時的白話書寫現象確乎產生過相當重要的影響；尤其是翻譯家或多或少受到外國語法的影響，進而帶動整體白話書寫的寫作語法，將中國語文引入更白話而通俗的境地。[37]因此，整個近代翻譯文學興盛的時代裡，翻譯語言的使用，愈到後期，其語言運用愈加白話。

整體而言，若以翻譯語言的差異而言，西書翻譯大約可粗分為四種類型：一是純用文言文翻譯，以林紓、嚴復為代表；二是淺近的文言，以陳家麟、包天笑、周瘦鵑、陳景韓為代表；三是含有文言詞語的白話體，以吳檮為代表；四是白話文體，以曾樸、伍光健、周桂笙為代表。[38]由這樣的劃分當中，看到了近代翻譯文學的趨勢，即逐步走向白話文體的使用。本文為彰顯自翻譯事業到白話書寫的行進步履，第一類以文言翻譯者，暫不列入討論，特以後三類接近白話及白話翻譯者為討論對象。

首先談到淺近文言的翻譯者，茲舉包天笑與周瘦鵑為說明。包天笑係鴛鴦蝴蝶派小說創作的代表人物之一，其翻譯成就也不遑多讓。其譯筆大多是淺近的文言，語言明暢，頗

為可讀。其翻譯文學中較著名的是六部教育小說，即《馨兒就學記》、《苦兒流浪記》、《埋石棄石記》、《兒童修身之情感》、《無名之英雄》及《孤雛感遇記》。其中，《馨兒就學記》為義大利的愛米西斯原著，包天笑由日文版翻譯而來的，是其中最受歡迎且影響最大的一部譯作。

周瘦鵑是位多產譯家，其譯文中有文言，也有白話。其中影響最大的譯作是《歐美名家短篇小說叢刻》，其中白話譯文約占三分之一，多數係淺近的文言。[39]如他所翻譯的狄更斯《星》：

> 嘗有一稚子，好漫遊而富思想。有弱妹一，為其良伴。此二人者，長日恆發奇想。每見一物，輒引以為奇。見花之豔，奇之。見天高而蔚藍，奇之。見水深而瀲灩，奇之。且奇彼上帝萬能，乃造此可愛之世界。……[40]

雖為文言，但絕無生字僻詞。此外，其白話譯文亦明白曉暢，如湯麥司哈苔《回首》的譯文：

> ……陰鬱寒冷的耶穌聖誕節前一天。天上滿騰著片片彤雲，黑壓壓的不透一絲天光。地上積雪，足有好幾寸厚，好似鋪著一條挺大的鵝毛毯子。這時已近黃昏，那一天夜色，卻越騰越密，愈密愈黑，恰和這滿地瓊瑤，做了個反比例。……[41]

以上白話譯文與上述之淺近文言明顯有所區別，亦可顯現近

代譯作語言的不穩定性。

其次論及含有文言詞語的翻譯，則以吳檮的譯文為代表。其譯文已大多採用白話，如翻譯蒙萊托夫《銀紐碑》、契訶夫《黑衣教士》、高爾基《憂患餘生》等三部小說，均以純熟的白話翻譯之。以下引《銀鈕碑》一段描述自然景色的文字：

> 說話那時，正是九月天氣，晴和高爽，氣候並不嚴寒。四面山巒，望去猶如盆石般清明颯爽。俺們當即走到堡寨堤上，兩人並無言語，靜悄悄地前後徘徊。既而那女子坐在草地上，我也任便坐在她一旁。……42

這段相當精彩的白話譯文，其實仍含有文言詞語在內，如「猶如盆石般」、「俺們」、「既而」、「任便」等，然大體已具有白話譯文的精鍊。

最後論及白話翻譯者。其中，撰寫《孽海花》的曾樸，曾經進入同文館勤學法文，奠定他後半生譯介法國文學的基礎。曾樸認為翻譯應忠實傳達原著的精神，並掌握語法特色，因此對於林紓式的意譯與一知半解的拼湊頗不以為然。曾樸認為應以白話翻譯較為妥當，方能傳達出「原著人的作風，叫人認識外國文學的真面目，真情話」。43他先後譯過雨果《馬哥皇后佚史》（署名「東亞病夫」）及《鐘樓怪人》……等等，是極佳的白話譯文。

周桂笙的翻譯時一般採用極為平易的報章體，有的以淺近的文言翻譯（如《福爾摩斯再生案》），而其《毒蛇圈》則是較早採用純白話翻譯的譯作，如小說第一回開端處：

「爸爸，你的領子怎麼穿得全是歪的？」

「兒啊，這都是你的不是呢，你知道沒有人幫忙，我是從來穿不好的。」

「話雖如此，然而今天晚上，是你自己不要我幫。你的神氣慌慌忙忙，好像我一動手就要耽擱你的好時候似的。」[44]

這段可稱得上流暢的白話翻譯，在當時並不多見。

伍光健以翻譯為專業前後五十年，最早始於戊戌變法前後。其辛亥前的白話譯本，以大仲馬《俠隱記》、《續俠隱記》、《法宮密史》等最著名，均以純熟的白話譯成，可說是近代白話翻譯中的佼佼者。如《續俠隱記》中的一段：

原來那時吉利模腳踏籬芭，爬牆，上窗子；腳步站好了，向下使手勢，從窗縫往裡看。達特安道：「你看見什麼？」吉利模豎起兩個指頭，阿托士道：「你說罷，我們看不清楚你的手勢，裡面有幾個人？」……[45]

用白話翻譯的他，所採用的已不是舊小說裡的白話，而是較為純熟的接近現代語法的白話，譯筆簡潔明快。

近代譯介大量西方典籍與思潮，對於中國語法的影響以潛移默化的方式，逐步滲透。特別是西方語文多有言文合一的特點，較無中國語文長期以來言文分離的問題，書面語與口頭語的距離也比較接近，因此中國之語文較諸西方難學許多。然而，由於翻譯事業的興盛，不僅帶來西方不同的文學觀念，也在無形中影響了本國語文走向言文合一的白話化進

程。

## 三、言文合一的西方語言與日語進入漢語

　　言文合一的西方語言與日語進入漢語，在閱讀、翻譯西
書及日書時可見端倪。西方以拼音文字為主，日本以假名文
字為主，相較於中國的象形文字系統，顯然較能達到言文合
一的可能性，即書面語與口頭語較為接近。因此，先進知識
份子們對於中國語文的改革，顯然亦由此得到些許靈感。

　　譬如黃遵憲。先知先覺的他對於詩歌的古今辭彙及語言
問題，早已有所討論。[46]古書的語言成為書面語之後，便固
定下來，但口語卻無時不變，因此後人讀古書，便如同閱讀
外國語文一樣。黃遵憲肯定古書難讀，也勇敢面對自古以來
語文傳意出現的種種問題，正視書面語與口頭語的差異問
題。同時，他也檢討了文學語言的問題，即由古今變化的道
理，認為古今不斷改變，今日的「流俗語」，日後可能成為
「古爛斑」，因此有「我手寫我口，古豈能拘牽」的宣言出
現，[47]這項關於言文合一的表述，確實一新天下人耳目。

　　日後黃遵憲有機會到日本和美國遊歷，[48]對外國的語文
狀況有了一些認識，使他有機會藉此比較中日語文狀況，對
於中國語文的問題有更明確的看法。黃遵憲深信中國語文要
走西方及日本語文的方向才有出路，中國語文應該世界化。
黃遵憲旅日時所寫成的《日本國志》，就有他對中國語文各
方面的探討：

　　　外氏史曰：文字者，語言之所從出也。雖然，語言有

隨地而異者焉,有隨時而異者焉,而文字不能因時而
增益,盡地而施行。言有萬變而文止一種,則語言與
文字離矣。……余聞羅馬古時,僅用臘丁語,各國以
語言殊異,病其難用。自法國易以法音,英國易以英
音,而英、法諸國文學始盛。耶穌教之盛,亦在舉
《舊約》、《新約》就各國文辭普譯其書,故行之彌
廣。蓋語言與文字離,則通文者少,語言與文字合,
則通文者多,其勢然也。……泰西論者,謂五部洲中
以中國文字為最古,學中國文字為最難,亦謂語言文
字之不相合也。……周秦以下,文體屢變,逮夫近
世,章疏移檄,告諭批判,明白曉暢,務期達意,其
文體絕為古人所無。若小說家言,更有直用方言以筆
之於書者,則語言文字幾乎復合矣。余又烏知夫他日
者不更變一文體為適用於今、通行於俗者乎?嗟夫!
欲令天下之農工商賈婦女幼稚皆能通文字之用,其不
得不於此求一簡易之法哉![49]

此外,黃遵憲在〈梅水詩傳序〉中也有一段文字論及中國語
文的問題:

語言者,文字之所從出也。語言與文字合,則通文者
多;語言與文字離,則通文者少。余於《日本學術志》
中,曾述其意,識者頗韙其言。五部洲文字,以中國
為最古。上下數千年,縱橫數萬里,語言或積世而
變,或隨地而變,而文字則亙古至今,一成而不易。
父兄之教子弟,等於進象胥而設重譯。蓋語言文字扞

格不相入，無怪乎通文字之難也。[50]

黃遵憲明確指出「文字者，語言之所從出也」及「語言與文字合，則通文者多；語言與文字離，則通文者少」的道理。清楚說明書面語本出於口語，繼而指出西方語文的狀況，以說明言文合一及以白話文為書面語是一條必然的道路。

而黃遵憲本人的詩歌創作，走在時代前端，他的「新體詩」被視為維新派的具體詩歌實踐。主要特點是「摭撦新名詞以自表異」，[51]即以儒、佛、耶三教經典中一些生僻的詞語或西方名詞的譯音入詩。新名詞如留學生、地球、赤道、國會、殖民地、幾何、領事、世紀、紅十字、十字架、十字軍等；外國譯名如歐羅巴、美利堅、格蘭脫、亞細亞、哥倫比亞、奧姑、檀那等。這些都是黃遵憲曾經入詩的文字，顯見外國語文對他的創作產生過相當明確的影響。

此外，梁啟超提倡的「新文體」亦明顯有西方語文影響的痕跡在內。這項被稱為「報章文體」的新文體，與梁氏的「文界革命」有莫大關聯。就內容而言，文界革命的起點即由輸入歐西文思開始，即歐洲的文化思想及日本德富蘇峰的文章。[52]就形式而言，為了宣傳維新及開通民智的需要，亦要求通俗化，梁啟超即認為：「夫文界之宜革命久矣，歐美、日本諸國文體之變化，常與其文明程度成比例。況此等學理邃賾之書（指嚴復的翻譯），非以流暢銳達之筆行之，安能使學童受其益乎？」（〈介紹新書《原富》〉）梁啟超有感於嚴復的譯文太過古雅，認為文界革命要成功應以暢達之文字行之，並朝向言文合一的標準邁進。此言文合一的標準，為梁氏一貫的主張，他認為：「文學之進化有一大關鍵，即

由古語之文學變為俗語之文學是也。各國文學史之開展，靡不循此軌道。」[53]這就是梁啟超的基本主張。[54]

梁啟超的新文體，尤其是他逃亡日本後創辦《清議報》時期，其特點是運用日本翻譯西學的漢語辭彙和模仿日本文體（特別是德富蘇峰的文章）。而平易暢達、中西交融則是梁啟超新文體的語言特色，一般說來屬於淺近的文白參半的通俗文體，而這種文體中多雜以俚語、韻語和外來語，茲舉〈過渡時代論〉中的文字為例：

> 過渡時代者，希望之湧泉也，人間世所最難遇而可貴
> 者也。有進步則有過渡，無過渡亦無進步。其在過渡
> 以前，止於此岸，動機未發，其永靜性何時始改，所
> 難料也；其後過渡以後，達於彼岸，躊躇滿志，其有
> 餘勇可賈與否，亦難料也。⋯⋯[55]

其中如「過渡」、「動機」、「彼岸」等均為由日本引進的外來語，於今雖習見，就當時而言卻是一項創舉。此外，梁氏在文章中亦雜用外國人名、地名和外文，如達爾文、斯賓塞、盧騷、孟德斯鳩、瑪志尼、羅蘭夫人、歐羅巴、美利堅⋯⋯等，經常出現於文中。這些外來語的使用，不知不覺地改變了梁啟超散文的語法結構。在文章中直接雜用外文，或直接引用外國人的外文原話，那更是自古以來散文中從未有過的語言現象。[56]

綜合以上，近代西潮的輸入，對於文學發展的影響是鋪天蓋地而來的。外來語文進入中國語文的語法結構中，逐漸使中國語文走向世界化，促使先進知識份子逐步正視言文合

一的問題。

# 第三節　從文學社會運行機制的變化到白話書寫

## 一、走向通俗化：傳統知識份子尋求新的教化工具

　　近代以來，文學的社會運行機制發生重大變化。所謂運行機制，指的是新型傳播媒體（報刊）和平裝書（相對於線裝書）的問世，機器印刷和商業化的銷售方式，逐漸成為文學文本的製作與傳播的主要方式，使得傳統知識份子壟斷文化的局面漸次瓦解，「市場」成為文學發展的重要力量，讀者反應成為文學價值的重要評斷標準。因此，文學逐漸走向以大眾反應為主的閱讀世界中。

　　文學社會運行機制產生的重大轉變，促使傳統知識份子必須尋求新的教化工具，以維繫個人創作的生存空間及價值。因為文學社會運行機制轉變的最大意義在於文學走向通俗化這一面向。傳統的小說戲曲，由「不登大雅之堂」，逐步得到知識份子的認同與重視，尤其在戊戌變法前後被視為有效的教化工具，正式進入文學殿堂，頗有取代傳統詩文成為文學經典的態勢。此時，文學大眾的閱讀興趣也逐漸投注於小說中，當時能閱讀小說的識字之人仍舊是一批舊學出身的傳統知識份子，他們把小說視為接受先進思想的有利武

器,因此逐漸改變原來浸淫於四書五經的閱讀習慣,而開始購買並閱讀小說。

讀者群體的觀點改變了,相對地身為創作主體的作家也同樣有所轉變。近代的傳統知識份子在頓失科舉這項登進之梯後,為圖謀生存,紛紛轉換文學活動場域。眼看小說已成為標示先進的象徵,他們也前仆後繼的的投入小說創作,形成近代文學發展中特別璀璨的一頁。

對於傳統知識份子而言,讀書求功名原是他們唯一的職業,也是唯一的安身立命之階。一旦登第,透過四書五經的道德思想進行社會教化,更是他們習以為常的生存模式。而新時代廢除科舉與任官簡拔制度確立之後,他們勢必要尋求新的教化工具,以求貞定個人的生命價值。面臨急速變遷的文學社會現狀,他們也逐步意識到小說的價值已不再低微,在維新派的鼓動之下,儼然成為新的教化工具。唯有透過小說的熏染力量,才足以開通民智,喚醒廣大民眾久睡的靈魂。因此小說的風行,代表著該文體必然朝向通俗化發展。這是傳統知識份子首先要面對的改變。

此外,新式報刊也是傳統知識份子所尋求的新式教化工具之一。報刊原本就以大眾為發行對象,先進知識份子出於經世致用的需要而創辦報刊,為喚醒救國救民的熱情,使用較淺白的文字書寫,大力推進文學俗化的發展。這一波讀書人辦報的風潮一旦颳起之後,連傳統知識份子也逐漸蛻化出新的面貌,一樣也堂堂皇皇的辦起各式報刊了。整題而言,報刊的出現,帶動文學朝向通俗化發展;這使得傳統知識份子除了小說創作之外,還能夠以報刊做為教化工具,同樣達到文學傳播的社會教育功能。

　　然而，知識份子加入文學俗化的行列，成為小說及報刊的作者兼讀者的同時，也促使通俗化的白話書寫出現雅化傾向。就文學語言的純化而言，知識份子加入白話書寫的行列，提煉過份俗化的內容，對語文發展可以產生正面的影響。雅俗並濟使當時的白話書寫現象呈現複雜而豐富的內涵。但是，整體文學發展的潮流仍舊以通俗化為主。

## 二、新式文學文本出現：平裝書與報刊

　　平裝書與報刊具有傳播迅速與大眾化的特點，對於文學走向讀者、發揮傳播功能非常有利。

　　近代文學社會發展最明顯的轉變，就是文學傳播方式由原本的作者手抄和手工印刷，改為機器印刷大量產製的方式。一改過去文學侷限於上層菁英與少數知識份子的特權，而成為一般大眾都能參與的活動。平裝書的出版，使身為創作主體的作家有機會在有生之年親見自己的著作出版，並為社會大眾廣泛閱讀，對於文學讀物的流通而言便利許多。相對地，亦大大拉進了上層社會菁英與下層民眾之間的閱讀視域，並加速作家朝職業化的路途邁進，逐漸產生現代意義下的作家行業。

　　與平裝書出現的同時，新式報刊的崛起也為文學走向大眾化的傳播模式帶來新契機。相較於平裝書的特點而言，報刊不僅傳播速度更快，還有花費較少這一項優點，對於快速走入大眾更為有利。同時，報刊的傳播還具有通俗化與都市化的特點，[57]通俗化是近代以來文學革新運動的目標，也是文學近代化的理想之一，報刊同時負有傳播西學與開通民智

的雙重目標，語言便必需淺俗易懂，通俗化就是它不得不然的走向。此外，近代報刊多出現於都市中，都市所提供的經濟與文化的雙重優勢，培養了一批新式報刊的消費與接受群體，因此都市中的一般大眾成為新式報刊主要的銷售對象。整體而言，報刊具備的快速與便利等特點，使得文學改革與西學傳播更加容易。

與此同時，報刊風行使得文藝創作的發表園地愈來愈多。登載小說、散文等文藝創作佔據許多報刊的版面，直接促進近代小說的繁榮發展。在這樣的環境下，也逐漸培育出一批文人報人與報人小說家，新的媒體為他們開創一個新的文學傳播天地。文人報人是近代以來特有的一種群體，傳統讀書人失去原有的舞臺之後，多半投身於報刊的創辦或擔任編輯工作；報人小說家，是另一種特殊的群體，長期任職於報刊編務的報人，多讀書人出身，本身即具備創作天份，又在編務中接觸許多小說創作，自然而然也投入小說創作或翻譯的行列中。因此，在這樣的文學社會運行機制下，作者、編輯與出版往往形成一個有機體，一同配合著進行各項文學實踐。

因此，傳統被視為「藏之名山，傳之後世」的文學事業，此時也開始成為工商業社會的一部分。作家或文學團體紛紛通過自己的刊物實踐文學主張，各自形成不同的文學社團與流派。如梁啟超創辦《新小說》，為一批維新派志士發表政治與藝術主張提供園地。包天笑主編《小說大觀》與《小說時報》兩種，在他周圍團結了一大批鴛鴦蝴蝶派作家，他被推為這一文學流派的元老。此外，吳趼人、周桂笙編《月月小說》，王蘊章、惲鐵樵編《小說月報》，王鈍根、

周瘦鵑編《禮拜六》等，都聚集了一批作者，通過刊物呼喚同道，造成風氣。這時，文學已從純粹的個人事業中掙脫出來，成為一種公眾的、集體化的工作。[58]

因此，新式文學文本的出現，使得文學社會的運行機制產生重大變化。同時，也使得文學由廟堂之上走入尋常百姓的生活中，為白話書寫奠下基礎。

## 三、市場與讀者反應成為文學價值的評斷標準

科舉崩解之後，新式教育制度逐漸確立，產生一批新的知識份子。而傳統讀書人的人生亦驟然轉向，大多成為報人或小說家，投入新型態的文學產製行列中。新舊知識份子階層日形壯大，對於近代文學事業的發展而言，不只影響到身為創作主體的作家及創作面貌，最直接的影響還是作為接受主體的讀者對於文學作品的反應與閱讀品味的問題。作家能夠直接面對讀者的反應與要求，是古代作家所無法想像的事情，也是近代文學發展中很重要的一環。

新式教育下產生的讀者，其審美品味已不同於古代粗通文墨的讀者；他們多半比較能夠讀立思考、具有較高的文學品味，讀者的閱讀趣味與作家的創作內涵較為接近，讀者的反應藉由出版市場上的消費狀況回饋到作家身上。因此，近代以來的作家從事創作，不僅具有快速成書面世的機會，更必需在面世同時，接受讀者的反應刺激。因此，文學出版市場與讀者反應的熱絡與否，便成為文學價值的重要評斷標準之一，文學作品逐漸有走向商品化的趨勢。這就是近代文學走向現代性的重要表徵。

　　新型傳播媒介（報刊）的誕生與新式傳播形式（平裝書）的風行，改變了文學傳播的形式。作家的文學作品一經寫出，便迅速地進入社會中，並獲得市場反饋，所謂的文學家也就逐漸脫離孤芳自賞的創作心態，代而起之的是躍躍欲試地參與文學社會與出版市場的心態。這種情形直接影響文學作品創新和隨俗的文體形式，影響作家創作出鬆散流動的結構，追求較為刺激的藝術效果，甚至可能粗製濫造。[59] 而讀者也改變原本隱沒的狀態，迅速接受文學作品，並與作家進行對話，因此文學作品的價值經常與讀者的反饋發生關聯，通俗與隨俗或媚俗的創作趨向便成為可能。因此，文學傳播形式的轉變同時製造了文學的繁榮、變異與危機。[60]

　　以辛亥革命之後風行的都市通俗文學流派 —— 鴛鴦蝴蝶派為例，在那段新舊交替的年代裡，它的讀者已形成一個特定的群體。為了贏得市場，使老少咸宜，他們不得不隨俗創作更多融入社會面相的題材，吸引讀者的興趣。甚至在文學語言的運用上，也逐漸走向以白話為正宗的路向。[61] 如鴛鴦蝴蝶派刊物《小說畫報》上曾刊載過一篇〈例言〉，其第一條即說道：「一、小說以白話為正宗，本雜誌全用白話體，取其雅俗共賞，凡閨秀、學生、商界、工人，無不咸宜。」而其後則是包天笑所寫的一篇短引：

　　……蓋文學進化之軌道必由古語之文學變而為俗話之文學。中國先秦之文多用俗話，觀於楚辭墨莊方言雜出可為證也。自宋以後，文學界一大革命即俗話文學之崛然特起；其一為儒家禪家之語錄，其二即小說也。今憂時之彥亦以吾國言文之不一致為種種進化之

> 障礙，引為大戚。……62

　　在包天笑的觀點中，小說以白話書寫有其現實上的必要，當
時的知識份子大多以言文不一致有礙文學進化為主流觀點。
因此，為了爭取更多讀者，必須使文學語言走向俗化，以便
進入大眾生活中。

　　近代文學環境的巨大變遷，使得市場與讀者反應成為文
學社會運行機制中極重要的一環。隨之而來的就是文學創作
必然導向通俗化一面。趨向通俗化的內容及語言，標示了近
代文學有別於以往的特色。而語言的通俗恐怕又是一項極待
突破的關口，首先要面對的就是傳統中國言文不合一的特
質。言文不能合一，使近代知識份子意識到社會不能進步的
苦處，民智無法開通的窒礙。於是，為喚醒大眾，言文合一
的提倡便有其必要性，淺白的文體勢必成為上層菁英與下層
民眾溝通的利器。

## 四、喚醒大眾、開通民智：淺白成為必要

　　從整體文學社會運行機制的改變開始，近代文學最驚天
動地的發展就是推動淺白的文體。以淺白通俗為推進下層社
會的必要手段，以喚醒大眾、開通民智，使社會進步。因
此，白話書寫成為當時必然的一種發展。

　　在啟迪民智的大方向下，近代文學發展中的文學創作，
以淺近文言或白話文書寫，既已成為必然。因此，進步的、
革新的思想內容與通俗淺顯的形式相結合，吸引更多讀者閱
讀，使得文學閱讀人口的層面漸次擴大。儘管當初為的是維

新或革命的需要而書寫白話，一旦白話書寫成為必要與習慣之後，其影響層面已非當初所能想像，而近現代文學就是白話書寫的最大受惠者。

# 註 釋

1　參考周作人〈清代文學的反動（上）八股文〉（《中國新文學的源流》，臺北：里仁書局，1982年），頁59-61。

2　清康熙二年詔曰：「八股文章，實於政事無涉，自今之後，將浮飾八股文章永行停止，惟於為國為民之策論中出題考試」，禮部遵旨議覆，從甲辰（康熙三年）科始，「鄉會考試，停止八股文，改用策、論、表、判」。見《清聖祖實錄》（雍正九年）卷九，「康熙二年八月」條下。亦參見王德昭《清代科舉制度研究》（香港：中文大學出版社，1988年），頁161所引。

3　康有為〈請廢八股試帖楷法試士改用策論摺〉、〈請開學校摺〉；梁啟超〈論科舉〉、《變法通議・學校總論》等文章。

4　關於康有為廢八股的事蹟，參考《中國文學批評通史》柒《近代》卷（王運熙、顧易生主編，上海：上海古籍出版社，1996年）頁372所述。

5　梁啟超《變法通議・論幼學》，《飲冰室文集》之一，第一冊，《飲冰室合集》，北京：中華書局，1994年），頁48。

6　如《紅樓夢》中鐘鳴鼎食之賈家，多要求子弟進學塾讀四書五經，寶玉偏與他人不同，只愛讀些淫詞豔曲，如《牡丹亭》、《西廂記》之類，因之文采美妙，介紹與黛玉共賞。某日，黛玉低吟〈遊園〉一段，恰為寶玉所遇，頓感羞慚。

7　如明代戲曲家湯顯祖，早年仕途順遂，其後因某些作法不見於當政者，遂辭官不仕，改以戲曲創作為生，陸續誕生《牡丹亭》等驚世之作。

8　作者之真實身分往往有待後人戮力考察，方可得知。

9　此處所言文學活動場域的轉換，或許不能包含全部傳統讀書人；能夠走向新的書寫方式與文體者，還是一群相當有自覺的文人。

10　據《中國通俗小說總目提要》（江蘇社科院文學所明清小說研

究中心，北京：中國文聯出版社，1990年）統計。

11　姥下餘生編輯，1908年10月20日於上海出刊。

12　參考郭延禮《近代西學與中國文學》第七章「近代文學革新運動的主潮」，頁300。

13　此處所謂「白話小說」，其「白話」指的大多是留有文言氣習的白話文，或半白半文的作品。參看拙著第四章第一節關於近代白話的定義部分。

14　四大小說家為吳沃堯、劉鶚、曾樸、李寶嘉等四人。

15　根據蔡樂蘇〈清末民初的一百七十餘種白話報刊〉（丁守和主編《辛亥革命時期期刊介紹》，北京：人民出版社，1983年）所統計。

16　梁啓超《清代學術概論》二十五（《中國近三百年學術史》附刊，臺北：里仁書局，1995年），頁75。

17　同上注。

18　根據《章太炎的白話文·序》（臺北：藝文印書館，1972年），此書原出版於民國十年，為章太炎先生閒處東京時對留學生講學之記錄及歡迎會之演講辭八篇。八篇文章對於「留學」、「教育」、「中國文化」等問題，均有見解。後為丁文淵先生所有，轉贈關德懋先生，二次世界大戰起，歷劫倖存，乃流傳至今。此書未見於《章氏叢書》，亦未見於《太炎先生著述目錄》中。

19　關於白話書寫觀念的提倡，原本即存有爭議，擬待第四、五兩章詳論之。

20　章太炎《章太炎的白話文》，頁1。

21　曾祖父劉文淇、祖父劉毓松、伯父劉壽曾皆以研究《春秋左式傳》聞名，世稱「三世一經」。

22　引用馮永敏〈論劉師培的白話文〉（《臺北市立師範學院學報》第23期，1992年）一文所述之分類。

23　如前文所指稱之梁啓超、劉師培等人。

24　如黃遵憲於《日本國志·學術志二·文學》中所言，西方語文多能言文一致，而中國語文卻言文分離。兩相對照之下，西方語文的學習實較中國語文容易。因此，黃遵憲主張書面語與口頭語的形式應該一致，文學作品才容易傳之久遠。

25　參考郭延禮《近代西學與中國文學》第一章「西學的傳播」，頁34-45。

26　梁啓超自日譯本所翻譯的西書，如法國通俗小說家儒勒‧凡爾納的科幻小說《十五小豪傑》，該書原著為法文，經日人森田思軒譯為日文，梁氏又據此譯為中文。

27　留日學生創辦「譯書匯編社」及「湖南編譯社」等出版機構，前者以戢翼翬、陳世芬、周祖培、曹汝麟等為主，後者以黃興、周宏業、楊毓麟等為主。這些機構的設立促使日譯西書的事業日形膨大。

28　以上數字，據顧燮光《譯書經眼錄》的統計，1901年至1904年共出版譯書533種，其中譯日本書321種，占百分之六十，而譯西方諸國的書籍依次為英國55種，占百分之十；美國32種，占百分之六；德國二十五種，占百分之四點七；法國十五種，占百分之三；其它八十一種，占百分之十五。這些數目尚不包括刊載於期刊的單篇文章。轉引自郭延禮《近代西學與中國文學》，頁35。

29　張之洞《勸學篇‧外篇‧廣譯》（臺北：文海書局，1967年），頁107。

30　參考郭延禮《近代西學與中國文學》第一章「西學的傳播」，頁50-51。

31　譚嗣同〈仁學界說〉（《譚嗣同全集》，北京：中華書局，1998年），頁293。

32　同上注。

33　同上注。

34　同上注。

35　參考郭延禮《中國近代文學發展史》第四十二章「辛亥革命時期至五四前的翻譯文學」第一節「本時期的翻譯文學概況及其主要特點」，頁2169。

36　吳汝綸《天演論‧序》，赫胥黎原著、嚴復譯《天演論》（臺北：商務印書館，1977年），頁2。

37　關於外國語法的影響部份，留待下一小節論述之。

38　以上分類，參考郭延禮《中國近代文學發展史》第四十二章「辛亥革命時期至五四前的翻譯文學」第一節「本時期的翻譯文學概況及其主要特點」，頁2185。此外，郭延禮也說道，這種劃分也並非絕對的，有時同一位翻譯家翻譯不同的作品，所使用的語言也不一樣，如周桂笙譯鮑福的《毒蛇圈》用的是白話，而譯柯南‧道爾的《阿羅南空屋被刺案》則使用淺近的文

言。而周瘦鵑的同一部《歐美名家短篇小説叢刻》譯文語言也不一樣，譯狄更斯的《星》及約翰白朗的《譯狗拉勒傳》均屬淺近文言，而他譯德國蘇虎克的《破題而頭一遭》和俄國安特萊夫的《紅笑》則是白話。這些事證都説明近代翻譯語言一直處在變的狀態中，尚未定型。

39　資料引用參考郭延禮《中國近代文學發展史》第四十二章「辛亥革命時期至五四前的翻譯文學」第四節「陳景韓、包天笑與周瘦鵑」，頁2225。

40　轉引自郭延禮《中國近代文學發展史》，頁2225。

41　同上注，頁2226。

42　轉引自郭延禮《中國近代文學發展史》，頁2231。

43　〈曾樸致胡適函〉，轉引自郭延禮《中國近代文學發展史》第三十八章「曾樸和他的孽海花」第四節「曾樸與法國文學」，頁2002。

44　同上注，頁2209。

45　轉引自郭延禮《中國近代文學發展史》，頁2228-2229。

46　關於黃遵憲於言文合一問題的探討，擬待第四章詳加研討。此處暫略。

47　以上引文，皆出自黃遵憲〈雜感〉之二，《人境廬詩草箋注》，頁42-43。

48　參考蔣英豪《近代文學的世界化──從龔自珍到王國維》，頁83-84。

49　黃遵憲《日本國志·學術志二·文學》（臺北：文海書局，1974年），頁814-816。亦收錄於徐中玉主編《中國近代文學大系·第1集·第1卷·文學理論集》，頁55-56。

50　黃遵憲〈梅水詩傳序〉，《人境廬未刊稿》。引自徐中玉主編《中國近代文學大系·第1集·第1卷·文學理論集》，頁56-57。

51　梁啓超《飲冰室詩話》六十條（北京：人民文學出版社，1998年），頁49。

52　梁啓超《夏威夷遊記》（《新大陸遊記》附錄）：「德富氏，為日本三大新聞主筆之一，其文雄放儁快，善以歐西文思入日本文，實為文界別開一生面者，余甚愛之。中國若有文界革命，當亦不可不起點於是也。」。

53　梁啓超〈小説叢話〉，《新小説》第一卷；引自王運熙主編

《中國文論選（近代卷）》（江蘇文藝出版社，1996年），頁340。狄楚卿〈文學上小說之位置〉（《新小說》第七號）轉引梁啓超這段話為：「請言雅俗：飲冰室主人常語余：俗語文體之流行，實文學進步之最大關鍵也。各國皆爾，吾中國亦應有然。」文字略有不同。

54 關於梁啓超與文界革命的介紹，參考郭延禮《近代西學與中國文學》第七章「近代文學革新運動的主潮」，頁276。

55 梁啓超〈過渡時代論〉，《清議報》第八十二期，《清議報全編》第一冊（臺北：文海書局，1987年），頁46。

56 參考郭延禮《近代西學與中國文學》第七章「近代文學革新運動的主潮」，頁284-285。

57 參考郭延禮《近代西學與中國文學》第九章「文學傳播方式的變革與創造主體的職業化」，頁427-428。

58 參考樂梅健《二十世記中國文學發生論》上篇——經濟篇〈一、傳播媒介的變革與文學興盛的契機〉，頁15-16。

59 參考楊義、中井政喜、張中良合著《二十世紀中國文學圖志》，頁12。

60 同上注。

61 參考范伯群《民國通俗小說鴛鴦蝴蝶派》，頁54。

62 包天笑《小說畫報》創刊號的〈例言〉，與胡適《文學改良芻議》恰好同為一九一七年出現。

# 第四章

# 近代白話書寫的理論（上）

　　關於白話書寫現象的發展，近代文論中有許多相關論述。因此，透過文論瞭解白話書寫現象，正是本章所要探討的重點。首先，必需明瞭近代白話書寫風潮下的「白話」，其意義為何？近代白話書寫既不同於文言書寫，也不是現代白話的面貌，但它的淺白通俗卻是近代文學史上許多寫作者追求的特色，諸多知識份子對此發表相關言說，對於推動白話書寫有一定的貢獻。因此，言文合一或文白合一觀點的提出，是當時最重要的白話書寫理論。從「我手寫我口」到「崇白話而廢文言」的提出，都是石破天驚的一頁。其實，白話書寫的工具性效用正是當時知識份子重視的環節，從「白話為維新之本」到開民智、啟愚民，知識份子無不雄心勃勃地藉由語言文化的改革，進而改造社會。最後，在文學進化觀的影響之下，大部分知識份子的言說中都能認同由文言趨於白話乃勢所必然，因此改革是必要的。此外，書面語與口頭語相合，文學容易傳之久遠的道理，更是眾所認同；

「今之流俗語，他日之經典」，更令人確信白話書寫發展之必要性。

　　因此，本章擬闡述倡議白話書寫者的言說及其內涵。透過文論中的相關敘述，可以清楚看到白話書寫在當時如何被談論。

# 第一節　近代「白話」的意義

　　近代白話書寫現象何時展開？關於此書寫現象的理論陳述又呈現何種面貌？首先得先明瞭近代所謂「白話」的定義為何。根據文本加以歸納，近代白話至少表現出以下幾項特點：一、不同於古代小說與語錄體中的白話；二、不完全是當時的口語，夾雜大量西方及日本的新名詞，有外國語言的句型；[1]三、不同於五四以後現代文學的白話；四、攙雜方言口語。這些就是近代白話書寫所呈現的複雜面貌。

　　其中，梁啟超所謂「時雜以俚語、韻語及外國語法」[2]的文體，正好說明這種新文體雖未明白高舉「白話」二字，實為全面白話書寫的先聲。陳子展評論梁啟超的新文體就說過：

> 這種新文體，不避俗言俚語，使古文白話化，使文言白話的距離比較接近，這正是白話文學的第一步，也是文學革命的第一步。[3]

由此可知，近代白話書寫的特色，展現在拉近文言與白話的

距離上，因此過渡時期多雜有俗言俚語。此外，如朱光潛也認為梁啟超等人的新文體，應視為古文學與新文學的過渡時期：

> 由古文學到新文學，中間經過一段很重要的過渡時期。在這時期一些影響很大的作品既然夠不上現在所謂「新」，卻也不像古人所謂「古」。梁啟超的「新民叢報」、林紓的翻譯小說、嚴復的翻譯學術文、章士釗的政論文以及白話文未流行以前的一般學術文與政論文都屬於這一類。他們還是運用文言，卻已打破古文的諸多拘束，往往盡情流露，酣暢淋漓，容易引人入勝。我們年在五十左右的人大半都還記得幼時讀新民叢報的熱忱與快感。這種過渡期的新文言對於沒落期的古文已經是一個大解放，進一步的解放所要做的事不過是把文言換成白話而已。[4]

由此可知，此一「白話」型態既上承文言，又下開現代白話之先河，卻經常為人們所忽略，以為只是現代白話的雛型，其價值亦多依附於此而產生。其實近代白話書寫亦有其獨立的近代性可供驗證。

　　關於近代白話的面貌，可以由當時風行的報刊書籍中一窺究竟。如中國最早的白話報紙《演義白話報》中的片段：

> ……我們中國，在五大洲中，也算大國。自從開闢以來，中國總是關門自立。不料如今東西洋各國，四面進來，奪我的屬地，占我的碼頭，他要通商就通商，

他要立約就立約。同是做生意，外國人運貨進來，中國關稅極輕，中國貨到了外國，都要加倍收稅。同是做工，外國人多多少少，聽憑他到我中國，中國人到外國，進口就要收人身稅，還有許多規矩。近來美國竟把我華工趕出。同是殺人放火，中國人殺了外國人，立刻抵命，外國人殺了中國人，不過監禁幾年，便就釋放。我們中國人種種吃虧，不止一處。講到這句，便要氣死。[5]

這段充滿愛國語言的文字，正是近代白話書寫很典型的例子，通俗易懂，見不到過多文言雕飾的痕跡。新知識下放到一般大眾，白話書寫就是最好的表現形式，由此可見。

此外，梁啟超的小說《新中國未來記》，[6]也可視做一具備代表性的白話書寫之作。小說開端說道：

話說孔子降生後二千五百一十三年，即西曆二千零六十二年，歲次壬寅，正月初一，正係我中國全國人民舉行維新五十年大慶典之日。其實正值萬國太平會議新成，各國全權大臣在南京，已經將太平洋條約畫押。……原來自我國維新以後，各種學術進步甚速，歐美各國皆紛紛派學生來遊學……。[7]

流暢的白話書寫形式，已不同於早期的文章風格，使用較多平易的白話語法，間或夾雜幾個外來的新名詞，以及一些文言語法。文白參半，非文言文亦非純白話，正是梁啟超新文體的特點。即使如此，梁啟超的新體散文仍可代表近代白話

書寫的一項成績。

　而秋瑾的彈詞名作《精衛石》也是文辭極通俗易懂的白話文，間或夾雜一些淺近的文言用語。茲舉其中一段文字為例：

> 聽見喜歡小腳，就連自己性命都不顧，去緊緊的裹起來。纏了近丈的裹腳布，還要加扎帶子，再加上緊箍箍的尖襪套，窄窄的鞋，弄到扶牆摸壁，一步三扭，一足挪不了半寸。唯有終日如殘廢的瘸子、泥塑來的美人，坐在房間。就搽了滿臉脂粉，穿了周身的綾羅，能夠使丈夫愛你，亦無非將你做玩具、花鳥般看待，何曾有點自主的權柄？況且亦未必丈夫就因你腳小，會打扮，真的始終愛你。如日久生厭了，男子就另娶他人，把妻子丟在一邊，不瞅不睬，坐冷宮，閉長門，那就淒涼哭嘆，挨日如年了。[8]

文中仍清晰可見文言書寫的痕跡，半文言半白話的文字風格是當時相當常見的一種模式。此外，秋瑾的文稿，如〈敬告姐妹們〉、〈警告我同胞〉、〈敬告中國二萬萬女同胞〉等宣告性文章，都是近代極為出色的白話文創作。茲舉〈敬告姐妹們〉中一段文字做為例證：

> ……我的二萬萬女同胞，還依然黑暗沉淪在十八層地獄，一層也不想爬上來。足兒纏得小小的，頭兒梳得光光的；花兒、朵兒，扎的、鑲的，戴著；綢兒、緞兒，滾的、盤的，穿著；粉兒白白、脂兒紅紅的搽抹

著。一生只曉得依傍男子，穿的、吃的全靠著男子。
身兒是柔柔順順的媚著，氣瘓兒是悶悶的受著，淚珠
是常常的滴著，生活是巴巴結結的做著：一世的囚
徒，半生的牛馬。試問諸位姐妹，為人一世，曾受著
些自由自在的幸福未曾呢？還有那安富尊榮、家資廣
有的女同胞，一呼百諾，奴僕成群，一出門，真個是
前呼後擁，榮耀得了不得；在家時，頤指氣使，威閣
得了不得。……9

由此可見，秋瑾極具駕馭語言文字的才能，通篇文字明白曉
暢，極富生氣。10可說是近代白話散文的代表作。

而試讀陳天華《警世鐘》的文字，也可感受到當時白話
文已達到極高的水準。茲引一段：

洋兵不來便罷，洋兵若來，奉勸各人把膽子放大，全
不要怕他。讀書的放了筆，耕田的放了犁耙，做生意
的放了職事，做手藝的放了器具，齊把刀子磨快，子
藥上足，同飲一杯血酒，呼的呼，喊的喊，萬眾向
前，殺那洋鬼子，殺投降那洋鬼子的二毛子。11

這是全以口語寫成的標準白話文，朗朗上口，富於鼓動性。

此外，也可從白話小說《孽海花》的文字中，12看到近
代白話書寫的成績。曾樸的白話文體以此部作品最佳。茲舉
小說中第六回描寫潯陽江景色的一段文字以驗證之：

等到考事完竣，恰到了新秋天氣，忽然想著楓葉荻

> 紅、潯江秋色，不可不去游玩一番，就約著幾個幕
> 友，買舟江上，去訪白太傅琵琶亭故址。明月初上，
> 叩舷中流，雯青正與幾個幕友飛觥把盞，談古論今，
> 甚是高興。忽聽一陣悠悠揚揚的笛聲，從風中吹過
> 來。雯青道：「深夜空江，何人有此雅興？」就立起
> 身，把船窗推開，只見白茫茫一片水光，蕩著香爐峰
> 影，好像要破碎的一般。……13

《孽海花》全書的文字都有這種生動流利的特點。文中偶或
夾雜一些文言詞句，為的只是展現當時上層社會菁英仍習用
的口語。必須說明的是，《孽海花》雖為白話書寫的代表，
但其形式結構仍保有傳統章回小說的回目及慣用套語，如前
引第六回的回目即是「獻繩技談黑旗戰史　聽笛聲追白傅遺
蹤」，而回末亦有「且聽下回分解」字樣出現。顯見在近代
白話書寫的狂潮下，仍充斥著新舊雜陳的面貌。整體而言，
就白話書寫的成就而言，《孽海花》無疑是重要著作。

　　最後，近代白話書寫還有一項極為重要的特色，就是方
言的運用。將方言寫成書面文字，最成功的範例就是著名的
狎邪小說《海上花列傳》。其最大特色正是以吳語寫成的對
白。將吳語（蘇州土話）正式書面化，韓邦慶這一大動作使
吳語由以往屈居附庸的地位（蘇州彈詞的唱白或傳奇中的說
白），自此一躍成為正式的方言文學。韓邦慶如此書寫為的
是突顯地方色彩，便利一般人閱讀。但是，方言的使用有其
侷限性，熟習者固然容易接受，且具親切感；對於操持其他
語言者，這種企圖拉近大眾的用心，反而成為一種障礙。14
茲摘錄部分文字：

> 王蓮生一口煙吸在嘴裡，聽翠鳳說，幾乎笑得嗆出
> 來。子富不好意思，搭訕說道：「耐口朵人一點點無
> 撥啥道理！耐自家也去想想看，耐做個倌人嚜，幾花
> 客人做仔去，倒勿許客人再去做一個倌人……。」翠
> 鳳笑道：「為啥說勿出嘎？倪是做生意，叫無法哙。
> 耐搭我一年三節生意包仔下來，我就做耐一干仔，蠻
> 好。」子富道：「耐要想敲我一干仔哉！」翠鳳道：
> 「做仔耐一干仔，勿敲耐敲啥人嘎？耐倒說得有道
> 理。」……15

　　這些對白的活潑，比之北京官話顯得更傳神。但是，它的讀
者群體卻因此而受限。這時期以吳語寫作的小說還有李寶嘉
的《海天鴻雪記》、張春帆的《九尾龜》等。可見，以方言
入文，在白話書寫的歷程中佔有相當可觀的份量。

　　由以上幾部白話書寫的文本，可以發現近代白話的面
貌，明顯的與古典文言文有所區隔，它的面貌雖不似現代白
話，但已初步脫離文言文的書寫模式，走向平易近人的風
格，以較能貼近大眾的面貌出現。重要的是，它們大多已開
始使用次文化主流的北京官話為主要表述形式，與純口語或
方言入文的表述形式有所差異，恰成一有趣的並列。然而，
不管是北京官話或方言的使用，都是為了達到文字淺白、容
易朗朗上口的目標。這是理解近代白話書寫理論之前應有的
認識。

　　因此，近代白話書寫現象的展開有一段長期的蘊釀，同
時知識份子的相關言說曾經影響此一風潮，這些都是值得探
究的。以下擬就白話書寫相關言說進行論述，以闡明此現象

的內涵。

# 第二節　言文合一觀點的提出

## 一、我手寫我口

> 以我視古人，若居三代先。俗儒好尊古，日日故紙
> 研。六經字所無，不敢入詩篇。古人棄糟粕，見之口
> 流涎。沿習甘剽盜，妄造叢罪愆。黃土同摶人，今古
> 何愚賢？即今忽已古，斷自何代前？明窗淨流離，高
> 爐熱香煙。左陳端溪硯，右列薛濤箋。我手寫我口，
> 古豈能拘牽。即今流俗語，我若登簡編。五千年後
> 人，驚為古爛斑。[16]

　　一八六八年，時年二十一歲的黃遵憲，發出「我手寫我
口」的呼聲，主張以通俗語言入詩，反對盲目尊古與模仿。
這擲地有聲的呼喊，竟巧妙的開啟了近代白話書寫的端倪。
數十年後，民初的新文學運動大師胡適即踵繼黃遵憲的觀
點，躍然成為現代白話文的倡導者。[17]黃遵憲雖然未曾明白
提出「白話文」一詞，但以近代文學發展史的脈絡而言，他
的確是最早的白話文理論的先驅，這首〈雜感〉中的名言：
「我手寫我口，古豈能拘牽」，已充份透露出近代白話書寫不
得不然的走向。
　　黃遵憲一生，在詩歌改革方面有相當重要的貢獻。在他

成長階段的中國詩壇還是籠罩在一片濃重的復古風潮中。當時有幾種流派，一是模仿漢魏六朝的湖湘派，以鄧輔綸、王闓運為主；二是模仿宋詩的江西派和閩派，號為同光體，以陳三立、沈曾植、陳衍為主；三是標榜唐人風格的，以張之洞為首，門人樊增祥、易順鼎屬之；四是模仿西崑體的，以李希聖、曾廣鈞、曹元忠為主。其中又以同光體獨佔鰲頭。各流派雖師法不一，但模古、仿古卻是一致的趨向。以致於一批接受新思潮的維新之士不得不起而改革詩界，提出所謂詩界革新的主張，反對詩歌復古。如康有為〈與菽園論詩〉說：「新世瑰奇異境生，更搜歐亞造新聲」、「意境幾於無李杜，目中何處著元明？」而梁啟超、夏曾佑、譚嗣同等人更是明確的標舉「詩界革命」的口號。「詩界革命」的精神，按照梁啟超的說法是「革其精神，非革其形式」、「能以舊風格含新意境」，[18]而梁啟超對於當時的新派詩人獨鍾黃遵憲，以「近世詩人能鎔鑄新理想以入舊風格者，當推黃公度」稱許他，[19]顯然黃遵憲的創作成績遠遠超過當時其他詩人。

　　如前所述，黃遵憲很早就提出詩歌改革的主張，二十一歲時所說的「我手寫我口」，成為他往後三十多年創作生命裡依循的方向。黃遵憲堅持自己揭櫫的理想，不只運用新事物、新名詞入詩，連俗語也轉化入詩，更對廣東民歌及客家山歌情有獨鍾。例如他所創作的〈山歌〉九首，就是以粵語及客語入詩的白話作品。其實，黃遵憲所謂「我手寫我口」，指的就是將方言寫入書面的一種表述形式。以〈山歌〉九首為例，其組詩中的作品多將方言融入。如：

　　　人人要結後生緣，儂只今生結目前。
　　　一十二時不離別，郎行郎坐總隨肩。[20]

　　　買梨莫買蜂咬梨，心中有病沒人知。
　　　因為分梨故親切，誰知親切轉傷離。[21]

　　　鄰家帶得書信歸，書中何字儂不知。
　　　等儂親口問渠去，問他比儂誰瘦肥。[22]

詩中的「儂」字，客語原作「厓」，是第一人稱的代詞，此
處為符合書面之書寫規範改成「儂」字。「沒人知」原作
「毛人知」，「毛」為客家音，意指「無」，同樣經過改寫。
「渠」是粵語方言，第三人稱代詞，今作「佢」。此外，〈都
踴歌〉似乎也受到家鄉山歌的影響，〈拜曾祖母李太夫人墓〉
更是他很能展現「我手寫我口，古豈能拘牽」主張的最佳代
表作。[23]

　　黃遵憲對於近代白話書寫的貢獻，與他的使日生涯有相
當密切的關係。駐日期間，他曾經認真考察過日本的語言文
字，發現日本的語言文字能夠相合為一，使一般人容易接
受；而中國語言文字則恰恰相差太遠。所以他認為必需改革
中國的語言文字，以走向書面語與口頭語的合一。這就是他
在《日本國志》中所談到的文字革新問題（引文已見第三章
之第69頁，茲不贅述）。由此文可知，黃遵憲認為「文字
者，語言之所從出也」，即口頭語應與書面語一致；但是
「言有萬變而文止一種，則語言與文字離矣」，使得中國的語
言文字長久以來即處於言語（口頭語）與文字（書面語）分

離的狀態。若能合一，則通曉文字（文學、文化）者必然變多。尤其是與西方諸國的語言文字相較之下，更能呈顯出中國的語言、文字不能合一的問題。因此，近代文章多有明白曉暢的特點，尤其是小說家言更直接以方言筆之於書，使語言文字幾乎復合。但文體屢變的歷史一再重現，令黃遵憲不得不深思一簡易之法，以保證天下百姓皆能通文字之用，而不再有嚴重的上下階層差異。

此外，他在另一篇文章中亦有相似論述：

> 語言者，文字之所從出也。語言與文字合，則通文者多；語言與文字離，則通文者少。余於《日本學術志》中，曾述其意，識者頗韙其言。五部洲文字，以中國為最古。上下數千年，縱橫數萬里，語言或積世而變，或隨地而變，而文字則亙古至今，一成而不易。父兄之教子弟，等於進象胥而設重譯。蓋語言文字扞格不相入，無怪乎通文字之難也。[24]

此處所述，大致與《日本國志》所言相同，可見黃遵憲相當注意這個問題。

因此，改革中國語文的可行辦法，似乎就是書面語和口頭語必須合而為一，才有機會拉近上下、雅俗之間的鴻溝。廢棄文言文，倡議白話文，普及大眾，正是往後知識份子所不斷努力的目標；直到民初，「我手寫我口」的呼聲正式成為響亮的改革口號。

因此，黃遵憲的一聲「我手寫我口」，正是開啟近代白話書寫的重要序幕，從此以往，近代白話書寫現象成為風

潮，席捲整個近代中國文化社會的各個層面。

## 二、崇白話而廢文言

一八九八年，裘廷梁的名篇〈白話為維新之本〉發表，正式揭櫫「廢文言而崇白話」的主張，此一綱領性的文章一出，標示著近代白話書寫的正確性。

首先，他將文言與白話對比，明白指出文言之害，使書面語與口頭語長期分離的局面，使一般人民無法因識字而成為智民：

> 有文字為智國，無文字為愚國；認字為智民，不認字為愚民：地球萬國之所同也。猶吾中國有文字而不得為智國，民識字而不得為智民，何哉？裘廷梁曰：此文言之為害矣。[25]

開宗明義標舉中國雖有文字而無法成為智國的原因，就是文言書寫所造成的禍害，為「廢文言」的主張說明成因。接著，裘廷梁從歷時性的角度說明文字的開端原本即來自於白話：

> ……文字之始，白話而已矣。於何證之？一證之五帝時，有作衣服，……有教民醫藥，……故凡精通製造之聖人必著書，著書必白話。嗚呼！使皆如今之文言，雖有良法，奚能傳遍於天下矣？再證之三王時，誓師有辭，……彼其意惟恐不大白於天下，故文告皆

白話。而後人以為詰屈難解者，年代邈遠，文字不變而語變也。三證之春秋時，《三墳》、《五典》、《八索》、《九丘》，在爾時為文言矣，不聞人人誦習。《詩》、《春秋》、《論語》、《孝經》皆雜用方言，漢時山東諸大師去古未遠，猶各以方音讀之，轉相授受。老聃楚人也，孔子用楚語，翻十二經以示聃，土話譯書，始於是矣。故曰：「辭達而已矣」。後人不明斯義，必取古人言語與今人不相肖者而摹仿之，於是文與言判然為二，一人之身，而手口異國，實為二千年來文字一大厄。[26]

文中回溯中國有文字以來的歷程，不論五帝三王或春秋時代的經典，皆以白話為主要書寫方式。因此，各種文告及篇章皆得以傳遍天下，即使非純白話，也雜用方言，務使辭達而已矣。後人認為文字詰屈難解，正是因為年代久遠，「文字不變而語變」的關係。但大部分人卻多有貴古賤今的觀念，認為古人言語與今日不同（古代的必然為佳）而爭相模仿，遂逐漸使得書面語與口頭語判然為二，造成「一人之身，而手口異國」的現象，這也正是二千年來中國文字最大的災難。由此，更加確立必需「廢文言」的急切。

　　既然文言有害，其害處為何？裘廷梁認為：

……嗚呼！文言之害，靡獨商受之，農受之，工受之，童子受之，今之服方領習矩步者皆受之矣；不寧惟是，愈工於文言者，其受困愈甚。二千年來，海內重望，耗精敝神，窮歲月為之不知止，自今視之，僅

僅足自娛，益天下蓋寡。嗚呼！使古之君天下者，崇
白話而廢文言，則吾黃人聰明才力無他途以奪之，必
且務為有用之學，何至暗沒如斯矣？……且夫文字，
至無奇也。蒼頡、沮誦，造字之人也，其功與造話
同。而後人獨視文字為至珍貴之物，從而崇尚之者，
是未知創造文字之旨也。……中文也，西文也，橫直
不同，而為用同。文言也，白話也，繁簡不同，而為
用同。只有遲速，更無精粗，必欲重此而輕彼，吾又
烏知其何說也？且夫文言之美，非真美也。[27]

他把文言之害與整個國家社會的進步與否聯繫在一起，認為
只有徹底的「崇白話而廢文言」，國人的聰明智慧才能運用
在有用之學，不致鎮日受困於文言之工巧中，而對天下國家
無益。採用白話既便民，又不困民。同時，他還認為文字並
非稀有的物件，最初造字時著重在「用」的功能，無論中西
文字，無論文言或白話，都是同樣的造字原理。但後人卻將
文字視為珍貴的物件，將它崇高化，逐漸使文字的使用權侷
限於知識份子身上，獨享文言文的專利，這就是文言最大的
害處。因此，裘廷梁認為文言的害處莫過於損害國民的務實
精神，而且不利於整體社會的進步。因此，他極力倡導「崇
白話而廢文言」的主張。

裘廷梁並進一步闡述廢棄文言而崇尚白話的益處，以加
強論點：

……請言白話之益：一曰省日力。讀文言日盡一卷
者，白話可十之，少亦五之、三之。博極群書，夫人

而能。二曰除驕氣。文人陋習，尊己輕人，流毒天下。奪其所恃，人人氣沮，必將進求實學。三曰免枉讀。善讀書者，略糟粕而取菁英；不善讀書者，昧菁英而矜糟粕。買櫝還珠，雖多奚益！改用白話，決無此病。四曰保聖教。學、庸、論、孟，皆二千年前古書，語簡理豐，非卓識高才，未易領悟。譯以白話，間附今義，發明精奧，庶人知聖教之大略。五曰便幼學。一切學堂功課書，皆用白話編輯，逐日講解。積三四年之力，必能通知中外古今及環球各種學問之崖略。視今日魁儒耆宿，殆將過之。六曰煉心力。華人讀書，偏重記性。今用白話，不恃熟讀，而恃精思。腦力愈瀹愈靈，奇異之才，將必迭出，為天下用。七曰少棄才。圓顱方趾，才性不齊，優於藝者，或短於文。違性施教，決無成就。今改用白話，庶幾各精一藝，游惰可免。八曰便貧民。農書、商書、工藝書用白話輯譯。鄉僻童子各就其業，受讀一二年，終身受用不盡。然此八益，第虛言其理，人或未信也。⋯⋯28

白話的八種益處，一是「省日力」，二是「除驕氣」，三是「免枉讀」，四是「保聖教」，五是「便幼學」，六是「煉心力」，七是「少棄才」，八是「便貧民」。其中，「省日力」、「便幼學」、「便貧民」等幾點益處，確實能夠扣緊白話書寫的時代意義立論。白話書寫使一般人能夠快速吸收知識，不必在面對文言書寫時充滿不便及隔閡之感。而「除驕氣」一項益處，旨在瓦解傳統讀書人掌握文字的使用權而產生的驕態，特別是文言文。因此，白話的八大益處，同時也是文言

的八大害處。

最後，裘廷梁並從中國古代成周及泰西、日本用白話的功效上立論，以證明白話是真正「智天下」的工具：

> 請言其效。成周之時，文字與語言合，聆之於耳，按之於書，殆無以異。……豈今人果不古若哉？抑亦讀書之難易為之矣。讀書難故成就者寡，今日是也；讀書易故成就者多，成周是也。此中國古時用白話之效。[29]

他認為古代中國「文字與語言合」，所以耳聞的口頭語與文字記載的書面語大致相同。同時，口頭語與書面語的合一，使古代讀書有成就者較後代為多，因為白話較為簡易的緣故。由此可見使用白話的功效。而泰西使用白話的情形同樣具備莫大功效：

> 耶氏之傳教也，不用希語，而用阿拉密克之蓋立里土白。以希語古雅，非文學士不曉也。後世傳耶教者，皆深明此意，所至輒以其地俗語，譯《舊約》、《新約》。……彼耶教之廣也，於全地球佔十之八。儒教於全地球僅十之一，而猶有他教雜其中。然則文言之光力，不如白話之普照也，昭昭然矣。泰西人士，既悟斯義，始用埃及象形字，一變為羅馬新字，再變為各國方言，盡譯希臘、羅馬之古籍，立於學官，列於科目。而新書新報之日出不窮者，無愚智皆讀之。是以人才之盛，橫絕地球。則泰西用白話之效。[30]

他認為泰西諸國傳播經典之所以能夠成功，在於不使用古雅的希語，反而採用各地俗語譯書，以方便傳播教義；使得基督教世界幾乎遍及全球。相較之下，儒教（家）的影響力較為薄弱。這都是因為西人懂得使用白話傳播經典的緣故，因此「文言之光力，不如白話之普照也」，不管愚智皆可讀新書新報，是以人才輩出，稱霸世界。泰西使用白話，使國力強大的功效，無疑地，也是裘廷梁念茲在茲的目標。此外，鄰國日本的文字在十九世紀時也曾經加以改良：

> 日本文辭深淺高下之率，以和、漢字多少為差。深於文者，和字少漢字多；其尤深者，純漢字而無和矣。淺於文者，和字多漢字少；而尤淺者，純和字而無漢矣。其始，學士大夫鄙和文俚俗，物茂卿輩至欲盡廢之為快，而市井通用，頗以為便。數歲小兒學語之後，能通和訓，即能看小說、作家書，比之漢文，難易殊絕。維新以後，譯書充牣，新報奔湧，一用和文。故其國工業商務兵制，愈研愈精，泰西諸國，猶睊睊畏之，以區區數小島之民，皆有雄視全球之志。則日本用白話之效。[31]

近代日本的國力逐漸強盛，尤其是十九世紀明治維新後更加明顯。他們對於文字的改革政策，正是中國維新之士所急需仿效的對象。與漢字有深刻淵源的日文，文辭艱深的文章自古以來就有很多漢字，甚至成篇累牘只有漢字；相反地，較淺白的文章則以和字為主。無疑地，艱深的漢字愈多，接受的情形便愈受影響。因此，縮減漢字的用量，逐步以和字為

主的書寫方式，在近代日本逐漸形成一股擋不住的風潮，即使上層菁英曾經極力反對使用淺白的和文，但終究抵擋不住。因為市井通用和文的結果是語文傳播的速度變快，比之純漢文的篇章而言，顯然較具實際教化的功效。而這也正是日本於近代能快速發達的重要原因。因此，裘廷梁總結白話的功效，認為：

> 由斯言之，愚天下之具，莫文言若；智天下之具，莫白話若。吾中國而不欲智天下斯已矣，苟欲智之；而猶以文言樹天下之的，則吾前所云八益者，以反比例求之，其敗壞天下才智之民亦已甚矣。吾今為一言以蔽之曰：文言興而後實學廢，白話行而後實學興；實學不興，是謂無民。[32]

這段文字提出「愚天下之具，莫文言若；智天下之具，莫白話若」的沉痛呼喚。樹立二千年之久的文言書寫系統，在裘廷梁一番義正辭嚴的呼籲中，似乎真是罪無可逭。他認為如果仍舊堅持以文言文為主流書寫系統，則天下國家沒有興盛的道理。因此，一言以蔽之：「文言興而後實學廢，白話行而後實學興」，文言或白話書寫的選擇直接關係著國家的興亡盛衰，正式標示著文字改革與國家社會命運之間的互生關係。在內憂外患的近代中國，知識份子對國家人民的焦慮與擔憂，於此可見。

　　總結以上，在裘廷梁的心目中，實行維新似乎是當時唯一能夠拯救中國的方式；而拯救中國的具體途徑則是從語文文字的改革開始。從語言文字角度進行天下國家之維新，正

是近代中國特殊的成就，「崇白話而廢文言」的口號一出，頓時捲起萬千風雲，一批白話報刊與書籍如雨後春筍般蓬勃生發。

此外，另一知識份子陳榮袞也明確主張報紙應以白話為主要書寫工具，在他的名篇〈論報章宜改用淺說〉中，也認同廢棄文言而改用白話：

> ……今夫文言之禍亡中國，其一端矣。中國五萬萬人之中，試問能文言者幾何？大約能文言者不過五萬人中得百人耳。以百分一之人，遂舉四萬九千九百分之人置於不議不論，而惟日演其文言以為美觀。一國中若農、若工、若商、若婦人、若孺子，徒任其廢聰塞明，啞口瞪目，遂養成不痛不癢之世界。彼為文言者曾亦靜言思之否耶！夫好文之弊，累人不淺。余未論其大者遠者，第舉一二小事以證之。……偶與沈君學晤，案上有一《湘報》，沈君曰，不如名「湖南報」之為妙也。蓋名《湖南報》則人人皆知，名《湘報》則十人中只一二人知之耳。……大抵今日變法，以開民智為先。開民智莫如改革文言。不改文言，則四萬九千九百分之人日居於黑暗世界中，是謂陸沉。若改文言，則四萬九千九百分之人，日嬉遊於琉璃世界中，是謂不夜。[33]

從以上文論可知，陳榮袞與裘廷梁同樣認為中國的文言害處甚大。全中國人口中，只有百分之一懂得文言；文言發展至後來更是以美觀為要，絕大部分人口被摒棄於文言書寫的世

界之外，彷彿置身於無聽無聞的境地裡。這就是陳榮袞希望懂得文言者所應思考的問題，所以有「文言之禍亡中國」、「好文之弊，累人不淺」的說法出現。

　　同時，他也舉例說明文言之害與白話之益，如《湘報》的「湘」字改為《湖南報》的「湖南」二字，使人人皆知；否則，將只有十之一二知曉而已。因此，白話的益處明確可見。而近代實行變法維新的目的，就在於開啟民智，破除一般人無法盡情閱讀的障礙；開啟民智的首要工作，就是改革文言。不改革文言使萬民如置身黑暗中；改革文言則使萬民置身於光明中。對於文言之害與白話之益的極力主張，陳榮袞與裘廷梁的立場是一致的。

　　綜合以上，近代白話書寫理論的陳述，多和參與變法維新的知識份子有關，經由他們的推波助瀾，將文言與白話的改革問題，提升至等同於國家社會改革的高度，形成緊密相關的文化議題。因此，「開民智莫若改革文言」，便使文言書寫頓時被打入冷宮，而白話書寫則躍然登上正統地位。透過白話書寫的形式，可以使廣大人民的智慧大開，早日躍登進步國家之林；這就是裘廷梁等人振臂疾呼「崇白話而廢文言」的重要原因。文言與白話書寫的地位反轉，正顯示讀者接受視域的轉變，如何深刻影響著文學史的發展面貌。

# 第三節　白話書寫的工具性效用

## 一、白話為維新之本

　　關於「白話為維新之本」的提倡，最早明確提出的就是裘廷梁，前文已論及相關敘述，此節僅簡單帶過。

　　裘廷梁心目中的維新大業，首要在於改革文言與推廣白話一事上，所以他在〈白話為維新之本〉中就說過：「有文字為智國，無文字為愚國；認字為智民，不認字為愚民，……此文言之為害矣。」的道理。同時，並由八項「白話之益」論述白話書寫的必要性。因此，他認為「讀書難故成就者寡，今日是也；讀書易故成就者多，成周是也。此中國古時用白話之效。」同樣的道理，泰西及日本的語文改革值得借鑑，因此泰西用白話的功效是「新書新報之日出不窮者，無愚智皆讀之。是以人才之盛，橫絕地球。」，日本用白話的功效是「故其國工業商務兵制，愈研愈精，泰西諸國，猶眈眈畏之，以區區數小島之民，皆有雄視全球之志。」因此，「愚天下之具，莫文言若；智天下之具，莫白話若。」，一言以蔽之就是「文言興而後實學廢，白話行而後實學興；實學不興，是謂無民。」

　　裘廷梁從文言之害、白話之八大益處、白話在古代中國及外國的效用等三方面來看問題。顯示裘廷梁一派的維新之士，多以務實眼光看待文字改革的問題。尤其是立足於近

代，白話的工具性效用顯然高過文言甚多，這一石破天驚的改革需要更多有效的理論陳述，方能打動人心，以進行變法維新並確實振興實業。所以，自工具性效用這一觀點立論，是近代白話書寫能迅速為人所接受的重要原因。

此外，陳榮袞提倡白話為維新之本的言說，同樣可以〈論報章宜改用淺說〉為討論文本。文中也將白話書寫的效用置於變法維新大業上。前已述及：「大抵變法，以開民智為先，開民智莫如改革文言。不改文言，則四萬九千九百分之人，日居於黑暗世界之中，是謂陸沉；若改文言，則四萬九千九百分之人，日嬉遊於琉璃世界中，是謂不夜。」因此，陳榮袞接著說道：

> 去年皇上變法，梁君卓如奉命督辦編譯局，是時條奏編譯事宜，以直譯之法登之編譯章程中。直譯者，謂於經史各書擇其要者，分門編輯，略仿諸子小學之例，復編一冊於已編之每條下，以通俗文譯之，務使農、工、商、賈、婦人、孺子，凡讀書三四年者，極能遍觀要書。此誠為四萬九千九百分之人開一光明大路也。……34

對於進行變法維新之士而言，以白話書寫模式直譯典籍，對於廣開民智確乎有相當明顯的效用。能使廣大百姓立即知曉群書、遍覽群籍，無疑是必需「改革文言」才可能辦得到，否則萬千大眾只能置身於漫漫黑夜中而不知所以。因此，陳榮袞此說也是從相當強烈的工具性角度立論。

綜合以上，白話書寫理論的提出，其出發點就是變法維

新、以興實業的現實考量。植基於近代特殊的文化環境中立論，我們可以發現，知識份子對於國家前途的擔憂與無奈遠遠超過以前各朝代，此肇因於外來強權的文化影響力超過我們所能負荷的程度，遂只能被動的接受紛至杳來的文化思潮，讓它一點一滴的滲入文化中。因此，先進的知識份子無不卯足全勁實行改革。在近代這一波改革中，文化上的最大進展就是白話書寫理論的被提出，以及其後白話書寫現象的蓬勃發展。

## 二、開民智、啓愚民

近代白話書寫理論的提出，多出於變法維新的工具性效用上；而變法維新的主要標的就在於開民智、啟愚民。許多先進的知識份子認為，報刊書籍以白話書寫印行，將各地方言口語入文，將有助於改良社會，使大眾在文字使用上人人平等，而不再面臨艱澀的文言閱讀障礙。如此一來，不但可開拓知識貧弱者的學養範圍，也可啟發不識字者的學習意願，使天下不再有愚民，各項思潮與政策才有徹底推擴實行的可能。因此，許多知識份子的言說多有如斯沉痛而剴切的呼聲，如前引裘廷梁與陳榮袞的言說即是。在這兩篇沉重的文字中，都可以看到近代白話書寫理論的被提出，是在甲午戰後一股必需進行思想改革的熱潮中湧現的。

開民智，其實就是一種上對下的社會啟蒙運動，此一工具性效用的發生尤其是在一八九五年以後更加明確，誠如李孝悌所言：

……我認為「開民智」的主張之所以會在這個時候被提出來，和甲午之後知識份子普遍體認到思想改革的迫切性有很大的關係。換句話說，「開民智」的論調是在一個一般性的思想啟蒙運動的背景下出現的。1895 年以後，隨著新式報紙、學堂和學會的大量出現，知識階層的啟蒙運動已經從理論層次落實到實際行動，……但在短短的五、六年間，由於義和團之亂和八國聯軍造成的前所未有的危局，使得「開民智」的主張一下子變成知識份子的新論域，「開民智」三個字也一下子變成清末十年間最流行的口頭禪，其普遍的程度絕不下於五四時代的「德先生」和「賽先生」。一般「有識之士」或所謂的「志士」，深感於「無知愚民」幾乎招致亡國的慘劇，紛紛籌謀對策，並且劍及履及，開辦白話報；創立閱報社、宣講所、演說會；發起戲曲改良運動；推廣識字運動和普及教育，展開了一場史無前例的大規模民眾啟蒙運動。35

「無知愚民」可能導致亡國的憂慮，可說是近代知識份子一項極為深切的痛感；而「開民智」、「啟愚民」就成為他們必需即刻面對的重要議題。因此，就思想改革的迫切性而言，革除文言而以白話書寫為主要傳播工具，便成為直接而有效的方式了。因此，一批有志之士不斷發出類似的言說，如梁啟超：

　　……一、本報文言、俗語參用；其俗語之中，官話與粵語參用；但其書既用某體書，則全部一律。36

梁啟超在他自己創辦的《新小說》出刊前，於報上刊登以上
類似宣言的發刊詞。文中提及文言與文言俗語（白話）一齊參
用，是該刊的特色。而俗語之中，又是官話(北京話；國語)
與廣東話參用。由此可見，白話的使用已逐漸成為普遍，而
夾用地方口語或方言，似乎也成為當時推廣新思潮的一種時
髦作風。必須如此，才能讓廣大民眾在吸取新知時，一目瞭
然且迅速達成效果。此外，狄葆賢也曾經說道：

> ……且中國今日，各省方言不同，於民族統一之精
> 神，亦一阻力。而因其勢以利導之，尤不能不用各省
> 之方言，以開各省之民智。如今者《海上花》之用吳
> 語，《粵謳》之用粵語；特惜其內容之勸百諷一耳。
> 苟能反其術而用之，則其助社會改良者，功豈淺鮮
> 也？十年以來，前此所謂古文駢文家數者，既已屏息
> 於文界矣。若能百尺竿頭，更進一步，剝去鉛華，專
> 以俗語提倡一世，則後此祖國思想言論之突飛，殆未
> 可量。而此大業，必自小說家成之。[37]

狄葆賢此說中論及為廣開民智不得不用各地方言，以求最大
效用。舉例言之，《海上花》及《粵謳》之用方言本為佳
話，但內容的勸百諷一則阻礙讀者的接受情形，如果內容能
夠更加淺顯明白，將使改良社會的功效更加明顯。此外，一
批古文家及駢文家若能洗盡鉛華，專以俗語為文，也將有助
於國家思想言論的突飛猛進。狄葆賢對於方言口語入文，與
梁啟超一樣抱持積極而贊同的態度。但他顯然認為此一改良
社會國家的大業，應以小說為最佳體裁。然而，無論採取何

種體裁以助改良社會，其最終目的仍在於能否開通民智以啟
愚民這一點上。

狄葆賢另一篇〈小說叢話〉也有同樣的呼聲：

> 今日欲改良社會，必先改良歌曲；改良歌曲，必先改
> 良小說，誠不易之論，……然自周以來，其與小說歌
> 曲最相近者，則莫如三百之詩，……至今三十年間，
> 此調暫絕。蓋社會每經數百年之久，其言語必已有許
> 多不同之處，其不經常用之語，便覺其非太高尚，則
> 過雅典，俗人不能解，自覺嚼然無味。……故孔子當
> 日之刪《詩》，即是改良小說，即是改良社會。然則
> 以《詩》為小說之祖可也，以孔子為小說家之祖可
> 也。[38]

文中提到孔子刪詩經，與改良小說或改良社會的義涵等同。
換言之，與小說、歌曲最相近的就是詩經，狄葆賢認為其使
用的語言文字，皆具有通俗口語化的特點；經過歷史的積澱
之後，語言多有不同之處。許多語言因不常使用而逐漸典雅
化，使一般人不易理解，逐漸使人失去閱讀的興趣。故孔子
當年刪詩，可能即刪去許多逐漸死亡不用的語言，而成為後
世所見的面貌。因此，刪詩與改良小說的出發點一樣，都是
改良社會。所以，狄葆賢認為今日提倡小說就是提倡通俗口
語的使用；提倡通俗口語，也就等同於改良社會。

綜合以上，關於白話書寫的工具性效用上，近代知識份
子多以變法維新及開通民智為主要訴求方向，而這兩項目標
也是近代中國大部分知識份子的共同心聲，藉由語言文化的

改革以改造社會。因此，近代白話書寫現象的蓬勃發展原本就是一項社會文化上的議題，而不只是文學史上的語言文字改革問題而已。可以說，當近代知識份子深切體認到語言文字的「用」必需廣泛而有效時，它就必需走入大眾，擔負起教化的功能，喚回語言文字初創時最早的實用價值。

# 第四節　文學進化觀的雅俗趨向

## 一、由文言趨於白話勢所必然

近代白話書寫理論中另有一項特別重要的觀點，即「文學進化觀」的風行。當時正值大量引進外來思潮的蓬勃階段，達爾文的進化論及赫胥黎的天演論也透過譯書風行各地。因此，進化論成為當時知識份子進行論述時的重要背景知識。常見的作法是將進化論運用在中國歷史發展的脈絡中，視為先行的理論背景；尤其是文學史的發展脈絡更是順理成章地運用這個觀念，以加強說明文學史中由雅趨俗的發展定律。抱持這項觀點的多以維新派和革命派的知識份子[39]為主，如梁啟超：

> 文學之進化有一大關鍵，即由古語之文學變為俗語之
> 文學是也。各國文學史之開展，靡不循此軌道。中國
> 先秦之文，殆皆用俗語，觀《公羊傳》、《楚辭》、
> 《墨子》、《莊子》，其間各國方言錯出者不少，可為

左證。故先秦文界之光明，數千年稱最焉。尋常論
者，多謂宋、元以降，為中國文學退化時代。余曰：
不然。夫六朝不文，靡靡不足道矣。……自宋以後，
實為祖國文學之大進化。何以故？俗語文學大發達
故。宋後俗語文學有兩大派，其一則儒家、禪家之語
錄；其二則小說也。小說者，決非以古語之文體而能
工者也。本朝以來，考據學盛，俗語文體，生一頓
挫，第一派又中絕矣。苟欲思想之普及，則此體非徒
小說家當采用而已，凡百文章，莫不有然。雖然，自
語言文字相去愈遠，今欲為此，誠非易易，吾曾試
驗，吾最知之。[40]

梁啟超開宗明義論及文學史的「進化」是由古語文學向俗語
文學發展的，[41]而且各國文學史都是如此。其後分析文學史
中兩個重要俗語文學的發展階段：一是先秦時諸家經典，二
是宋代的儒禪語錄及小說，皆為古代中國俗語文學的重要典
範。尤其是宋代以後的俗語文學發展勢不可擋；惟清朝的考
據學大盛，而使俗語文體一度受挫，但梁啟超認為發展小說
仍可延續俗語文學的盛況。同時，梁啟超對於語言文字長期
分離的狀況也有所體會，雖然明確知道文學發展必然走向俗
語或白話書寫的階段，但也不免會有「誠非易易」的慨嘆。

誠然，依目前學界的看法，文學發展史呈現的是曲折
的、迴環往復的變化姿態，即由雅趨俗，但也可能由俗趨
雅，並非單線前進的進化觀點可以完整解釋的。如梁啟超關
於文學進化的觀點：「文學之進化有一大關鍵，即由古語之
文學變為俗語之文學是也」，後面例舉的先秦之文與宋代語

錄、小說等例子，說明俗語文學的大盛，但是由它們的時間
脈絡來看，很難看出由古語文學直接進展到俗語文學的趨
勢，反而更能證明雅俗歸趨應是以此起彼落的姿態存在的。
　　此外，狄葆賢也有相關論述，可供驗證：

> ……凡文章常有兩種對待之性質，苟得其一而善用
> 之，則皆可以成佳文。何謂對待之性質？一曰簡與繁
> 對待，二曰古與今對待，三曰蓄與泄對待，四曰雅與
> 俗對待，五曰實與虛對待。……42

> 請言雅俗：飲冰室主人常語余：俗語文體之流行，實
> 文學進步之最大關鍵也。各國皆爾，吾中國亦應有
> 然。近今歐美各國學校，倡議廢希臘、羅馬文者日
> 盛，即如日本，近今著述，亦以言文一致體為能事，
> 誠以文之作用，非以為玩器，以為菽粟也。昔有金石
> 家宴客，出其商彝、夏鼎、周敦、漢爵以盛酒食，卒
> 乃主客皆患河魚疾者浹旬，美則美也，如不適何？故
> 俗語文體之嬗進，實淘汰、優勝之勢所不能避也。中
> 國文字衍形不衍聲，故言文分離，此俗語文體進步之
> 一障礙，而即社會進步之一障礙也。為今之計，能造
> 出最適之新字，使言文一致者上也；即未能，亦必言
> 文參半焉。此類之文，捨小說外無有也。43

狄葆賢此文談到文章至少有五種對待（相對）的性質，其中
特別談到雅俗的問題。尤其是梁啟超經常與他提到「俗語文
體之流行，實文學進步之最大關鍵也」，即文學進步的最重

要關鍵繫於俗語文學的流行與否；此說的意涵正清楚點明文體由雅趨俗的發展方向。因此，世界各國包括歐美及日本皆以文體進化的角度看待此事，以言文一致為目標改革其文字，而中國也應該如此。況且文言文美則美矣，若置於近代則顯得不甚合適；狄葆賢以金石家宴客為喻，以莊嚴典雅的鼎彝盛酒食，卻導致主客皆腹瀉十日之久，以證明文言的不適用。因此，「俗語文體之嬗進，實淘汰、優勝之勢所不能避也。」從文學進化的觀點視之，俗語文學的盛行必然是優勝劣敗的發展結果。

此外，狄葆賢也認為言文分離，對於俗語文學的進步是一大障礙，對社會進步也是。當今之計就是創造新字以改革文字的使用情形，使其達到言文一致的目標。

綜合以上，從進化論的角度而言，文學發展的趨勢正好符合由雅趨俗、優勝劣敗的自然法則。換言之，文言所代表的雅文化，必然為白話所代表的俗文化所取代，這一發展脈絡完全符合近代社會對文言書寫的質疑與對白話書寫的認同。因此，僅管文言書寫在近代仍享有崇高地位，但迫於現實需要，一批有識之士不得不提出如此新穎而破天荒的論調，以積極面對社會的遲滯不前。

## 二、書面語與口頭語相合，文學易傳之久遠

從文學進化的角度論及白話書寫的必要性，多認為文學能夠傳播久遠，書面語與口頭語必需一致。如嚴復及夏曾佑所說的：

……書中所用之語言文字，必為此種人所行用，則其
書易傳。其語言文字為此族人所不行者，則其書不
傳。此一也。[44]

即此語言文字為本種所通行矣，而今世之俗，出於口
之語言，與載之紙之語言，其語言大不同。若其書之
所陳，與口說之語言相近者，則其書易傳；若其書與
口說之語言相遠者，則其書不傳。故書傳之界之大
小，即以其與口說之語言相去之遠近為比例。此二
也。[45]

即其書載之文字之語言，與宣之口舌之語言彌相近
矣，而語言之例，又大不同：有用簡法之語言，有用
繁法之語言。……故讀簡法之語言，則目力逸而心力
勞；讀繁法之語言，則目力勞而心力逸。而人之畏勞
其心力也，甚於畏勞其目力也。譬如有一景於此，或
繪之於畫，或演之於說，吾知人必樂觀其畫，甚於樂
觀其說。蓋說雖曲肖詳盡，猶必稍歷於腦，而後得此
景，不若畫之一覽即知為更易也。惟欲傳一事，始末
甚長，畫斷不能繪至無窮之幅；而且事之情狀，反復
幽隱，倏忽萬變，又斷非畫所能傳乎，故說仍不能
廢，而繁言亦如畫焉。若然，則繁法之語言易傳，簡
法之語言難傳。此三也。[46]

嚴、夏二人的小說觀基本上與維新派知識份子的論調相合，
尤其是梁啟超所持的觀點對他們產生很大的影響。這篇文字

本來是《國聞報》附印小說所做的說明，因此其中特別著重
說明書面語與口頭語合一的文章，較易傳之久遠的道理。而
且，他們認為文章即使已達到口頭語與書面語合一的理想狀
態，仍有繁、簡之別；語法繁者不易閱讀，語法簡者則易於
閱讀，其傳之久遠與否判然可別。因此，文學發展以白話書
寫為趨向時，作品易於流傳；以文言書寫的作品則難以流
通。此外，梁啟超也有類似的言說：

> 三曰刺。……此力之為用也，文字不如語言。然語言
> 力所被，不能廣不能久也，於是不得不乞靈於文字。
> 在文字中，則文言不如其俗語，莊論不如其寓言。故
> 具此力最大者，非小說末由。……[47]

文中提到文言不如俗語；俗語淺顯的特質，正是白話書寫成
為必要的重要因素。只有以俗語為書寫工具所產生的文學作
品，才能具備莫大的影響力。

最後，徐念慈的論點頗值得玩味：

> ……六、文言小說與白話小說
> 之二者，就今日實際上觀之，則文言小說之銷行，較
> 之白話小說為優。果國民國文程度之日高乎？吾知其
> 言之不確也。吾國文字，號稱難通，深明文理者，百
> 不得一；語言風俗，百里小異，千里大異，文言白
> 話，交受其困。若以臆說斷之，似白話小說，當超過
> 文言小說之流行。其語言則曉暢，無艱澀之聯字；其
> 意義則明白，無幽奧之隱語，宜乎不脛而走矣。……[48]

他在文中提到文言小說與白話小說的流行程度繫於語言文字的曉暢與否。他認為文言小說在當時仍舊盛行，但縱觀國民的國文程度並未因此而日漸提高，此因文字難通的緣故；但是另一方面，白話小說的流行似乎超過文言小說，以其文字的曉暢明白，的確較容易流行。

綜合以上，自文學傳播的觀點而言，白話書寫的作品確乎較文言容易通行於世。在進化論的影響下，白話文學傳播迅速的特點似乎佔盡優勢，而文言書寫的劣勢就在於無法傳之廣遠，也限制了它在快速變動的近代社會中的發展。因此，白話書寫的必要性不言而喻。

## 三、今之流俗語、他日之經典

此處關注的重點是俗語（白話）書寫與文學經典的認同問題。黃遵憲在〈雜感〉詩中所說的：「即今流俗語，我若登簡編。五千年後人，驚為古爛斑。」就是最好的註腳。其中「流俗語」之義涵可視之為「白話」同義詞。

從文學接受史的角度看待這個問題，特別能彰顯其中的意義。換言之，當文學作品寫成書面語之後，作者便隱沒在文字背後；作品的意義並非由作者決定，而是開放給讀者去論斷。所以，今天的流俗語，可能因為讀者群體審美觀念的轉變，而成為後代的經典作品。反之亦然。所此，黃遵憲〈雜感〉詩特別要提出的，就是肯定通俗的白話書寫仍然有榮登經典之列的可能性。

前已述及，黃遵憲首開「我手寫我口」的先聲，反對模古擬古的作文方式，置於當時保守的文學風氣中顯得特別叛

逆。他反省語言文字的改革，首先要拉近口頭語與書面語的
距離，讓口語的進入筆下，不需拘泥於古代文言中的用法。
即使將當時的流俗語寫入書面，數千年後也可能成為經典。
因此，從文學史發展脈絡而言，黃遵憲此說也證實了由俗趨
雅的可能性。從歷時性的動態發展而言，確實會發現每一個
不同朝代都有不同審美視域的讀者，各自懷抱其審美觀點，
對文學作品加以評騭。因此，透過讀者的接受，千百年前的
俗語文學，確乎可能因此成為往後的經典之作。

　　因此，如果說，梁啟超等知識份子主張的由雅趨俗的文
學發展趨勢，是受到進化論的影響；那麼，黃遵憲此說則恰
好相反，他認為文學也有由俗趨雅的可能性。若以此立論，
確實能夠拉近口頭語與書面語的距離，以確保白話書寫的必
要性與可行性。

　　此外，陳榮袞也有相同看法：

> 講話無所謂雅俗也。人人共曉之話謂之俗，人人不曉
> 之話謂之雅，十得二者亦謂之雅。今日所謂極雅之
> 話，在古人當時俱俗話也，今日所謂極俗之話，在千
> 百年之後又謂之雅也。且不獨古今為然也，以四方而
> 論亦有之。[49]

他認為語言無所謂雅俗，明白曉暢而共同流通的就是俗語，
一般人不明瞭的就是雅言。而目前所謂雅言，在古時可能都
是俗語；相反地，今日的俗語，在千百年後又是後代人眼中
的雅言。這是就動態歷史的發展而立論的，也充分顯示陳榮
袞對於文學史發展脈絡的掌握相當深切。同時，這個問題不

獨古今如此，放眼各地也經常是如此。何謂雅俗，經常只是一組相對的概念，一旦置於變動的文學歷史中觀察，便會出現迴環往復的可能性，今日為雅，明日為俗；反之亦然。因此，陳榮袞認為提倡白話書寫既有其現實必要，而白話文學的價值日後亦有提升的可能性；證諸歷史變動的法則，文學的雅俗與否並無定論，而是交替出現的相對概念。

　　綜合以上，提倡白話書寫的理論中，自雅俗歸趨一面立論，必然要牽涉到由雅趨俗或由俗趨雅的問題。強調由雅趨俗的觀點，多認為發展俗語（白話）文學是歷史的必然；而強調由俗趨雅者，則認為俗語（白話）文學的書寫，很有可能成為他日的經典。兩說雖有趨向的差別，卻從不同角度給予白話書寫一個堂而皇之的有利條件，無論雅俗歸趨如何，提倡白話書寫的可能性在此展露無遺。

## 註　釋

1　關於此項說法，夏曉虹認為：「……因為白話文是作為開通民智的工具使用的，所以其在語言上的要求是『我手寫我口』，以學習、接近口語為最高準的。而當時表達新事物、新觀念的新名詞剛剛從國外輸入或由文人造出，尚未在下層社會流行，未進入日常生活的口語中，自然便被排斥在白話文之外。」見〈五四白話文學的歷史淵源〉，頁28-29。

2　梁啓超《清代學術概論》（與《中國近三百年學術史》合刊，臺北：里仁書局），頁73。

3　陳子展《最近三十年中國文學史》第五章「古文的演變與新文體的發生（下）」（與《中國近代文學之變遷》合刊，上海：上海古籍出版社，2000年），頁207。

4　朱光潛〈現代中國文學〉，原載《文學雜誌》第二卷第八期，1948年1月。引自司馬長風《中國新文學史》「第一章　文學革命的背景」，頁18。

5　根據蔡樂蘇〈清末民初一百七十餘種白話報刊〉（收錄於《辛亥革命時期書刊介紹》）所述，《演義白話報》於光緒23年10月13日（1897年）創刊於上海，此報是由章伯初、章仲和等人主編的一份小型文藝日報，這是中國人自己創刊的報紙中最早的一份。

6　《新中國未來記》連載於1902年11月至1903年1月的《新小說》雜誌上，連同楔子，一共有五章，但未寫完。此書乃政治預言小說。

7　梁啓超《新中國未來記》（張品興編《梁啓超全集》第十九卷，北京：北京出版社，1999年），頁5610。

8　秋瑾《精衛石》（《秋瑾集》，上海：上海古籍出版社，1991年），頁127。《精衛石》是秋瑾未完成的一部彈詞之作，原計劃寫二十回，現存前五回與第六回殘稿，約寫於1905至1907年間。篇名出於《山海經》，秋瑾引用精衛填海的故事，說明要爭取婦女解放，必需有精衛填海的那種堅韌不拔、百折不回的毅力和勇氣；婦女們若都能成為一塊精衛石，迫害婦女的恨海就能填平。

9　秋瑾〈敬告姐妹們〉，《秋瑾集》，頁13-15。

10　郭沫若於〈娜拉的答案〉（1942年）一文中，極力稱讚這篇散文，讚他文字「相當巧妙」，並說「這在三四十年前不用說是很新鮮的文章，然而就在目前似乎也還是沒有失掉它的新鮮味」。

11　陳天華〈警世鐘〉，《辛亥革命》第二冊（中國史學會編，上海：上海人民出版社，1981年），頁112。

12　《孽海花》先後完成於金松岑與曾樸之手，著作年代為1903至1907年左右。它是一部歷史小說，生動描寫了同治時代到光緒年間甲午戰敗30年間的歷史文化推移與政治社會的變遷。故事中並影射多位歷史名人，如第五回即影射張愛玲的先人張佩綸與李鴻章的部份人生。

13　《孽海花》（臺北：世界書局，1976年），頁60。

14　這部小說的語言，是它的特色也是問題所在。張愛玲在《海上花開——國語海上花列傳Ⅰ‧譯者識》（臺北：皇冠出版公司，1996年）中說道，由於語言問題使它不容易讀懂，以致後繼無人：「全部吳語對白，《海上花》是最初也是最後的一個，沒人敢再蹈覆轍——如果知道有這本書的話。《海上花》

在十九世紀末出版：民初倒已經湮滅了。」，頁18。

15　韓邦慶《海上花列傳》第九回（臺北：廣雅書局，1984年），頁70-71；張愛玲譯註的國語版《海上花列傳》，頁120。

16　黃遵憲〈雜感〉之二，《人境廬詩草箋注》卷一，頁42-43。

17　關於黃遵憲與胡適於文學觀念上的承繼問題，可參考張堂錡〈論黃遵憲與胡適的詩歌改革態度〉（收錄於《從黃遵憲到白馬湖》，臺北：正中書局，1986年）。

18　二引文皆出自梁啟超《飲冰室詩話》（北京：人民文學出版社，1998年）第六十三條，頁51。

19　同上注，第四條，頁2。

20　黃遵憲《人境廬詩草箋註》，頁56。

21　同上注，頁57。

22　同上注，頁58。

23　張堂錡〈夏晨荷葉上的露珠——讀黃遵憲〈山歌〉九首〉（《從黃遵憲到白馬湖——近現代文學散論》，臺北：正中書局，1986年）一文有詳細論說。

24　黃遵憲〈梅水詩傳序〉，《人境廬未刊稿》。引自徐中玉主編《中國近代文學大系‧第1集‧第1卷‧文學理論集》，頁56-57。

25　裘廷梁〈論白話為維新之本〉，原載《無錫白話報》，收錄於《清議報全編》卷二十六，頁61-65。

26　同上注，頁26-27。

27　同上注，頁27。

28　同上注，頁28。

29　同上注，頁28-29。

30　同上注，頁29。

31　同上注，頁29-30。

32　同上注，頁30。

33　陳榮袞（子褒）〈論報章宜改用淺說〉，原刊於《知新報》，收錄於《教育遺議》（臺北：文海書局，1973年），頁27-29。

34　陳榮袞〈論報章宜改用淺說〉，《教育遺議》，頁29。

35　李孝悌《清末的下層社會啟蒙運動》第一章「導論」（臺北：中央研究院近代史研究所，1998年），頁13-14。

36　新小說報社〈中國唯一之文學報《新小說》〉，《新民叢報》十四號（1902年）。引自王運熙主編《中國文論選（近代卷）》

（江蘇：江蘇文藝出版社，1996年），頁340。

37　狄葆賢（平子）〈論文學上小説之位置〉，《新小説》第七號。
　　引自舒蕪等編選《近代文論選》（北京：人民文學出版社，
　　1999年），頁237。

38　狄葆賢（平子）〈小説叢話〉，《新小説》。引自王運熙主編《中
　　國文論選（近代卷）》（江蘇：江蘇文藝出版社，1996年），頁
　　309-310。

39　如章太炎的好友黃人就在進化論的影響下寫了一部《中國文學
　　史》。

40　梁啓超〈小説叢話〉，《新小説》。引自王運熙主編《中國文論
　　選（近代卷）》（江蘇：江蘇文藝出版社，1996年），頁306。

41　此處所謂「俗語文學」與「白話文學」之定義大致相埒，因此
　　視之為白話書寫的相關理論。

42　狄葆賢（平子）〈論文學上小説之位置〉，《新小説》第七號。
　　引自舒蕪等編選《近代文論選》（北京：人民文學出版社，
　　1999年），頁234。

43　同上注，頁236。

44　嚴復、夏曾佑〈國聞報館附印説部緣起〉（天津《國聞報》，
　　1897年10月16-18日）。引自舒蕪等編選《近代文論選》（北
　　京：人民文學出版社，1999年），頁198。

45　同上注。

46　同上注。

47　梁啓超〈小説與群治之關係〉，《新小説》第一號（1902年），
　　收錄於《飲冰室文集》之十，第四冊，《飲冰室合集》（北
　　京：中華書局，1994年），頁8。

48　徐念慈〈余之小説觀〉，《小説林》（1908年）。引自舒蕪等編
　　選《近代文論選》（北京：人民文學出版社，1999年），頁
　　508。

49　陳榮袞（子褒）〈俗話説〉，《教育遺議》，頁1。

# 第五章

# 近代白話書寫的理論（下）

　　近代以來，先進知識份子面對白話書寫現象，大多表示贊同且推波助瀾，大力擴張此活動的影響力，一時之間似有全面以白話替代文言的聲勢。然而，另有一批傳統知識份子以不同的態度呈現他們對於文言與白話的看法。首先，傳統知識份子多以功能分殊論看待文言與白話的存在價值，即保存國學有賴文言；啟淪齊民則採行白話。這是當時最為通行的一種看法。然而，僅管傳統知識份子並非完全認同白話書寫，但他們仍然親身驗證了白話書寫運用於面對大眾時的好處；因此，從白話書寫的經驗中，更能發掘他們對待白話書寫風潮既抗拒又迎合的歧異態度。此一態度至少呈現三點意義：一是白話書寫乃一種對應變局的反省性行為，二是充分體認白話書寫的實用性，三是承認文言白話並存不廢是現實的需要。因此，部分傳統知識份子逐漸能夠認同白話書寫風潮的嚴肅意義，並肯定其價值。

　　綜合以上，面對諸多白話書寫理論下的歧異現象，應作如是觀。

# 第一節　傳統知識份子的功能分殊論

　　關於白話書寫現象，傳統知識份子泰半認為文言的優勢不宜驟然廢棄，保存國學及書寫文學作品仍有賴文言文；白話文雖有其實際功用，畢竟尚未成為全民共識，仍屬於工具性極強的文體。因此，他們大都肯定文言、白話應同時存在，並且以不同功能並存，並不贊成全面以白話代替文言。換言之，傳統知識份子以不同功能取向分別看待文言、白話的價值；面對不同的對象，必需選擇不同的書寫工具。

　　傳統知識份子自有一套文言與白話的功能分殊論，其中以劉師培的言說最具代表性：

> 蓋文言合一，則識字者日益多。以通俗之文，推行書報，凡世之稍識字者，皆可家置一編，以助覺民之用。此誠近今中國之急務也。然古代文辭，豈宜驟廢？故近日文詞，宜區二派：一修俗語，以啟淪齊民；一用古文，以保存國學，庶前賢矩範，賴以僅存。若夫矜誇奇博，取法扶桑，吾未見其為文也。[1]

在劉師培的觀點中，清楚呈現當時面對白話書寫較為流行的態度，就是：「修俗語，以啟淪齊民」，改良社會以白話書寫為主要工具；而發揚國粹則以文言書寫為主要工具，所以

有「用古文，以保存國學」之說。劉師培認為白話書寫的風
行，在「覺民之用」，尚未提升到較高的文學（國學）層
次，因此在白話文體未臻成熟之際，不宜驟然廢棄文言書
寫。據此可見，在辛亥（一九一二年）之前，近代文學社會
中的白話書寫風潮，實際上仍存在著文言與白話並存的過渡
面貌。

　　因此，這批為數眾多的傳統知識份子對於白話書寫現象
的態度，必需以兩個不同層面論述之：一、改良社會以白話
書寫為主；二、發揚國粹以文言書寫為主。

# 一、改良社會以白話書寫為主

　　首先，傳統知識份子認為改良社會，應以白話書寫為
主，以求淺顯暢達。通常是為了革命與宣傳的實際需要，而
使用通俗化的語言文字，其預設的閱讀對象自然是一般群
眾。這也是前述先進知識份子一再強調並極力提倡的實用性
功能。然而，面對白話書寫風潮一步步逼進，傳統知識份子
究竟以何種姿態面對，茲以章太炎和林紓做為解讀對象，以
呈現倡議白話書寫風潮下的歧異現象。

　　近代文學潮流走向提倡言文合一及文學語言通俗化的方
向，而身處白話書寫浪頭上的章太炎的看法呈現極為複雜的
面貌。有論者以為章太炎強調「言語」與「文辭」分途，[2]
作文應以「小學」為基礎，反對文學走向白話書寫的路途。
然而，章太炎對於言文是否合一的問題，其態度究竟如何？
可以〈文學說例〉一文為例：

> 敘曰：爾雅以觀於古，無取小辯，謂之文學。文學之
> 始，蓋權輿於言語。自書契既作，遞有接構，則二者
> 殊流，尚矣。……世有精練小學拙於文辭者矣，未有
> 不知小學而可言文者也。[3]

章太炎認為「爾雅以觀於古，無取小辯，謂之文學」，文學
當根據字義而表現為雅正，不取時俗之「言語」、「口談」，[4]
言下之意似與當時流行的「言文合一」觀點相悖。除此之
外，章太炎認為「文學之始，蓋權輿於言語」，承認文學
（文字記錄）始於言語，這點與黃遵憲、梁啟超的觀點相同。[5]
但其後對於言文是否合一的論點便有明顯分歧，章太炎認為
「自書契既作，遞有接構，則二者殊流，尚矣。」一旦文字
代言，形成書契之後的看法，就和黃、梁有所不同了。[6]

　　章太炎認為，言語一旦形成文字，則二者分流，且文字
的優勢明顯高於語言：

> 文字初興，本以聲代氣，乃其功用有勝於言者。言語
> 僅成線耳，喻若空中鳥跡，甫見而形已逝。故一事一
> 義得相聯貫者，言語司之。及夫萬類坌集，棼不可
> 理，言語之用，有所不周，於是委之文字。文字之
> 用，足以成面，故表譜圖畫之術興焉。凡排比鋪張，
> 不可口說者，文字司之。[7]

依章太炎的看法，文字記錄有將言語永久儲存和使之條理化
等長處，特別是面對紛難煩雜的事物時，語言必不夠周延而
常有稍縱即逝之情狀發生。但是，文字之用畢竟仍是離不開

言語的。

　　其次，他與梁啟超等人的看法仍有分歧。梁啟超等人認為言文相離起於後世，這是由於語言不斷發展變化，而後人往往廢棄今言不屑用，一意宗古，而使得文章爾雅，叫人讀不懂；因此，梁啟超等人反對宗古爾雅而提倡「俗語文體」，使言文重新一致。換句話說，古代中國文學的確是言文一致的，如今提倡俗語文體，其實是返回過去的傳統。而章太炎則正好相反，他認為在言文相離的情況下，言文者首先要「精練小學」以近雅遠俗，才能正確的遣辭達意，使文辭閎雅，如漢代司馬相如、揚雄、班固等人的作品堪稱典範。而後世則多不從小學入手，以致文學典範愈來愈稀少；特別是自宋至今，因為小學已經斷絕，而使得近六百年來，人人彷彿無知的盲聾者，以各種證據證明「知小學而可言文」的觀點。

　　面對如火如荼的白話書寫現象，章太炎始終堅持「知小學而可言文」的觀點。[8]他說：

　　　麟近操觚牘，悉在清澈。然綜合字句，必契故訓。[9]

章太炎對於自己的寫作時時不忘引用雅言故訓，身體力行，以證明自己的論點。同時，他也針對白話文的流行提出「今語猶古語」的觀點，要求用今語做白話文也得深通小學：

　　　古語今語，雖遞相嬗代，未有不歸其宗，故今語猶古語也。[10]

此外，他於一九〇八年寫了一部《新方言》後，說道：

> 考中國各地方言，多與古語相合。那麼古代的話，就
> 是現代的話，現在所謂古文，倒不是真古，不如把古
> 語代替所謂古文，反能古今一體，言文一致。[11]

其後，到三十年代，章太炎又提出「你們說古文難，白話更
難」的論調。

　　一般而言，章太炎面對白話書寫現象所抱持的文學觀
點，是較為保守的，與黃遵憲、梁啟超等人的意見不同，反
對文學走向白話化的路途，並且自始至終堅持此一論點。然
而章太炎面對白話書寫現象的態度，果真如此一成不變，且
始終堅持？我們在另一學者的論述中可發現全然不同的解讀
視角。[12]

　　由另一角度來看，章太炎從研究古今大量的語言現象出
發，得出「文字本以代言」的結論。[13]他說：

> 自史籀之初作書，凡九千名，非苟為之也，有其文者
> 必有其諺言。秦篆殺之，《凡將》諸篇繼作，及許氏
> 時，亦九千名。衍乎許氏者，自《玉篇》以逮《集
> 韻》，不損三萬字。非苟為之也，有其文者必有其諺
> 言。[14]

既然「文字本以代言」，當然在古代言文是一致的。章氏繼
而收集大量的語言現象，以證明自己提出的「語言文字出於
一體」的命題。他說：

語言文字，出於一體。……古今語雖少不同，名物猶
無大變。至於奇偶相呼，今昔無爽。助語發語之聲，
世俗瞀儒，疑為異古。余嘗窮究音變，明其非有差
違。作《釋詞》七十餘條（《新方言》第一篇）用為
左證。今舉數例，：「孔」之與「好」，同訓為嘉。
古音本以旁紐雙聲相轉，故《釋器》云：「肉倍倍好
好倍肉」者，「好」即借為「孔」字。……[15]

除上述例子，他在這篇文章中還另外舉出大量例子以證明
「語言文字出於一體」的論點。由他的觀點可知，古書中的
雅言，就是當時的口語。也就是說，章太炎是承認言文合一
的，這點與當時的文學潮流相當接近。

　　因此，基於言文合一的觀點，章太炎並不一味反對通俗
化，他自己便寫過白話文及通俗歌謠。[16]更有主張語言應通
俗淺顯的言論，譬如他認為古代經典《尚書》就是白話：

《漢書·藝文志》說：「《尚書》直言也。」直言就是
白話。古書原都用當時的白話。[17]

白話記述，古時素來有的，《尚書》的詔誥全是當時
的白話，漢代的手詔，差不多亦是當時的白話，經史
所載更多照實寫出的《尚書·顧命篇》有「莫麗陳教
則肆肆不違」一語，從前都沒能這兩個「肆」字的用
意，到清江艮庭始說明多一個「肆」字，乃直寫當時
病人垂危舌本強大的口吻。《漢書》記周昌「臣期期
不奉詔」、「臣期期知其不可」等語，兩「期期」字

也是直寫周昌口吃。但現在的白話文只是使人易解，
能曲傳真相卻也未必。[18]

由此可知，章太炎對於古代白話的認識並不算少。此外，他
也稱讚鄒容的〈革命軍〉：

若夫屠沽負販之徒，利其徑直易知，而能恢發智識，
則其所化遠矣。[19]

他甚至還主張要把「一種精致的理，平易透露的說出來」。[20]
凡此種種，可見章太炎面對白話書寫現象的風潮，自有其識
見。

晚年的章太炎，更於一九○一年創辦《教育今語雜
識》，以提倡平民普及教育為宗旨，以淺顯的語言，使農夫
野人，皆可了解，並撰有白話論文多篇。這也是他參與白話
書寫風潮的具體實踐。

此外，章太炎對現代白話文的發展亦有其貢獻，他的幾
個弟子都是五四新文化運動中的白話文提倡者，如錢玄同、
魯迅、周作人、許壽裳等人都曾受到他的影響。在此，以錢
玄同的一段話加以說明：

章先生於1908年著了一部《新方言》，他說：「考中
國各地方言，多與古語相合。那麼古代的話，就是現
代的話。現代所謂古文，倒不是真古。不如把古語代
替所謂古文，反能古今一體，言文一致。」這在現在
看，雖然覺得他的話不能通行，然而我得了這古今一

體、言文一致之說，便絕不敢輕視現在的白話，從此
便種下了後來提倡白話之根。民國元年（1912年）一
月，章先生在浙江省教育會上演說，他曾說過：
「……將來語言統一以後，小學教科書不妨用白話來
編。」我對於白話文的主張，實在植根於那個時候，
大都是受太炎先生的影響。[21]

以上所述，皆可驗證章太炎對於白話書寫風潮有部分認同，
並非一味堅持文言書寫的傳統而已。

　　然而，章太炎雖然認識到「語言文字同出一本」，古代
的文言即當時的白話，也親身力行書寫白話作品，發表許多
支持白話的論點。但他的思想深處並不完全贊成以白話代替
文言，甚至在五四時期表達他對於當時白話文寫作的鄙夷態
度。究其實，在他看來文言和白話是有區別的，因為身分的
不同，使用的語言也會有所不同。譬如他認為有農牧之言與
士大夫之言必然不同，這就是文言和鄙語不能不有所區分的
原因。同時，他還認為，承認語言的差別才能保持語言的真
面目，所以他說：

　　故教者不以鄙語易文言，譯者不以文言易學說，非好
　　為詰絀也。苟取徑便而淆真意，寧勿徑便。[22]

由此看來，他認為鄙語和文言應有嚴格的區別。不僅語言的
使用有身分的差別，文言與白話也的確有雅俗、高低之分，
如他在〈白話與文言之關係〉一文中就說道：

> 今世作白話文者，以施耐庵、曹雪芹為宗師。施、曹
> 在當日，不過隨意作小說耳，非欲於文苑中居最高地
> 位也，亦非欲取而代之也。[23]

由此更可看出，章太炎認為文言文比白話文的層次較高，白話不過是「隨意作小說」的文體，尤其不應以白話取代文言。

再者，當時章太炎對五四白話文的鄙夷態度，曾使它招致各方不同的意見。關於這點，魯迅即曾經給章太炎以文不對題的批評，他說：

> 如果做白話的人，要每字都到《說文解字》裡去找本字，那的確比做任何借字的文言要難到不知多少倍。然而自從提倡白話以來，主張者卻沒有一個以為寫白話的主旨，是要從小學裡尋出本字來的，我們就用約定俗成的借字。……因為白話是寫給現代的人們看，並非寫給商周秦漢的鬼看的，起古人於地下，看了不懂，我們也毫不畏縮。……太炎先生是革命的先覺，小學的大師，倘談文獻，講《說文》，當然娓娓可聽，但一到攻擊現在的白話，便牛頭不對馬嘴。[24]

晚年章太炎鄙夷當時的白話文，主要是因為白話全面取代文言的聲勢日漲，小學出身的章太炎並不認同，反而提倡寫白話文應從小學中去找本字，而成為眾人攻詰的對象，也招致許多批評。但也可見他對於當時白話文的寫作成績並不滿意，是以有所堅持。

　　話雖如此，章太炎一些關於白話文的見解也有可觀之處。如他擔心實行白話，各地採用各地的方言書寫，互不通曉，會造成戰國時代「書同文」以前的混亂局面。所以，章太炎主張先從整理方言入手，「果欲文、言合一，當先博考方言，尋其語根，得其本字，然後編為典語，旁行通國，斯為得之」，[25]在全國方言未整理好以前，不能用白話寫作。由此看來，章太炎關於推廣白話書寫的見解中，實有太多顧慮。

　　此外，他又認為推行白話文，應先解決通借字的問題。他說：

> 古人寫得別字，通行到如今，全國相同，所以還可以解得。今人若添寫許多別字，各處用各處的方音去寫，別省別府的人，就不能懂得了。後來全國的文字，必定彼此不同，這不是一個大障礙嗎？[26]

章太炎基於深厚的小學根柢，一再指出推行白話可能遇到的阻礙，其中通借字就是他最擔心的一件。再者，章太炎提出文言比白話更難的問題，理由是現在的口語，有許多是古語，非深通小學者不知道現在口頭語的某音就是古代的某音；不知道就是古代的某字，就有可能寫錯。

　　凡此種種，皆顯示章太炎認為當作品做為宣傳工具時，應使「屠沽負販之徒」易於接受，[27]也應以俚語寫得「徑直易知」和「文亦適俗」。[28]但這些是有條件的，當他面對白話文將要全面取代文言文時，卻顯然無法接受，因而出現上述錯綜複雜的狀態：時而贊同白話書寫，時而似乎反對白話

書寫。複雜而變異的看法，正透露當時知識份子的處境。

　　而關於章太炎對待白話文的態度，學界一直莫衷一是，有的認為他反對白話文，[29]有的認為他並不反對白話文。其實，章太炎曾主張言文一致，也稱讚過通俗易懂的文體，並親自寫過白話文。能夠形成如此複雜多樣的面貌，究其原因有二：[30]第一、為了革命宣傳的需要，為了讓屠沽負販都能了解革命的道理，便必需使用通俗的語言。譬如，他稱讚鄒容的〈革命軍〉和黃世仲的〈洪秀全演義〉「徑直易知」、「諧俗」和「文亦適俗」的原因即在此。他認為通俗易懂的白話是給一般粗通文字的群眾看的。第二、革命宣傳可用通俗文體，而高層次的文學作品和學術著作，便不宜用俗語，而應當用雅言，也就是文言書寫。因為此類作品的讀者是具有高深文化的知識份子。所以，章太炎談到自己的文章時也對此立下分別：

> 僕之文辭，為雅俗所知者，蓋論世數首而已，斯皆淺露，其辭取足便俗，無當於文苑。向作《訄書》，文實閎雅，篋中所藏視此者亦數十首，蓋博而有約，文不掩質，以是為文章職墨，流俗或未之好也。[31]

章太炎認為《訄書》中的文章「文實閎雅」、「博而有約，文不掩質」是給具有高深文化的人看的，「流俗或未之好也」。而另外有些文章「斯皆淺露，其辭取足便俗，無當於文苑」，這種文章就是指他的白話文和一些宣傳散論等。可見章太炎認為語言的雅俗視讀者而定，由接受主體的質性決定使用的文體。這也就是為什麼他的白話書寫觀點有許多複

雜面貌的原因了。

　　而以上功能分殊的論點，也正是當時白話書寫提倡者的共通特質，他們的語言文學觀是二元的。為了宣傳維新（或革命）、開啟民智，他們主張用白話寫作，把白話視為給初識字的婦孺和普通老百姓啟蒙的工具。他們雖然提倡白話書寫，但多數並不反對文言；更重要的是，他們自己所寫的提倡白話的文章，亦大多以文言文寫成。

　　因此，章太炎認為文言與白話的使用與否，視接受主體的不同而有所選擇，基本上二者是同時並存的。

　　此外，五四時期曾經頑固對抗白話文學出名的古文大家林紓，其實也曾涉筆白話。早在一八九七年即以淺白俚語寫下《閩中新樂府》三十二首，作為童蒙教材[32]，當時正值梁啟超、夏曾佑、譚嗣同等人以「摭撦新名詞」為詩界革命的時候，而林紓卻已經跨出更大的一大步，直接以白話詩來表達他的新思想了。[33]難怪，多年之後，胡適曾說道：

> ……林先生的新樂府不但可以表示他的文學觀念的變遷，並且可以使我們知道，五六年前的反動領袖在三十年前也曾做過社會改革的事業。我們這一輩的少年人只認得守舊的林琴南，而不知道當日的維新黨林琴南；只聽得林琴南老年反對白話文學，而不知道林琴南壯年時曾做過很通俗的白話詩，——這算不得公平的輿論。[34]

這段話充分驗證林紓早年也曾從事白話詩創作的事實，可算是走在時代前端的維新人物。同時，胡適還選錄了五首林紓

的白話詩以為驗證。

此外，據林紓自己追憶，一九○○年左右亦有白話之作：

> 憶庚子（1900年）客杭州，林萬里（獬）、汪叔明創為白話日報，余為作白話道情，頗風行一時。35

當時，著名報人林萬里正在杭州，文中所謂白話日報即為《杭州白話報》，當時林萬里任主筆，筆名叫做「白話道人」；林紓所寫的白話道情，即刊登於該報刊上，曾經風行一時。

雖然擁有部分白話書寫的經驗，但晚年的林紓對於白話文的發展卻大加撻伐，在他的文論〈論古文之不當廢〉、〈致蔡鶴卿書〉中不斷發表相關意見攻擊白話文，他認為：

> 若盡廢古書，行用土語為文字，則都下引車賣漿之徒，所操之語，按之皆有文法，不類閩廣人無文法之啁啾。據此，則凡京津之稗販，均可用為教授矣。36

當時林紓正擔任北大教授，這封致蔡元培校長的信，充分展現了他對於白話文的不認同，正好與蔡元培的主張是相反的。晚年的他，顯然不同於早年創作白話作品時的先進。此時的林紓，對於盡廢文言的激進行為，顯然難以接受，他認為若採用白話，恐怕普通的引車賣漿之徒也都能夠成為教授了。

準此，當時移勢轉，林紓面臨了與章太炎類似的認同危

機。他們都是清末功名出身的文人，同樣曾經以先進的姿態書寫白話作品，以創作白話作品的實際行為參與維新或革命事業，也同樣於晚年面臨更先進的白話文運動，並轉而抨擊更加激進的廢棄文言的行動。

據此，可見傳統知識份子心目中的白話書寫確乎建立在改良社會這一點上。至於保存國學，就是悍衛文言存在價值的一種實踐了。

## 二、發揚國粹以文言書寫為主

傳統知識份子對於高層次的學術著作及文學作品，多認為應以文言書寫；尤其是發揚國粹、保存國學，更需要文言書寫以豎立典範價值。而文言書寫的閱讀對象，向來以知識份子為主。因此，堅持劃分文言與白話的閱讀對象所做的功能分殊論，對於一批傳統知識份子而言，是較為適切的折衷作法。

堅持保存國學必須使用文言為書寫工具的，可以寫過白話文的章太炎為例。他曾以文言為《國粹學報》撰稿，其出發點就是認為文言書寫可以保存傳統文化，並使這項千百年來眾多士人熟悉的文體得以承繼下去。而《國粹學報》的出現，其意義就在於面對日新月異的文學改革，傳統知識份子必須採取的一種悍衛國故的姿態。

其次在白話書寫風潮下，依然持守文言書寫者，桐城古文名家吳汝綸也是其中之一。他認為文字應雅馴以立名，即使在西風影響之下，翻譯文學也應作如是觀。譬如他為嚴復翻譯的《天演論》做〈序〉時，說道：

今西書雖多新學，顧吾之士以其時文、公牘、說部之詞譯而傳之，有識者方鄙夷而不之顧，民智之淪何由？此無他，文不足焉故也。文如幾道，可與言譯書矣。……嚴子一文之，而其書乃駸駸與晚周諸子相上下，然則文顧不重耶？[37]

吳汝綸顯然對於當時以俗語文體翻譯西書的成績，不甚滿意。他認為以俗語譯書，有識者多不屑一顧，而民智更無從開通起。最主要的原因就是文字不夠優美，文筆不夠莊嚴所致。因此，他認為翻譯之文如嚴復者，才算是真正懂得譯書的。嚴復的譯筆呈現文言書寫的優雅與莊重，在吳汝綸看來，簡直與晚周諸子不相上下。

準此，嚴復接觸大量西學，並以文言翻譯，其目的應是為傳統士大夫服務的。因為他希望自己所翻譯的西方學說能為妄自尊大的傳統知識份子所接受，於是採用高雅的文言文，以妝點其譯筆，這也就是他翻譯理論「信、達、雅」中所說的「雅」原則。他在《譯天演論例言》中就有：「信達而外，求其爾雅」的說法。[38]因此，胡適也說：

我們在這裡應該討論的是嚴復譯書的文體。……當時自然不便用白話；若用白話，便沒有人讀了。[39]

嚴復用古文譯書，正如前清官僚戴著紅頂子演說，很能抬高譯書的身價，故能使當日的古文大家認為「駸駸與晚周諸子相上下」。[40]

胡適這段話的確點出當時傳統知識份子對於文言的接受度仍舊較高，為了讓傳統知識份子也能接觸新學，嚴復便必需採用他們所熟悉的文體，以建立譯書的身價。

此外，嚴復如何看待文言的存在價值？他在《古今文鈔·序》中曾經說道：

> 物之存亡，繫其精氣，咸所自已，莫或致之。方其亡
> 也，雖務存而猶亡，及其存也，若幾亡而仍存，非人
> 之能為存也，乃人之不能為不存也。且客以今之時為
> 亡古文辭者，無亦以向之時為存古文辭者乎？果如是
> 云，則又大謬。夫帖括講章，向之家唔咿而戶揣摩
> 者，其於亡古文辭，乃尤亟耳。然而自宋歷明，以至
> 於今，彼古文辭未嘗亡也。以向之未嘗亡，則後之必
> 有存，固可決也。[41]

根據嚴復此文，他認為古文辭自宋以來從未稍亡，過去不亡，則將來也必將存續，此因古文辭的精氣尚未終結所致。嚴復此言，充分展現他對於文言書寫的堅持與認同，確信文言書寫不可能有亡失的一天。換句話說，白話書寫取代文言書寫，於他而言是不可置信的。[42]

儘管白話書寫風潮已然捲動，白話教育的先驅者、提倡報章宜用淺說的陳榮袞，在辦學的實踐中也依然教授文言。摘錄一段文字說明：

> 至於高年級生，則不廢文言。蓋謂欲國民之愛國，必
> 使其認識民族之文化；欲認識其文化，不可不讀古

書；欲讀古書，不能不通文言。[43]

陳榮袞雖然曾經撰文大聲疾呼淺說（白話）之益；但於教學實踐中，仍不忘講授古文，並強調讀古書，必得通文言；不通文言則無法讀懂古書。此因一國之文化，仍必需以古文傳輸。這段話，正好適切的說明保存國學應以文言書寫為主的觀點。

綜合以上，傳統知識份子對於文言與白話的態度，明確區分其不同功能、對象而決定使用的文體。一般而言，文言書寫多用於對知識份子的傳播以及保存國學之用；白話書寫則以對一般大眾傳播而採用，多著眼於開通民智一項上。因此，在白話書寫風潮之下，傳統知識份子的堅持與選擇，以功能分殊的方式同時對待文言與白話的互相消長。

# 第二節　傳統知識份子的白話書寫經驗

## 一、桐城派林紓的白話文

早在一八九七年初，[44]梁啟超在《時務報》發表《變法通義》，其中「論幼學」一章立即引起討論。林紓以村塾教師的身分回應，取白居易諷喻新樂府之體，用淺白俚俗的語言，寫下〈閩中新樂府〉三十二首，並於一八九七年底付梓，作為童蒙教材。他在自序中說到：

兒童初學，力圖強記，驟語以六經之旨，則語性轉
窒。故入人以歌訣為至。聞歐西之興，亦多以歌訣感
人者。閒中讀白香山諷喻詩，課少子，日仿其體，作
樂府一篇，經月得三十二篇。吾友魏李渚愛而索其
稿，將梓為家塾讀本。45

由此可知，林紓對於傳統教育形式的反省，以及對新教學形
式的嘗試都受到《變法通義》「論幼學」的影響。

〈閩中新樂府〉三十二首，其旨趣即在倡導新政、期盼
變法圖強；同時也旁及宦途醜態、試場惡趣、鴉片頑癖、纏
足虐刑等問題。而且將中國與世界相比較，從而看到中國的
處境與問題。詩集中抨擊吏治的有〈渴睡漢〉、〈五石弓〉、
〈關上虎〉等；針砭時弊的有〈村先生〉、〈小腳婦〉、〈知
名士〉等；提倡女子教育的有〈興女學〉，諷刺科舉取士的
有〈破藍衫〉等。集中組詩都是嚮往維新的作品，取法西方
並改良中國。如〈渴睡漢〉：

渴睡漢，何時醒？王道不外衷人情。九經敘目有柔
遠，加之禮貌有何損。
縱是國仇仇在心，上下一力敦根本。奈何大老官，一
談外國先衝冠。……46

以及〈興女學〉：

興女學，興女學，群賢海上真先覺。華人輕女患識
字，家常但責油鹽事。

夾幕重簾院落深，長年禁錮昏神智。神智昏來足又
纏，生男卻望全先天。

……47

　　林紓這組詩歌，以訓蒙歌訣的形式，出現在戊戌變法前
後「詩界革命」的風潮裡，極具意義。除了表明林紓也曾經
與積極學習西方的維新派靠攏之外，也標示著他曾經做過很
通俗的白話詩。當梁啟超與夏曾佑等人進行詩界革新大業
時，林紓卻已跨出大步，以白話詩表達他的新思想。48

　　一九一二年開始，49林紓也在《平報》上刊登過一百三
十餘首〈諷諭新樂府〉，50文風與早年所作的〈閩中新樂府〉
相近，都是諷刺時人時事之作，如〈逋臣歸〉、〈剪髮令〉、
〈燒鴉片〉、〈槍斃鴉片鬼〉、〈掛洋旗〉……等。其後（一
九一九年），林紓也在《公言報》上刊載過〈勸世白話新樂
府〉。51此外，蜇居杭州期間，他也曾經於《杭州白話報》
上寫過白話道情。52凡此種種，皆展現林紓早年的白話書寫
經驗相當豐富，與他在五四時期攻詰白話文的態度相去甚
遠。因此，林紓不僅有對古文的堅持，同時也有相當可貴的
白話書寫經驗。

　　綜合以上，在文學史上定位為守舊派的林紓，雖然反對
過五四白話文運動，但早年的他其實也嚮往過改良中國的維
新事業，並且以白話書寫身體力行。因此，白話書寫經驗曾
經出現在林紓生命中的某個階段，但持守文言書寫才是他一
生中最重要的堅持。

# 二、國粹派章太炎的白話文

　　關於章太炎的白話書寫，本論文於第三章「白話書寫現象的文化背景」（第一節「從科舉制度的廢除到白話書寫」之「三、文學活動場域的轉換」）中曾經論及部分內容。

　　總結章太炎的白話書寫經驗，以通俗歌曲〈逐滿歌〉與演講結集的《章太炎的白話文》為主；此外，他還在《民報》及《教育今語雜誌》上發表了一些白話演說。對於文言與白話的態度，章太炎自有堅持。[53]大體言之，對知識份子發言，以文言書寫為主；對一般大眾發聲，則以白話書寫為佳。無論如何，章太炎仍有一些白話作品可供觀覽。

　　章太炎的〈逐滿歌〉是為宣傳革命而作的通俗詩歌。在他的詩歌創作中，此詩不僅別樹一格，也顯示他早年曾經認同白話書寫的事實。詩云：

> ……可惜我等漢家人，卻同羊子進屠門。揚州屠城有十日，嘉定廣州都殺畢。福建又遇康親王，淫搞良家象宿娼。駐防韃子更無賴，不用耕田和種菜。菜來伸手飯張口，南糧甲米歸他有。漢人有時欺滿人，斬絞徒流任意行；滿人若把漢人欺，三次殺人方論抵。滑頭最是康熙皇，「一條鞭」法是錢糧，名為永遠不加賦，平餘火耗仍無數。……。[54]

全詩對於清王朝的壓迫及剝削作了相當具體的刻劃。同時，詩歌語言通俗易懂，押韻自然，雖然不同於後期白話文來得

平易，但當時許多從事革命運動者，多翻印此詩歌，在群眾之間廣為流傳，具有極高的宣傳作用。因此，此詩可視為章太炎早年的白話書寫代表作。

此外，《章太炎的白話文》則為其演講所結集的一部專著。[55]根據〈序言〉所述，此書為章太炎閒處東京時對留學生講學的記錄及歡迎會的演講辭，原出版於民國十年，後輾轉流傳至今。[56]全書共有八篇文章，論述旨趣包括「留學」、「教育」、「中國文化」等領域，分別為〈留學的目的與方法〉、〈中國文化的根源和近代學術的發達〉、〈常識與教育〉、〈經的大意〉、〈教育的根本要從自國自心發出來〉、〈論諸子的大概〉、〈中國文字略說〉、〈我的生平與辦事方法〉等。全書皆為通暢的白話文作品，茲舉例如下：

> 做一件事，說一句話，最怕別人要問：甚麼緣故？現在諸君在這邊留學，是甚麼緣故？又問回家去教育子弟，是甚麼緣故？大概總說求學是要使自己成有用之材，教育是要他人成有用之材；這句話原是老生常談……。[57]

> 現在有許多人說：教育的第一步，就是使人有常識；我說這句話是最不錯！只可惜他們並不曉得甚麼是常識！原來精深的學問，本來有兩路：一路是曉得了可以有用的；一路是曉得了雖沒有用，但是應該曉得的。譬如天上的北斗星，我識得了也無益，我不識得也無損；……。[58]

由以上兩例，可知章太炎的白話作品已相當成熟，不僅文從字順，而且真正達到平易暢達。

　　主持《民報》期間，他更加反對重形氏、輕內容的舊習氣，而要樹立形式與內容統一的新風尚，建立質樸、抒情、新鮮的新文風。[59]如本章第一節所述，他在國學講習會中所作的演講〈論文學〉及據以修訂而成的〈文學論略〉、復加增刪而成的〈文學總論〉等，對此都反覆加以說明。

　　綜合以上，章太炎雖贊成文白合一（言文合一），但晚年與林紓一樣不認同五四白話文。但是，他畢竟曾經以白話書寫過一些作品，於此可見章太炎的文學思想既豐富又複雜的一面。

## 三、倡文言白話並存之劉師培的白話文

　　本論文第三章「白話書寫現象的文化背景」（第一節「從科舉制度的廢除到白話書寫」之「三、文學活動場域的轉換」）中曾論及部分相關內容。劉師培的白話作品，《劉申叔先生遺書》中均未收錄，僅在〈國文雜記〉及《劉師培辛亥前文選》中收有少數作品，可見劉師培的白話作品多出現於辛亥革命前。

　　劉師培一生所做白話作品多刊登於《中國白話報》上，共有四十五篇之多。[60]學養深厚的劉師培，承繼家傳經學，[61]卓然一家。但十八歲即高中舉人的劉師培，卻在京師會考時不幸落第。歸途遊上海，結識章太炎、蔡元培、陶成章等人，遂絕意仕途，參與革命黨。其後，並加入林獬（白水）所發行的《中國白話報》，發表許多關心時政以及變法革命

的白話文。而這些在《劉申叔先生遺書》中全無收錄的白話文作品卻鮮為人知。這批作品正是我們考察劉師培白話書寫經驗的珍貴材料。

劉師培的白話文作品大約可分為四類，[62]分別為傳記、論說、敘述、遊記等類型。傳記體如〈孔子傳〉、〈中國革命家陳涉傳〉、〈中國排外大英雄鄭成功傳〉等；論說體如〈論列強在中國的勢力〉、〈論中國沿海形勢〉、〈論亞洲北幹山脈〉、〈說君禍〉等；敘述體如〈中國歷史大略〉、〈黃黎洲先生的學說〉、〈西漢大儒董仲舒先生學術〉等；遊記體如〈長江遊〉、〈西江遊〉等。茲舉例如下：

> 我說這話的意思，是教現在想革命的人，把陳涉的好處，用做自己法子，把陳涉的壞處，當做自己的做戒，這革命就自然成功了。[63]

> 革命兩個字，也是中國的通人很贊成的。就是顛覆政府的事情，也就可以有人做了。[64]

> 這布壘楚河，從西藏的東南，流入雲南省境，過了麗江府，河身就漸漸的寬起來了。人家又稱他做金沙江，因為這條江所過的地方，都是中國出產黃金的礦地。[65]

劉師培選擇以白話書寫他對於時局的看法、對學術思想的見解，並力求通俗，與當時尚艱深古奧的文體迥然有別。同樣地，劉師培的白話文一樣有文白夾雜的現象產生，雖使文言

白話的距離逐漸消融，但仍舊非純白話，這也是新舊交替時期的普遍現象。大體言之，已是很流暢的白話作品。

對劉師培而言，寫白話文並非感情寄託，而是以筆代舌，和時代同脈動，與百姓共呼吸，以批判現實，乃其實現理想的工具和手段。因此，他的白話文多著重於群體、國家、民族，所以在內容上不僅豐富深刻，在語言及形式上亦大幅翻新，務使更廣大的閱讀者能夠接受。

準此，對照劉師培的白話書寫經驗與其堅守文言之美的姿態，可知他是持有兩套標準的。即白話書寫乃面對大眾而使用，文言書寫則以知識份子為對象。這也就是他在〈論文雜記〉中所說的：

> ……及觀之中國文學，則上古之書，印刷未明，竹帛繁重，故力求簡質，崇用文言。降及東周，文字漸繁，至於六朝，文與筆分，宋代以下，文詞益淺，而儒家語錄以興，元代以來，復盛興詞曲，此皆語言文字合一之漸也。故小說之體，即由是而興，而《水滸傳》、《三國演義》諸書，已開俗語入文之漸。陋儒不察，以此為文字之日下也。然天演之例，莫不由簡趨繁，何獨於文學而不然？故世之討論古今文字者，以為有淺深文質之殊，豈知此正進化之公理哉？故就文字之進化之公理言之，則中國自近代以來，必經俗語入文之一級。……蓋文言合一，則識字者日益多。以通俗之文，推行書報，凡世之稍識字者，皆可家置一編，以助覺民之用。此誠近今中國之急務也。然古代文辭，豈宜驟廢？故近日文詞，宜區二派：一修俗

語，以啟淪齊民；一用古文，以保存國學，庶前賢矩
範，賴以僅存。若夫矜誇奇博，取法扶桑，吾未見其
為文也。66

劉師培自文學史發展而論，認為宋代以下文詞日淺，逐漸開
出語言文字合一的局面。這項觀點與當時許多知識份子（以
維新派為主的）所理解的大致相符。但是，文學進化論部
分，劉師培認為天演法則應由簡入繁，文學也應如是，因此
語言文字合一的發展，進化至俗語文學的流衍，並非一江河
日下的局面，反而說明中國近代以來必需往俗語文學的方向
發展。依此而言，劉師培的見識顯然又突出於一般傳統知識
份子的觀點。

因此，他認為文言合一的書寫方式將有助於近代覺民之
用，正是著眼於當時急務而論；但具有穩定價值的古文也不
宜偏廢。所以，他認為近代文字書寫應分為兩個系統，即白
話書寫及文言書寫，一則開啟民智、一則保存國學。將文言
與白話的用途明確區分，使各得其所，各擅勝場，這是劉師
培面對白話書寫風潮的興起所採取的最佳策略。回顧劉師培
所書寫的白話作品，的確具有較多對現實的描述及批判，若
說起覺民之用，劉師培也真正身體力行，寫出許多語言通俗
之作。

綜合言之，傳統知識份子面對白話書寫風潮，往往採取
既迎合又抗拒的姿態。在人生某些特定階段中以白話書寫作
品，以期達到覺民之效，出發點都在救國的熱情上。然而，
面對質量深厚的古文，他們仍舊不能忘情，總是將文言書寫
與國學的價值等量齊觀；因為一旦廢古文而崇白話，將使國

學滅絕。因此，面對時局的變遷，傳統知識份子著眼於救國覺民的迫切性，也願意以白話書寫作品。這樣的選擇，大多以實用功能為主。所以，對於傳統知識份子而言，白話書寫的作品並無太高文學價值，真正的美文仍應以文言書寫為佳。

## 第三節　傳統知識份子白話書寫的意義

　　傳統知識份子面對白話書寫風潮並以白話書寫的經驗，至少傳達出幾點意義：一、白話書寫乃對應變局的反省性行為；二、充分體認白話書寫的實用性；三、承認文言白話並存不廢是現實的需要。

　　近代白話書寫風潮的興起，使得傳統知識份子多不願全面附和此書寫方式，但時局的變遷，迫使他們不得不正視文學（文字）的改革，以圖救國覺民。因此，為對應時局，必需充分體認白話書寫的實用性，如桐城派大將吳汝綸，後來即深知改良文體的必要性，曾經說道：

> 中國非廢漢文無以普及教育，蓋漢文過於艱深，人自
> 幼學之，非經數十寒暑，不能斐然可觀，而人已垂老
> 無用，吾國學問不及東西洋之進步者此。67

吳汝綸認為漢文（文言）應廢，否則無法普及教育；過於艱深的文言，對於大多數人而言，終其一生可能都派不上用場，反而是學術進步的阻礙。相較於吳汝綸前期的立場，後

來對於改革文體的殷切期待，正顯示他對應時局的深刻體
認。

此外，劉師培也深知報紙發行風氣已開，平易暢達的白
話文體也逐漸蘊釀成功，面對這個局面，他特別分析白話報
的教育意義及其未來發展，認為：

> 白話報推行既廣則中國文明之進步固可推矣。中國文
> 明愈進步，則白話報前途之愈發達又可推矣。……蓋
> 語言與文字合則識字者多，語言與文字分則識字者
> 少。中國自古代以來言文不能合一。……欲救其弊非
> 用白話末由，故白話報之創興，乃中國言文合一之漸
> 也。[68]

劉師培此言，顯然比前期更能體認時局變化的迅速。眼看白
話書寫風潮一波波襲來，白話報所負擔的責任與義務已不容
小覷。漸漸地，語言文字走向合一的局面，已成為銳不可擋
的趨勢。欲救中國之弊，唯有興辦白話報，以白話書寫為
要，才能使識字者增多，覺民之效才能順利達成。劉師培對
於報刊的白話書寫功效抱持相當肯定的態度。

傳統知識份子面對白話書寫風潮的態度由保守而漸趨開
放。然而，當時倡導全面白話書寫者的文論，大多是以文言
或半文言書寫為主；提倡白話與書寫文言，構成極為矛盾的
圖象。他們一面鼓吹白話書寫之必要，一面以文言書寫該相
關論述，如裘廷梁、陳榮袞等人。因此，他們闡述白話理論
的文章，多以文言或淺近文言寫成，並非純粹白話文。

最明顯的例子，如裘廷梁的白話理論名篇〈論白話為維

新之本），全篇強調白話的優勢高於文言，主張廢文言而興白話，然而全文卻以文言寫成。同時，他在文中並將「保聖教」列入白話八益之一：「學庸論孟……未易領悟。譯以白話，間附今義，發明精奧，庶人人知聖教之大略」，認為國學經典譯以白話，對於國學之保存將有極大的助益，顯示他並未忘情於國學之傳承。他的姪女裴毓芬更把班昭《女誡》加上注釋，登載於《無錫白話報》上。因此，裴廷梁雖暢言盡棄文言而崇白話，實則認為保存國學是根本而要緊的。為了讓經典達到淺顯易懂的目的，有時只是將文言直接「轉換」為白話而已，不能算是真正的白話書寫。先進知識份子猶然如此；那麼，白話或文言書寫在當時知識份子的實踐中，究竟呈現何種面貌？

凡此種種，可見一般知識份子面對白話或文言書寫的問題時，多呈現言行矛頓現象。同時，這也說明當時應該是文言與白話並行不悖的。如林紓即說道，晚清時「從未聞盡棄古文行以白話者」（〈論古文白話之相消長〉），回顧當時知識份子所展現的多樣性，可見近代白話書寫風潮中，的確可能存在著文言白話並行的狀態，而非相互衝突齟齬的。或許，正是因為文言、白話互不妨害這一特點，才會有形形色色、不同流派的古文學家參加近代的白話書寫。

因此，傳統知識份子面對白話書寫的狂潮四起，多有自我堅持的一面，並未立刻附和並身體力行，反而認定白話與文言書寫具有不同效用，理應分別對待；即白話書寫以一般大眾為對象，文言書寫以知識份子為主。他們大多期待兩者分殊而並存，以達到同時保國學兼覺民智的功效；保國學是知識份子的責任，覺民智以救國更是知識份子不可推卸的義

務。因此，近代知識份子一旦以白話書寫加入救國覺民的行
列，便說明他們已充份體認白話書寫的實用性，是對應時局
不得不然的作法。

　　總而言之，傳統知識份子已充分體認白話書寫風潮的銳
不可擋，也多能坦然面對白話報刊（及文學）的興起，並肯
定其意義。那麼，近代白話書寫風潮究竟呈現何種面貌？便
成了下一章節所要探討的重點。

# 註　釋

1　〈論文雜記・序〉收錄於《劉申叔先生遺書》（寧武南氏排印
　　本，1934年）；另收錄於李妙根編《劉師培辛亥前文選》（香
　　港：三聯書店，1998年），頁319。
2　指《中國文學批評通史—柒—近代卷》作者黃霖。
3　章太炎〈文學說例〉，《新民叢報》第五號（臺北：藝文印書
　　館，1966年），頁19。
4　以下參考《中國文學批評通史—柒—近代卷》（上海：上海古
　　籍出版社，1996年）第六章「資產階級革命派的詩文理論」第
　　一節「章炳麟」，頁446-449。
5　如黃遵憲：「文字者，語言之所從出也。」（《日本國志・學術
　　志二・文學》）。
6　如梁啟超：「古人語言文字合，如《儀禮》、《左傳》所載辭
　　令，皆出之口而成文者也。」（《變法通議》）。
7　章太炎〈文學總略〉，《國故論衡》（臺北：廣文書局，1977
　　年），頁74-75。
8　黃霖認為章太炎自始至終堅持文言書寫的必要性，即使面對白
　　話書寫的風起雲湧亦不為所動。其實，章太炎亦寫過白話文，
　　也贊同在某些時刻運用白話文以廣民智。以下將論及此。
9　章太炎〈自述學術次第〉，楊揚、楊引馳、傅傑選編《大師自
　　述》（香港：三聯書店，2000年7月），頁10-23。
10　同上注。
11　熊夢飛〈記錢玄同先生語文問題的講話〉，見《文化與教育》

二十七期。引自《中國文學批評通史（近代卷）》（上海：上海
古籍出版社，1996年），頁448-449。

12　指《中國近代文學發展史》作者郭延禮。

13　以下參考《中國近代文學發展史》（濟南：山東教育出版社）
第三卷第三十一章「革命文豪章炳麟」第二節「章炳麟的文學
思想」，頁1656-1662。

14　章太炎〈訂文〉，《訄書》初刻本，收錄於《章太炎全集》（三）
（上海：上海人民出版社，1992年），頁46。

15　章太炎〈駁中國用萬國新語說〉，《太炎文錄初編·別錄卷
二》，《章太炎全集》（四）（上海：上海人民出版社，1992
年），頁339。

16　即《章太炎的白話文》一書及〈逐滿歌〉，將於第二節論及白
話書寫經驗時加以說明。

17　章太炎〈治國學之法〉，《國學概論》（上海：上海古籍出版
社），頁9。此書本為國學演講集，不同的記錄者有不同的文
本，故文字略有差異

18　同上注，頁16-17。

19　章太炎〈革命軍·序〉，《章太炎詩文選譯》（成都：巴蜀書
社，1997年），頁63。

20　章太炎〈常識與教育〉，《章太炎的白話文》（臺北：藝文印書
館，1972年），頁40。

21　熊夢飛〈記錢玄同先生語文問題的講話〉，見《文化與教育》
二十七期。引自《中國文學批評通史（近代卷）》（上海：上海
古籍出版社，1996年），頁448-449。

22　章太炎〈訂文〉附〈正名雜義〉，《訄書》重訂本，收錄於
《章太炎全集》（三）（上海：上海人民出版社），頁216。

23　章太炎〈白話與文言之關係〉。轉引自郭延禮《中國近代文學
發展史》（濟南：山東教育出版社），頁1659。

24　魯迅〈名人與名言〉，《魯迅全集》第六卷（北京：人民文學
出版社，1982年），頁361-362。

25　章太炎〈博徵海內方言告白〉，轉引自郭延禮《中國近代文學
發展史》（濟南：山東教育出版社），頁1660。

26　章太炎〈論文字的通借〉，轉引出處同上。

27　「屠沽負販之徒」，語出〈革命軍·序〉，《章太炎詩文選譯》
（成都：巴蜀書社，1997年），頁63。

28 「徑直易知」，同上注。「文亦適俗」，語出〈洪秀全演義‧序〉，同上書，頁142。

29 如前述黃霖《中國文學批評通史》中的說法。

30 以下參考郭延禮《中國近代文學發展史》（濟南：山東教育出版社），頁1658。

31 章太炎〈與鄧實書〉，《太炎文錄初編‧文錄卷二》，《章太炎全集》（四）（上海：上海人民出版社，1992年），頁169-170。

32 關於林紓的白話書寫經驗，將於第二節中詳論。

33 林紓早年的白話書寫，參考蔣英豪〈林紓——譯才並世與小說救世〉（《近代文學的世界化——從龔自珍到王國維》），頁200-201。

34 胡適〈林琴南先生的白話文〉，《晨報副刊六周年紀念增刊》（1924年12月），收入《胡適學術文集——新文學運動》，頁460-461。胡頌平《胡適之先生年譜長編初稿》（臺北：聯經出版公司，1990年修訂版）亦引述此文，頁579-580。

35 林紓〈論古文白話之相消長〉，《文藝叢報》第一期，收錄於鄭振鐸主編《中國新文學大系‧文學論爭集》（上海：良友圖書，1935年），頁78-81。

36 林紓〈致蔡鶴卿書〉，引自徐中玉主編《中國近代文學大系‧第1集‧第1卷‧文學理論集》（上海：上海書店，1994年），頁60。

37 吳汝綸〈吳序〉，《天演論》（臺北：商務印書館，1977年），頁2。

38 嚴復〈譯例言〉，《天演論》（臺北：商務印書館，1977年），頁1-2。

39 〈五十年來中國之文學〉，《五十年來中國之文學》（臺北：遠流出版公司，1986年），頁81。

40 同上注，頁82。

41 《古今文鈔‧序》，引自舒蕪等編選《近代文論選》（北京：人民文學出版社，1999年），頁183。

42 嚴復雖固守文言書寫的堡壘，但本論文第四章第四節中曾經提及嚴復與夏曾佑合著的〈國聞報館附印說部緣起〉，文中肯定白話小說流傳較廣，較易產生影響。換言之，以文言書寫者，較難流通；以白話書寫者，較易流通。這部分言說與維新

派的梁啓超等人相當契合。因此，顯然與此節所論述之堅持文言不廢的主張大相逕庭。或許可以傳統知識份子功能分殊論的例外視之。

43　冼玉清〈改良教育前驅者——陳子褒先生〉，陳榮袞（子褒）《教育遺議》附錄（臺北：文海出版社，1973年），頁298。

44　關於林紓早年的白話書寫，參考蔣英豪〈林紓——譯才並世與小說救世〉（《近代文學的世界化——從龔自珍到王國維》），頁200-201。

45　林薇選注《林紓選集‧文詩詞卷》（成都：四川人民出版社，1988年），頁267。

46　馬克鋒譯注《嚴復林紓詩文選譯》（四川：巴蜀書店，1997年），頁251。

47　同上注，頁254。

48　但林紓晚年卻於刻印詩集時，將此批〈閩中新樂府〉刪去。

49　時間為1912年11月1日到1913年9月30日為止。

50　〈諷諭新樂府〉原為《平報》的一個專欄題目，凡本欄作品均署名為射九。1919年3月24日《公言報》在刊登林紓作〈勸世白話新樂府〉時，曾加了一段按語：「林琴南在《平報》作白話諷諭新樂府百餘篇，近五年已洗手不作矣。」見薛綏之、張俊才編《林紓研究資料》，頁477-478。

51　同上注。該史料難以查閱，只得其存目。

52　該史料亦難以查閱，只得存目，暫無法討論之。

53　本章第一節「傳統知識份子的功能分殊論」中所述。

54　此詩大概因語言通俗淺顯，為太炎所刪，因此《太炎文錄》未收。轉引自郭延禮《中國近代文學發展史》（濟南：山東教育出版社），頁1072。

55　本論文的旨趣以探討白話書面語為要；《章太炎的白話文》一書雖為演講集，然已付梓成書，也視之為「書寫」之作。

56　此書序言中提到，該書後為丁文淵所有，轉贈關德懋，二次世界大戰歷劫倖存，乃流傳至今。此書未見於《章氏叢書》，亦未見於《太炎先生著述目錄》中。

57　章太炎〈留學的目的和方法〉，《章太炎的白話文》，頁1。

58　章太炎〈常識與教育〉，同上書，頁29。

59　參考姜義華《章太炎》第三章「中國現代化之路的省察」（臺北：東大圖書公司，1991年），頁136-137。

**60** 以下史料參考馮永敏〈論劉師培的白話文〉(《臺北市立師範學院學報》第23期，1992年11月）及《劉師培及其文學研究》第十一章「劉師培的白話作品」(臺北：文史哲出版社，1992年）。

**61** 父祖輩為《春秋左式傳》的研究專家。曾祖父劉文淇、祖父劉毓松、伯父劉壽曾皆以研究《春秋左式傳》聞名，世稱「三世一經」。

**62** 引用馮永敏〈論劉師培的白話文〉的分類。

**63** 劉師培〈中國革命家陳涉傳〉，《中國白話報》第十九期（1904年8月20日），頁十二。

**64** 劉師培〈說君禍〉，《中國白話報》第十一期（1904年5月15日），頁二十四。

**65** 劉師培〈長江遊〉，《中國白話報》第五期（1904年2月16日），頁十八。

**66** 劉師培《劉申叔先生遺書》（寧武南氏排印本，1934年）；另收錄於李妙根編《劉師培辛亥前文選》（香港：三聯書店，1998年），頁319。

**67** 轉引自司馬長風《中國新文學史》，頁17。

**68** 《警鐘日報》，1904年4月25日。

# 第六章

# 童蒙教育與白話書寫

　　白話書寫風潮下的近代文學史，曾經出現極為重要且為人所忽略的一樁事實，就是童蒙教育所呈現的白話書寫內涵。前述白話書寫理論的提倡者，多認同啟迪人民的蒙昧，必需自兒童及不識字者開始扎根；近代確實有許多知識份子投身於相關白話書寫的活動中，為童蒙教育而努力。因此，本章所述，意在闡明白話書寫對童蒙教育的影響，以展現白話書寫在童蒙教育中的表現及作用。此處討論「童蒙教育」至少包含三個面向，即注音及文法書籍的通行、蒙學刊物的發行以及白話教科書的編印等。首先，近代注音及文法書籍的編寫促成了白話的啟蒙作用，務使男女老幼皆能讀書愛國的呼聲不絕於耳，統一全國語言文字成為必要的手段，因此而編寫的相關書籍便成為當時推動白話的利器。此外，蒙學刊物亦一一出現，為使中國有真才可以救國，必需自童蒙教育下手；而蒙學報刊的發行，自然多以淺顯的文言或白話書寫為主，順利達到教育大眾的目的。最後，眾多知識份子投

身於白話教科書的編輯，「訓蒙宜用白話」的觀念逐漸深入，促使近代學堂得以推動白話書寫風潮的發展。

綜合以上，白話書寫風潮對於童蒙教育的影響極為顯著，值得深入探討其發展面貌。

## 第一節　注音及文法書籍推動白話之啟蒙

### 一、由「言文一致」到推動白話的國語運動

近代白話書寫現象的風起雲湧，對於大多數先進的知識份子而言，其實還關涉到現代國家的建立。立足衰朽的近代社會，他們大多認同國家需要改革。因此，如何建立一個具備現代意義下的國家，便成為首要之務。就這個意義而言，從言文一致到統一國語，似乎是順理成章的發展。

梁啟超在這場語文改革風潮中所扮演的角色非常關鍵。他雖然未曾自創音書，實際進行改良語文的大業，然而梁啟超的識見仍舊使他準確的發出相關言論，並且影響深遠。尤其是現代論及語音史，其原始多來自於梁啟超所提示的途徑。[1]譬如他為沈學《盛世元音》所寫的序文，就曾經提到語文改良的問題：

> 國惡乎強，民智斯國強矣；民惡乎智，盡天下人而讀書而識字，斯民智矣。德美兩國，其民百人中識字者

殆九十六七人。歐西諸國稱是。日本百人中識字者亦
八十餘人。中國以文明號於五洲，而百人中識字者不
及三十人。雖曰學校未昌，亦何遽懸絕如是乎。吾鄉
黃君公度之言曰：語言與文字離，則通文者少；語言
與文字合，則通文者多。中國文字，多有一字而兼數
音，則審音也難。有一音而具數字，則擇字也難。有
一字而具數十撇畫，則識字也又難。（〈日本國志〉
三十三）嗚呼！華民識字之稀，毋亦以此乎。」[2]

梁啟超此段言論，其宗旨仍專注於國家富強；而識字之難，
多來自於語言與文字分離日久所致。前述多已及此，不再贅
述。

　　然而，近代白話書寫現象的蓬勃發展，不只為宣傳革命
及開通民智，當時也針對文學和語言上的要求提出倡議。[3]
當時白話書寫理論的提倡者，其實已明白指出語言文學改良
的意義，不只是為實用功利目的而服務，並對其中的利弊得
失加以分析及說明。[4]這種態度直接使「文白合一」（「言文
一致」）的觀念成為推動白話書寫的重要推手。因此，誠如
陳萬雄所言：

　　他們認識到語言和文學，是依循進化而發展，隨時遞
變。「文章是達意之器」、「文學與風氣相消長，萬
國皆然」。但求「明白曉暢，務其達意」、「適用與否
為標準」。因而語言文字無分雅俗，只分死活。苟
「有所以為言者，今雖以白話代之，質干具存」。進而
指出，語言文字合一之必要，不能口手異說。尤有進

> 者，他們也覺察中國方言眾多，語言不統一之弊，而
> 提出要統一全國語言，形成國語。5

由此看來，語言文字合一的必要性，不只推動白話書寫風潮的發生，其實也已直接帶動統一國語的先聲。

至於完成國語統一的辦法，當時的知識份子多認為有賴於白話報的日益深入和普及，才能達到最大功效。譬如五四白話文學健將胡適在當時曾主編《競業旬報》，他在該刊〈發刊辭〉及〈凡例〉中，便曾經亟亟主張「國語大同」、「文言一致」等觀念，並且說道：「倘吾國欲得威震環體，必須語言文字合一，務使男女老幼皆能讀書愛國」。6

除了依賴白話報的普及深入之外，當時眾多的注音與文法相關書籍的出現也為國語統一帶來重大且深遠的影響。在這種倡議國語的風潮中，許多知識份子已體認到白話書寫的重要性。如民初小說家張毅漢便曾積極參加辛亥和二次革命，失敗後轉而從事寫作、教國文。教學中竭力提倡語體文，理由除了語體容易普及大眾之外，並強調語體文接近國語。因為中國方言複雜，地方與地方之間的隔膜，語體文可以幫助口頭語的逐漸統一。7這項要求「言文一致」的呼聲，乃至於進一步創立國語、統一方言的言論，一直到民國仍呼聲不絕。

因此，在要求語言文字合一的呼聲當中，走向白話的國語運動勢必展開，為白話書寫風潮帶來積極而正面的發展。

## 二、知識普及化的自覺 —— 語文改良進程 之一

近代語文改良的進程，透過有識之士對知識普及化的自覺逐漸發展。為了救亡圖存，近代語文學家著書立說，討論中國語文的走向問題，使後來的國語運動及注音符號的創立，乃至於文字改革等問題，都有一套嚴肅的理論根據。

為了啟發下層民眾的自覺，眾多有識之士對語文改良的主張，皆置於救國強國的大原則之上。如盧戇章即提議創制切音文字的理論，[8] 其根本重大原則，就在使國家強盛。盧氏說道：

> 倘吾國欲得威震環球，必需語言文字合一。務使男女老幼皆能讀書愛國。除認真頒行一種中國切音簡便字母不為功。[9]

> 倘吾華欲成為大教化之強國，當如之何？則曰：國家當選擇最簡最易之中國切音新字，使通國之男婦老幼不數月間無一不能讀書識字，以振興學校新聞書庫為首務也。[10]

盧氏不斷反覆闡述創立切音新字的重要性，曾經刊行過《一目了然初階》（亦稱《中國切音新字廈腔》，一八九二年）及《新字初階廈腔》（一八九三年）等專著，頗具影響力。

其次，著有《傳音快字》的蔡錫勇，也是早期有心從事

語文改良的人物之一。自幼於廣東及京師兩地同文館深造過的經歷，使他成年後有機會出洋歷練。其後，他將駐美期間所見的西方速記術仿行而創立一套字母符號，稱為二十四聲（二十四聲符）以及三十二韻（三十二韻符），共計五十六個符號。而他所著《傳音快字》一書甚受當時士林推重。如鄭觀應就稱譽有加：

> 將極難極複之學業，變為極易極淺。苦心絕學，裨益世人，佩服之至。嘗考泰西人才之眾，實由字學淺而易明。我國文字繁重艱深，學習綦難，民智無從啟發。如蒙當道奏請朝廷，擇其切音易筆畫簡者，通飭各省州縣官紳，設立學堂，凡年六歲者無論貧富子女，皆需入學。一月未成，學至兩月，兩月未成，學至三月。學成之後，再學漢文。如無力再學漢文者，即撰簡字漢文蒙學五千字課圖，以備購閱。便知常用之漢文字義矣。更設新字日報小張，賣價極廉，俾廣流傳。不需數年，國內無人不識字，而民智大開，風俗日美。毋以小術輕視也。[11]

由此可見，蔡錫勇的專著對於識字簡便很有助益，也可以說明蔡氏著書確有使民智大開、風俗日美的積極目的。

再者，沈學的《盛世元音》（後增定為《拼音新字》一書），其著作宗旨亦以謀求國家富強為根本，並以普及推廣知識為達成途徑。沈氏自序說道：

> 今日議時事者，非周禮復古，即西學更新。所說如

> 異，所志則一，莫不以變通為懷，如官方兵法、農
> 政、商務、製造、開礦、學校。余則以變通文字為最
> 先。文字者，智器也，載古今言語心思者也。文字之
> 易難，智愚強弱之所由分也。[12]

可見變通文字為沈學的優先關懷，他意識到文字之易學與
否，直接關聯著一國強弱。因此，反覆論述切音新字有助於
國家求強的功用。

　　而著有《拼音字譜》的王炳耀，因熟習英文，由此聯想
中國語文改良的方法，乃另創簡易拼音字母，仿照英文字母
發音部位，分別各地方言，草創簡單字畫聲母韻母，並著成
《拼音字譜》一書。他在該書自述中申明其撰述宗旨：

> 僕抱杞人之憂，設精衛之想，妄擬新字拼切方言，字
> 母比之泰西，書法依乎本國。拙者習之，旬日卒業，
> 簡莫如也。是書拼音成字，書出口之音，運之入心。
> 不由耳而由目，使目見者即明。猶以口宣言，使耳聞
> 者即達聲入心，通別無難義也。各字讀法，先聲母後
> 韻母，由左至右，自上而下。或先大後小，按音拼
> 成，有識之士，虛心推行，始於家，繼而鄉，漸而
> 國。合國為家，天下莫強焉。[13]

由此可見，他對於語文改良也充滿了謀求國家富強的意念。
而模仿西洋拼音文字一事，或許是因為海禁大開之後，內地
人開始有機會學習，才知道中國文字的難學；因此，王炳耀
採用這種方法另闢門道，以簡馭繁，也是一種創見。

　　最後，力捷三雖曾撰著《閩腔快字》及《無師自通切音官話書》等相關著作，但原書內容已無可查考。僅知力捷三著作借取蔡錫勇「傳音快字」體製，而充實福建舊有的「戚林八音」，即所謂戚參軍（繼光）的十五聲母，以每聲一筆為基礎，再以圈、點、橫、斜、曲、直記號分別三十三韻，配每一聲母，即可發音。至於其著作動機及實際內涵則已無法得知。

　　綜觀以上幾位語文改良者的著作動機，多為救亡圖存而興起語文改良的念頭。因此，想要國家富強，必需國民能夠自立；而自立必先有最新的知識與技能。為迅速求得新知與技能，普及知識就是先進知識份子們最重大的目標，而語文改良則為達成此一目標的必要手段。誠如王爾敏所言：

> 不約而同，各人均在光緒二十二年（1896年）亦即丙申年發布其著作，似是巧合，實則正為承受中日甲午戰爭之巨大衝擊，有識之士，已深感危亡迫在眉睫，謀所以自立自存，惟有共圖富強。欲共圖富強，又不能不喚起民眾，結合群力。[14]

因此，當時的主要思潮有二，一則求國家富強，一則求知識普及，並同時認定以文字改良為首要目標。

　　職是，透過此一語文改良的過程，使得言文一致的主張得以落實，進而逐步推動白話書寫風潮向前邁進。

## 三、知識普及化的自覺——語文改良進程之二

語文改良的努力，[15]使白話書寫風潮的推進成為不得不然的趨勢。綜觀前期語文改良的成績，可稱為「切音運動時期」，[16]約集中於一九〇〇年以前；其後陸續發展的階段，則被稱為「簡字運動時期」。[17]由此可見，前期語文改良者，著眼於學習西洋拼音文字而創制各種新字母形式，以達快速學習之便；後期則著眼於學習日本之片假名而另創一套拼音文字，以達簡要學習之便。因此，語文改良進程的第二期，也有許多值得探究之處。

首先，吳稚暉早在甲午戰爭，即光緒二十一年即根據篆字形制而創立一套「豆芽字母」。[18]其創作動機在於「無非與以前教會洋人把歐母借用的如王炳耀等用簡筆或偏旁造成的，與後來沈學之十八筆，及王照之官話字母等，皆注重簡字。歷來品評音符談論音符的人，也無非把音符看做簡單的文字。」[19]可見吳氏純由中國文字本身思考變化。

其後，王照「官話合聲字母」、勞乃宣「合聲簡字」[20]及章太炎等人進一步指出語文統一問題，並與教育普及觀念聯繫在一起，為以後全面發展建立良好的理論基礎。

王照創制「官話合聲字母」，定五十母十二韻及四聲之號，同時也開設學堂及書報社於京、津、保定一帶，將一己發明所得直接傳播於直、魯、晉與東三省等地。對於創制新字母形制的動機，他曾經自述道：

……而初等教育言文為一，容易普及，實其至要之
原。余今奉告當道者：富強治理，在各精其業，各擴
其職，各知其分之齊氓。不在少數之英雋也。朝廷所
應注意而急圖者宜在此也。21

很顯然地，他的動機也是為謀求國家富強。推動言文合一以
普及知識，可使齊民與菁英同樣能夠為國家富強而效力。因
此，王氏體認到言文合一的重要性，並進一步要求語言統一
的必要：

世界各國之文字，皆本國人人通曉。因其文言一致，
拼音簡便，雖極鈍之童，解語之年，即為能讀文之
年。以故凡有生之日，皆專於其文字所載之事理，日
求精進。即文有淺深，亦隨其所研究之事理漸進於深
焉耳。無論智愚貧富老幼男女，皆能執編尋繹。……
而吾國則通曉文義之人百中無一，專有文人一格，高
高在上。佔畢十年或數十年，問其所學何事。曰：學
文章耳。此真世界中至可笑之一大怪事。且魯鈍之
人，或讀書半生而不能做一書柬。惟其難也。……文
人與眾人如兩世界。22

王照此言甚為重要。他指出世界各國文字皆有文言一致、拼
音簡便的特點，使極為愚鈍的兒童，也能通曉文義。反觀我
國，則通曉文義的少。少數通曉文義之人甚至擁文以自重，
呈現一副高高在上的模樣；而一般人終其一生也難以做成一
篇有模有樣的文章。面對這種光怪陸離的現狀，王照極思改

革語言文字的重要性，因而創造出「官話合聲字母」這種風行一時的形制。

其次，著有《簡字全譜》的勞乃宣又是另一位語文改良功臣。他將王照官話制度，增編蘇、浙、皖、贛、閩、粵各地方言音譜，各成簡字音系，使之可以推廣至全國各省。為了謀求國家富強起見，他在《簡字全譜・序》也說道：

> 今之字比之古籀篆隸固為簡矣，而比之東西各國猶繁。何也？彼主聲，此主形也。主形則字多而識之難也，主聲則字少而識之易。彼字易識，故識字之人多；我字難識，故識字之人少。識字者多，則民智，智則強；識字者少，則民愚，愚則弱。強弱之攸分，非以文字之難易為之本哉！然則今日而圖自強，非簡易其文字不為功矣。[23]

勞乃宣與王照發出一樣的呼聲，他們都認為各國文字以中國的最繁、最難；想要使中國強盛，只有簡易文字的難度，才能使一般人民都有識字的機會。此外，他也提到：

> 我國自古以來，專用漢字，別無此項易識之字以為補助，故惟上等之人乃能識字，國民教育難於普及愚氓。近年中國各處有志教育之士，有鑑於此，創造易識之字者不一而足。而以京師拼音官話書報社所定官話字母為最善。[24]

可知，當時有志於教育人士多以創造容易辨識之字為能事；

而勞乃宣晚年也熱衷於民眾識字工作，並編著簡易文字以教授。其功勞之大，在民初語文改良進程中居功厥偉：

> 勞乃宣則以中國文字精深，只能教秀民，不能教凡民，不於王氏之法，深致推挹。惟其字母悉本京音，於南音頗有未備，音與諸同志考訂商榷，修改王氏字母，定名「合聲簡字」。增六母三韻及一入聲之號，俾攝江寧附近及皖省等處之音。後復增七母三韻及一濁音之號，則蘇州近屬並浙省語言比鄰諸處皆能通行。時方佐兩江總督周玉山、馥幕，因切陳簡字之要，請準創設簡字學堂於江寧。浙江藏書樓監理楊復，亦設簡字講習所於杭州，則服膺其說而響應者也。勞乃宣既創簡字以教人，復先後編著簡字書籍，梓以行世。民國以來，教育部鑒定注音符號，推行全國，於語言之統一，頗奏偉績。[25]

根據這段後人傳記中的文字，可以想見勞氏對語文改良的貢獻，及其在語文改良史上的地位。

最後，擅長文字音韻之學的章太炎，則是以原有語文條件簡化而做注音符號的。清末時，留法學者發行《新世紀》雜誌，倡議廢除漢字，改行萬國新語，也就是今日所謂世界語（Esperanto），引起章太炎著文反駁。章氏文中，提到他所創制的切音符號，也是依循古文字篆籀字體，予以簡省筆畫，創為紐文（即聲母）三十六，韻文（即韻母）二十二，以便作為標示文字切音之用。其設計理想與吳稚暉相同，紐文韻文僅只在於標注字音，並不代替原有文字，而且兩人取

材也是針對古文字中已有的字形作依據，實較憑空設計為穩健易行。[26]

　　綜合以上，由幾位有識之士的發明中發現，促成國家富強、人民識字是眾所共識的目標。為達成此一目標，推行言文一致的國語，使知識普及化更加容易，便成為刻不容緩的一樁大事。因此，民初學者於語文改良上的努力，直接而有效的影響了白話書寫運動的發展與推擴。顯而易見的就是蒙學刊物如雨後春筍般紛紛拔地而起。

# 第二節　蒙學報刊以白話教育大眾

## 一、鼓吹蒙學刊物之思想

　　近代以來，面臨巨大的社會變動，使有識之士體會到國家無真正人才的困窘。而真正人才的培育，恐怕得自童蒙教育入手。誠如王爾敏所言：

> 八股取士使中國無真才，危亡可憂。國亡之由為鴉片、時文、纏足，挽救之途需自童蒙教育入手。[27]

使全國人民皆識字並且能接受更高深的思想理念，這是當時有識之士責無旁貸的功業。關於「啟蒙」或「開蒙」的形式，在近代文化、思想社會中是一件相當普遍的事情，指的是以中上層社會階級對下層所作的宣導作用。李孝悌曾為這

樣一段「啟蒙」時代進行說明：

> ……「開蒙」、「訓蒙」或「蒙求」的觀念和推行，
> 從先秦以來就是中國傳統的一部分，雖然其重點是以
> 識字為主，但「開啟蒙昧」的基本意思卻是相同的。
> 更重要的是許多蒙書的目的並不在教人識字，而是要
> 灌輸一套道德、價值觀念，或是介紹某些具體、專門
> 的知識。[28]

因此，「啟蒙」一詞在近代文化、思想社會的發展中多為開
民智者所習用。如「蒙學堂」、「啟蒙有術」[29]、「啟蒙課
本」[30]、「啟蒙畫報」[31]等。可見當時人已經普遍使用「啟
蒙」這個辭彙，並且已有對一般民眾進行「啟蒙」的觀念。[32]
其中，對於一般民眾影響最大的首推蒙學刊物的出版。

在語文改良活動中居重要地位的梁啟超，曾經為《蒙學
報刊》極力鼓吹：

> 人莫不由少而壯，由愚而智。壯歲者，童孺之積進
> 也；士夫者，愚民之積進也。故遠古及泰西之善為教
> 者，教小學急於教大學，教愚民急於教士夫。嗟夫！
> 自吾中國道術廢裂，舍八股八韻大卷白摺之外，無所
> 謂學問。自其就傳之始，其功課即根此以立法。驅萬
> 萬之童孺，使之桎梏汩溺於咮根串珠對偶聲病九宮方
> 格之中。一書不讀，一物不知，一人不見，一事不
> 聞。閉其腦筋，癱其手足，窒其性靈，以養成今日才
> 盡氣斂之天下。[33]

在這篇為《蒙學報》及《演義報》合寫的序文中，梁啟超認為有知識者皆由無知累積而來，因此小學教育應較大學來得要緊，而教育愚民的急迫性，顯然高於士大夫。面對長久以來八股取士所造成的弊病，梁啟超更是深切痛陳，斥為「無所謂學問」，而且大部分學童自就學以來，莫不由八股文入手，終日沉溺於對偶聲病之中，卻對經典一無所知，對外在事物亦不聞不問。總之，性靈禁閉，瀰漫一股沉沉的暮氣，使天下「才盡氣敝」。因此，梁啟超極力鼓吹辦白話報啟蒙的重要性，並為《蒙學報》及《演義報》寫下這篇言辭愷切的序文。而這份以開啟蒙昧為主旨、教育天下兒童及百姓的刊物，確實以此為標的，而成為中國最早的啟蒙刊物。

啟蒙刊物在近代社會中的出現正突顯一件事實，即有識之士對於開啟民智的焦慮及急迫性。他們一致期待經此方式可徹底開啟蒙昧，使人們不僅識字，而且於知識上更加開通。拯救天下，此為惟一途徑。

## 二、啟蒙刊物蜂湧而出

近代社會文化的發展，使知識份子有感於開啟蒙昧的重要性，興起了一股開辦啟蒙刊物的熱潮。這些刊物以極通俗的文字、略近於白話的書寫形式，紛紛崛起於各地。

在這股熱潮中出現過的童蒙刊物不計其數，茲列舉較為重要的刊物，以覽其大要：**34**

| 刊　名 | 主持人 | 刊行年月 | 出版地點 | 內容和傾向 |
|---|---|---|---|---|
| 《小孩月報》（《開風報》） | J.M.W. Franham 編輯 | 1875年（光緒元年）創刊，1915年（民國四年）改名《開風報》後，出至五期即停刊。 | 上海清心書館 | 文字極為淺近易讀，內容有詩歌、故事、名人傳記、博物、科學等。為教會所創辦，宗教色彩甚濃，但在傳播西方之文學、思想、科學知識方面甚有啟蒙作用。為我國最早的畫報，最早的兒童讀物之一，也是近代歷史最悠久的兒童報刊。 |
| 《蒙學報》（週刊） | 上海蒙學公會發行，葉瀚主編。主持人還包括曾廣銓、汪康年、汪鍾霖。 | 1897年11月創刊，1899年72期休刊。 | 上海三馬路望平街口朝宗坊 | 蒙學公會的宗旨是：「連天下心志，便歸於群，宣明聖教，開通固蔽。立法廣說新天下耳目。為圖器歌頌論說便童蒙之講習。端師範，正蒙養，造成才。」多譯述西文通俗兒童作品，適合童蒙閱讀。 |
| 《啟蒙通俗報》（後改名《改良啟蒙通俗報》，復改為《通俗日報》） | 傅樵村創辦 | 1902年創刊 | 四川成都 | 該報聲稱：「為中下等人說法，文義淺顯，兼列白話」，欄目有中國白話史，西國白話史等。除了轉載的文章之外，全部是用白話寫成，它是四川最早的白話文期刊。 |

| 刊　名 | 主持人 | 刊行年月 | 出版地點 | 內容和傾向 |
|---|---|---|---|---|
| 《啟蒙畫報》 | 彭怡孫（翼仲）主辦 | 1902年6月23日創刊 | 北京 | 〈啟蒙畫報緣起〉宣布創辦該刊宗旨：「將欲合我中國千五百州縣後進英才之群力，關世界新機。特於蒙學為起點，而發其凡。……孩提腦力，當以圖說為入學階梯，而理顯詞明，庶能收博物多聞之益。」「參考中西教育課程，約分倫理、地輿、掌故、格致、算術、動植諸學，凡此諸門，胥關蒙養，茲擇淺明易曉者，各因其類。分繪為圖。」「本報淺說，均用官話，久閱此報，或期風氣轉移。」 |
| 《童子世界》（日刊） | 愛國學社附屬組成童子會所辦 | 1903年4月6日創刊，同年6月16日三十三期休刊 | 上海 | 該刊宗旨：「以愛國之思想曲述將來的淒苦，嘔吾新血而養成夫童子之自愛愛國之精神。」文字多合於童子程度，婦孺皆可卒讀。旨趣在「濬導文明，發達其國家思想，倡冒險進取之精神。」多反清革命言論。＊中國最早的兒童報紙。 |

| 刊　名 | 主持人 | 刊行年月 | 出版地點 | 內容和傾向 |
|---|---|---|---|---|
| 《拼音字母官話報》 | | 1904年創刊 | 河北保定 | |
| 《婦孺報》 | | 1904年5月創刊 | 廣州 | 稱「以淺順為主，使婦孺讀書四年者，即可閱讀」。 |
| 《婦孺易知白話報》 | 袁書鼎開辦 | 1905年 | 江蘇阜寧[35]（山東寧陽、曲阜？）（山東寧陽？） | 以鼓吹女權為主，傾向革命。 |
| 《蒙養學報》 | | | 長沙 | |
| 《蒙學畫報》 | | 1908年 | | |
| 《婦孺日報》 | 陳誠等人 | 1908年創刊 | | 該刊稱：「以開通風氣，維持世道為宗旨。於新聞外，兼演釋列女傳及古今格言，並日列解字四則，冀以啟發愚蒙。」 |

　　在這批童蒙刊物中，以《小孩月報》創刊最早，也是歷史最悠久的一部啟蒙刊物。該刊最值得稱道的是西洋兒童文學作品的譯述，最多的是短小精悍的寓言，如伊索、拉封丹、萊辛等歐西名家。近代早期對於西方寓言故事的認識，大約以此刊物的引介為最早且最完整。而登載於刊物上的寓言，其譯筆多半淺顯易懂，極適合童蒙閱讀，如〈鴉狐〉一則：

> 老鴉的聲音，本不甚好聽，有一日他嘴裡銜著一塊吃
> 食，樹上蹲著；那時有一餓狐望見了，想騙他的吃
> 食，說道：「久慕先生妙音，請教一曲，望勿推卻。」
> 老鴉信以為真，喜歡得很，張口就唱，不防嘴裡的吃
> 食，掉在地上，……36

這則寓言譯自《伊索寓言》，於今已是家喻戶曉的故事；但在百年前的近代社會中，對當時只讀過之乎者也的孩童而言，無疑是清新活潑的。更重要的是，本文譯筆已跳脫傳統文言文的窠臼，以簡潔可喜的文字呈現，雖仍有文白夾雜的痕跡，但已具備近代白話文的書寫風格。

其次，《蒙學報》是篇幅較為厚實而豐富的刊物。其創辦者為蒙學公會，其宗旨在於「連天下心志，便歸於群，宣明聖教，開通固蔽。立法廣說新天下耳目。為圖器歌頌論說便童蒙之講習。端師範，正蒙養，造成才。」企圖以新說一新天下耳目，開通天下人固蔽的思想，以便童蒙學習，更重要的是為國造才。這樣的目標幾乎是當時所有蒙學刊物所強調的重點。該報刊為一綜合性週刊，每期分上下編，上編注明供五至八歲兒童閱讀，下編注明供九至十三歲兒童閱讀。紛繁的內容使它成為當時新學堂所開文學、數學、博物、歷史、地理諸課的課外輔助讀物。37

《蒙學報》中仍有相當篇幅以接近文言的書寫模式呈現。如第五十期第三篇〈好學〉寫道：

> 漢末有邴原，年十一歲，孤而貧，無力讀書。鄰有書
> 舍，原過其旁而泣，塾師問曰：「童子何悲？」……38

此文雖非艱澀的文言文，其半文言的特質，卻充分呈現白話書寫進程中的一項特色。除此之外，尚有第十六期蔣黼用白話文寫的〈勤學〉：

> 周朝蘇秦讀書要睡拿錐子刺自己的腿，腿上的血一直流到腳上。漢朝孫敬在太學裡讀書用繩子把自己的頭掛在樑上，不放他睡著。宋朝司馬溫公用圓木做枕頭，略為有點睡著這個枕頭便會滾動，他就起來讀書。古人如此勤學，所以能名傳千古。[39]

這段文字以極為成熟的白話文呈現，顯示白話書寫的成績已經擴及更廣泛的層面了。

接著，《啟蒙通俗報》顯然專以「啟蒙通俗」為主，特為中下等人說法，因此文義以淺顯為主，白話書寫的成份也非常明確。「啟蒙通俗」顯然包含兩種意思：

> 第一、用通俗的白話文體，向社會中下層群眾，介紹西方文化和科學常識，宣傳「時務」——清政府推行的維新措施；第二、在教育救國思想指導下，介紹西方某些教育內容和方法，改良中國的蒙學，指導小學和師範教育。[40]

根據以上兩點說明，該報刊有兩項任務，一是以白話文體教育一般民眾，務求知識的進步，一是以相當篇幅談教育問題，改良傳統蒙學。因此，該刊全部都以白話書寫其內容，可說是當時四川地區最早的白話文期刊。其白話書寫的例證

所在多有，如該刊第二年第八、九期合刊的〈井研縣學董勸學歌〉：

> 只有教育二字，才可以轉弱為強，反貧為富。除提倡
> 國民的精神，開發國民的知識，莫得第二個藥方。遍
> 立學堂，普及教育，比籌餉練兵，還要當先呢！[41]

又如第一年第八期的〈讀書入門〉：

> 要禁止泥古。泥古是死守古人的話，害我們這些人。
> 古人亦有說得是的，他們不去學，偏把古人不是的學
> 著，可笑不可笑！古來說日食月食，是不吉兆的事，
> 古說雷公火閃，是專打惡人的。如今格致學明，
> ……。[42]

以上文字已充分具備白話書寫的成份在內，極為接近現代白話的書寫習慣。而當時人卻有不一致的看法，如第一年第十七期〈四川開官報說〉：

> 此報已銷到外洋去了，天下都有來買的，就是教堂，
> 也常來買。偏偏本地方人，看的不多，說是句法太
> 俗。[43]

可見在推動白話書寫的同時，其中仍存有許多阻力。一般大眾由於長久的文言書寫習慣使然，當面對另一種全新的書寫模式時，必然存在相當的不適應感。但是，顯然「太俗」的

白話筆法衝擊著傳統的書寫暨閱讀習慣，加上《啟蒙通俗報》太小的發行量，只辦了兩年便宣告停刊。

再者，以創辦《京話日報》而轟動一時的彭翼仲，在辦京話日報前，曾在一九〇二年辦了一份以童蒙為對象的《啟蒙畫報》。[44]該報「原是給十歲上下兒童們看的，卻是成年人看了依然有味。內容分很多門類（最後有些變動），例如天文、地理、博物、格致、算術、歷史掌故、名人軼事以及《伊索寓言》一類東西都有，全用白話，全有畫圖」，[45]該刊的主要目的顯然是為了教育童蒙，[46]因此運用白話的成份相當可觀。如第一冊第三欄「掌故」（或稱「皇朝掌故」）第六頁問道：

　　俄羅斯侵入中國黑龍江流域，在康熙時共幾次？[47]

又第三冊「附頁」第三頁〈認個錯兒〉：

　　前年義和團鬧了滔天大禍，本是一般糊塗人無事生
　　非、鬧得不成個國體。[48]

該畫報中類此白話文字所在多有，且極為接近現代白話書寫的習慣，顯見白話書寫的風潮早已出現於各啟蒙報刊中。

而上海革命組織愛國學社所創辦的兒童報刊《童子世界》，更是一份專門以兒童為對象的日報型刊物，報中一再重申「本報之文字多合於童子之程度，婦孺皆可卒讀」。因此，其文字多半具有明顯白話書寫的痕跡，如第九號〈愛國〉：

我們祖國已經糟的不像個樣子，你道是不是那些國賊
民賊弄壞的，看現在的情形，他們處處同我們為難，
同我們作對，拍外國人的馬屁，東邊割了一塊地皮，
西邊送了十萬銀子，窮是窮了，亡是差不多了，我們
還不要罵他恨他麼？[49]

《童子世界》以其宣傳革命為旨的立場而言，其「論說」欄
的政論多半寫得十分亢烈，尤其適合以白話書寫展現它的鮮
明立論。以上一段文字即以十分口語化的白話文書寫出近代
社會中關於愛國的呼聲。

　　凡此種種，皆能體現每家啟蒙報刊對於開啟民智的用
心，而其它蒙學刊物如《拼音字母官話報》、《婦孺報》、
《婦孺易知白話報》、《蒙養學報》、《蒙學畫報》、《婦孺日
報》……等，也不約而同的為啟蒙通俗而努力。這一批出現
於近代社會中極為顯眼的啟蒙刊物，以它明確而響亮的呼
聲，教育天下千百萬童蒙，並適時達成它在近代文學社會上
的關鍵地位。

# 第三節　編輯白話教科書以教育童蒙

## 一、教材工具通俗化之思想

　　近代壯觀的白話啟蒙運動，如火如荼的在整個中國展
開。除了注音及文法書籍的大量刊行、蒙學刊物的風起雲湧

之外，各種相關的白話教材工具，亦紛紛出籠。為使平民易曉易學，首要之務便是教本文字必需淺顯且內容通俗。因此自然需要應用白話表達，而各地「白話學會」的組成，實乃承此思想應運而生。

關於白話教材的推行，是近代有識之士汲汲努力的方向。特別在白話報刊出現以及教會傳教採行白話書籍的影響之下，白話教材的使用幾乎成為一種必然，如鄭國民所言：

> 值得指出的是，1897年梁啟超曾發表文章主張學習日本變法的經驗，用通俗文字來啟發民智。一些具有維新思想的人士創辦了大量的白話報紙，有的報紙一條新聞用文言和白話各報導一次。毫無疑問，白話報紙的出現和編輯方法對白話語文教科書產生了重大的促進作用。另外，教會為了傳教的方便，把教義和別的書籍翻譯成白話，使學者容易學習，這在一定程度上對白話語文教科書的編制有所啟發和借鑑作用。[50]

根據以上所述，白話教材的出現並非偶然，而是經由整個社會對於白話啟蒙的需求而產生的，報刊以白話書寫，教會宣傳亦以白話書寫，社會生活層面上的種種物事大多以白話呈現。這使得與童蒙教育最為貼近的學校教材，不得不採行白話書寫模式，以達到開啟蒙昧的功效。

而梁啟超早在一八九六年於《變法通議・論幼學》裡，就已經提出用「說部書」作為蒙學讀物的主張。他雖然從未編寫過白話教材，但是相關言說卻已具備先見之明。他認為：

古人文字與語言合，今人文字與語言離，其利病既屢
言之矣。今人出話，皆用今語，而下筆必效古言，故
婦孺農氓，靡不以讀書為難事。而《水滸》、《三
國》、《紅樓》之讀者反多於六經。……但使專用今
之俗語有音有字者以著一書，則解者必多，而讀者當
亦愈夥。自後世學子，務文采而棄實學，莫肯辱身降
志，弄此楮墨；而小有才之人，因而游戲恣肆以出，
誨淫誨盜，不出二者，故天下之風氣，魚爛於此間而
莫或知，非細故也。[51]

梁啟超認為明清小說多為白話文學的代表作，其讀者多於六
經，是因為一般大眾讀來不費氣力；這就是文字與語言相合
的緣故。也就是說，古代小說多為白話書寫的經典。因此，
梁氏認為應推廣白話書寫，使天下人都能讀懂大部分書籍；
後世學子都能重實學，不以專務文采為能事。

　　梁氏所發出的呼聲，為後來的教育家陳榮袞發揚光大。
陳榮袞在〈俗話說〉指出：

講話無所謂雅俗也。人人共曉之話謂之俗，人人不曉
之話謂之雅，十得二者亦謂之雅。今日所謂極雅之
話，在古人當時俱俗話也，今日所謂極俗之話，在千
百年之後又謂之雅也。且不獨古今為然也，以四方而
論亦有之。即如江蘇謂我為儂，在江蘇則為俗話，在
廣東則為雅也。廣東謂雨傘為遮，在廣東則為俗話，
在北京則為雅也。然則雅俗無定者也。雅俗既無定，
使必重雅而輕俗，不可解也。使必求雅而棄俗，尤不

可解也。古人因俗話而後造字，今人尋古俗話之字而
忘今俗話之字，是相率為無用之學也。[52]

陳氏認為口頭語的雅俗無定，昨日之雅為今日之俗，而今日
之雅亦可能為明日之俗；人人共曉的言語就是俗，人人不曉
的就是雅。因此，陳氏認為雅俗流轉無定，今人不必特意求
雅而輕俗，顯然他對於語言往通俗發展抱持正面的看法。而
陳氏關於口頭語的看法，對後來主張以白話編輯教材的風潮
產生相當影響。

　　此外，陳榮袞也主張學堂課本應以白話編輯，方有利於
童蒙教學。他在〈論訓蒙宜用淺白課本〉一文中說道：

今夫近人之言地球文字者，則曰外國手口同國，中國
手口異國，固已。夫所謂手口同國者，即手所寫之文
與口所講之言一樣，故讀書與讀口頭言語無異也。雖
然，西人之於拉丁，日本之於漢文，豈非即中國四書
五經之文字乎？不過彼有文言而不重，故通行之書以
通俗為主，而初級讀本亦用之；若中國讀本，則差之
毫釐，謬之千里。彼止曰我教之讀八股題目，讀八股
材料也，若問童子之受益與否，則啞然無以應矣。今
夫淺白讀本之有益也，余嘗以教導童子矣，甲童曰好
聽好聽，乙童曰得意得意。所謂好聽得意者無他，一
聞即解之謂耳。一聞即解，故讀之有趣味，且記憶亦
易，如此則腦筋不勞，無有以為苦事而不願入塾者，
且童子養生之道亦在是矣。……余所謂淺白讀本，非
不講道理之謂，乃句語淺白之謂矣。且道與時為變

通，古人席地而坐，故五經只言席也，若新讀本，則
必言桌椅矣。……然則淺白讀本無礙於作文，且為作
文之基地也。53

在這段文字中，陳氏首先言明中國語言文字「手口異國」的
特色，即書面語和口頭語相離的狀態。西方人雖然也有文言
文，卻不似中國這般重視，一般通行書籍多以通俗文字為
主，而學堂初級讀本也是如此；而中國傳統學堂讀本則正好
相反，多以文言書寫為主。正因如此，大部分中國學童閱讀
許多八股教材而不知受益與否。因此，陳氏在進行實際教學
時，認為應當以淺白讀本施教於學童較為有益。就他個人教
學經驗而言，54學童的反應是「好聽」、「得意」，一聽便
懂；如此則讀書有趣味，且容易記憶，不需花費太大氣力，
學童便不再有畏懼吃苦而不願上學堂的情事發生。更重要的
是，陳氏所謂的淺白讀本，並非不講聖賢與經典的道理，而
是以淺白語句書寫而成的教材。同時，他在編寫白話教材
時，還注意到與時變通的道理。也就是說，古人說「席」，
今人編寫教材就應該以「桌椅」稱之，以達到與一般人生活
相合的目的。最後，陳氏更認為淺白讀本不但無礙於作文，
更是作文的最佳根基。

　　陳榮袞以上一番剴切的言說，申明訓蒙應以白話教材為
主要讀本，實為近代關於開啟童蒙的一道鮮明主張。教材工
具的通俗化，就在陳氏的呼聲下，逐一實現於近代社會中。
如：一九〇五年四月三十日《大公報》提到直隸學務處曾公
開徵求用淺白文字書寫的教科書，供小學堂學生使用。55徵
求結果未知，但此非特例。一九〇六年三月二十六日《大公

報》說到御史杜彤就曾經奏請學部，把中國歷史及各種時務演成通俗白話，頒發各省蒙小學堂作為教科書。[56]一九〇八年年三月十二日《大公報》也說道學部本身為了推廣通俗教育，在一九〇八年頒布的宣講用書章程中，也鼓勵用白話和小說體裁編寫講本。[57]以上事證與陳氏的言說遙相呼應，充分顯示白話教材的使用已成為社會上的共識，而白話教材也普遍通行於學堂中。

此外，由各種史料亦可檢驗此一情事在當時社會上發展的普遍程度。如：《申報》在一九〇一年的一則報導中提到，商務印書館根據泰西訓蒙之本而編纂《文學初階》一書，評論者認為商務主人的作法是「啟蒙有術」，並特別刊載這個消息「以為有志啟蒙者告」。[58]一九〇八年，一個叫陳潤夫的人為了賑濟五省水災，特別發行彩票，未中彩者，可以到南洋官書局領取《國民必讀》和《啟蒙課本》各一本。[59]一九〇五年十二月十日《大公報》提到奉天將軍為了改善邊地教育，開啟民智，也曾飭令學務處編撰白話講義，頒發各處，令地方官派員宣講。[60]可見，編輯白話教材不只在學堂中受到重視，一般生活中也以白話編輯各種教材以利大眾學習。

準此，白話教材的編輯，其觀念已普遍展現於社會各層面中，不只是學堂教學的使用，一般大眾生活中也開始重視白話書寫的文本。可見，白話教材的出現，使近代社會進行的啟蒙活動漸次發展為一種普遍的行為。

## 二、白話教本及讀物之編輯

　　近代白話書寫的成果，在教育的發展上除了蒙學堂的相
繼設立之外，白話教本及讀物的編輯與刊行，更是其中最要
緊的一項事務。也就是說，言文一致的白話文出現後，使得
學堂教材也走向了「白話化」的發展。因此，「這裡所說的
白話語文教科書，不是完全意義上的白話課本，即整冊書都
是白話體，而把有目的的用白話編寫其中一部分的兒童字書
和讀本也包含在內」，[61]而近代歷史上曾出現過的白話教材
大多以後者所出現的數量較多。真正具備現代白話書寫意義
的教材，一直要到民國以後才出現。

　　關於白話教材的出現，最早在一八九五年，多適用於早
期的初等教育中：

> 　　現可查考者，以光緒四年張煥綸所辦的正蒙書院為最
> 早。……而以俗話譯文言，兼重講讀與記誦，均為新
> 教育特點。二十一年華亭鍾天緯在上海辦三等學堂，
> 而以語體文編教本為國語教科書的先河。[62]

由以上可知，用白話翻譯文言所編成的教材，近代早期已經
出現。對於開啟後來的白話教材的編寫有相當重要的影響。
根據鍾天緯在一八九六年制定的章程，蒙學館教學確是注重
白話的：

> 　　已識二千餘字，即可學做句子。先由教習隨口說話，

令學生執筆記錄，由一句漸接連至數句。[63]

在另一部《訓蒙捷訣》裡，鍾天緯說道：

> 識字必先從口頭言語，然後十三經集字，蓋童子讀
> 書，苦不曉解，若口頭言語，自能認得，在童子大有
> 樂趣，正童子之心得也。[64]

由此可知，口頭語言的明白易曉，在近代早期已獲得多數人的共識；特別是教育童蒙，教材已注意到儘量以口語、自然為主。

然而白話教材的發展，從最早以白話翻譯文言字義開始，到完全以白話編寫課文，是一段相當漫長的歲月。以時間斷限言之，可以清末和民國時期為觀察面向。[65]

清末的白話教材，大致可分為「白話字書」及「白話讀本」兩方面進行考察：[66]

## （一）白話字書

傳統蒙學發展到了近代之後，有識之士逐漸無法滿足於只需誦讀與記憶的施教方式；開啟民智的浪潮鋪天蓋地的襲捲而來，為了使童蒙有興趣識字，且確實明瞭字義，教材的改革勢所必然。而白話書寫的教材自然成為最有利的工具。誠如鄭國民所言：

> 傳統兒童啟蒙教學的第一階段是集中識字。如何使識
> 字更容易激發起兒童的興趣，如何改革傳統僅僅會讀

而不注重字義的理解和字的運用等方法，諸如此類的
問題在清末開啟民智的潮聲中引起了很多人的注意。在
這樣的背景下，白話字書的萌芽與發展也就成為必然[67]。

因此，以白話編寫的字書，隨著開啟民智的需求應運而生。
其中，由汪鍾霖輯錄的《蒙學叢書》，[68]其圖文類部分便出
現大量白話書寫的痕跡。舉例言之，其中由葉瀚所撰著的
《文學初津》一書便有一部分這樣的練習：

　　此貓可惡你○打他○
　　你字下填一個甚麼字
　　打他二字下填一個甚麼字[69]

這是專門為兒童學習文法而設計的內容，練習所要求的也都
是白話。而《文學初津》的撰者葉瀚同時也是《蒙學報》的
主編，[70]兩者的白話傾向十分明確。另外，在適合五至八歲
的兒童閱讀的上編，關於識字法部分的編寫說明即明確指
出：「每字解說，用文話白話兩種。」[71]原則出發。該部分
是這樣編製的：

| | 文話 | 白話 |
| --- | --- | --- |
| **池**<br>**pool** | 池乃人功掘地砌成者。形式有方圓之不同。中蓄水或種花或蓄魚。 | 池子是人雇了工匠把地皮挖空砌造出來的。池的樣式有方有圓。池中間存水，為種花養魚用。[72] |

值得注意的是，每個字的下面都有相對應的英文，圖放在文字的後面。另外，在適合九至十三歲的兒童閱讀的下編裡，啟蒙字書部分也有俗解一項。[73] 由以上例證可知，所謂「用文話白話兩種」，「文話」指的是以傳統文言文書寫的教材內容，而「白話」自然指的是以口語為主的白話書寫。因此，白話編寫教材的概念，於此可見一斑。

在白話語文教科書的編製和出版方面，施崇恩對此有相當貢獻。他在上海主辦的蒙彪書室即編印大量的白話教科書。其中，《繪圖白話字匯》更是我國第一部最通俗的白話字典。這部書對每個字的解釋都很有特色，如下面所舉的「丈」字：

> 丈：上聲，十尺叫一丈，又妻的父親叫丈人，又凡長輩通叫丈。又函丈是業師的稱呼。又方丈是和尚所住的地方。[74]

由以上例證可知，在教育童蒙識字方面，白話字典的編撰，絕對具有無限的價值，特別是在草萊初闢的近代白話書寫環境中，特別顯出它的意義。以今人眼光觀之，實在難以想像近代為了學習白話而必需使用白話字典的情狀。可見，中國語文自近代以來所發生的語法變化何等重大，其劇變之強烈更是千古所未有。

此外，在光緒二十九年，施崇恩編撰了一部《速通虛字法》，他在書中說道：

> 我現在且立出幾種名目，將一切虛字，集攏在一處，

> 每一類先用白話做幾句解說，隨即舉例做練習的法
> 子，把虛字嵌在俗語裡面，要小孩練習得熟，練習熟
> 了，遇著文法中的虛字，也自然而然能領會了。我做
> 這種書的主義，要想十年八載，三年五載難通的虛
> 字，並在一年半載，居然盡通。[75]

施崇恩企圖以白話解說的方式，讓童蒙學會虛字的各種用
法，對於文法學習較有助益，以達速通之效。

　　另外，被稱為編寫通俗小學教科書創始人的陳榮袞，[76]
除了創辦蒙學書塾之外，還編輯白話課本及白話讀物三十六
種。他極力主張應該用淺白讀本教育兒童，因此他編寫了大
量的白話語文課本，如《婦孺三字書》、《七級字課》七種
和《小學詞料教科書》等。他編寫的這些字書大部分是他長
期教學實踐中不斷積累和改進的成果，因此非常適用，在當
時影響很大。例如他在《小學詞料教科書》的序裡說道：[77]

> 僕因隨手拈成語授之，日積月累，裒成一帙，同業諸
> 君有借鈔者謂其甚便於學童之初學作文。[78]

在這套書裡他用了淺顯的話對詞語進行各種解釋。同業之間
認為這套書頗適於學童之作文學習，因此其影響力逐漸擴
大。

　　總而言之，傳統語文教學的第一階段是集中識字，字的
認、寫，字義的理解和字的使用分別進行。這時期有人提倡
每學一字就要會認會解，不要只是機械的記住字音。因此這
時所編的字書充分體現出這個特點，用白話解釋字義，目的

便是使兒童能夠容易理解。如果用文言進行解釋，便不那麼簡便了。[79]因此，白話書寫體現在白話字書中，為的就是容易與方便兩項特點。

## （二）白話讀本

　　根據鄭國民所言，[80]清末的白話文讀本有幾種類型：一種是為了使兒童能夠理解課文的內容，在課文之後用白話對其進行解釋和闡發，並不把原文完全翻譯過來；一種是在文言課文後面用白話對原文所作的翻譯；還有一種是不依傍任何文言的材料而完全用白話寫出來的課文。在清末，類似第一、二種的白話語文教科書比較多，而第三種在民國初年才逐漸多起來。

　　據此，可舉《蒙學叢書》為例。其中共有四卷《繪圖小學讀本書》，第一卷裡的課文後面有用白話對此課的解說文字。以下照錄一課：

　　第二十六課

　　識字：驢，實字。爭，活字。勝，活字。獸，實字。黔，表名字。

　　獅為獸中最凶惡者。驢為黔中最馴良者。一日彼此爭氣。請決一勝負。獅自忖曰：「吾乃獸中之王，與此區區者較短長乎？勝之亦不足貴。」遂舍之。

　　解曰：凡人當自顧身分。苟人與我的位分見識相去遠甚，亦不犯著與他爭長較短。你看這驢子，不曉得自己是何物，要想在獅子面前誇大，獅子正不屑同他計較呢。

　　俗話說：大人不記小人之過，就是這個道理了。[81]

由以上文字可知，這部書的編製是以白話說解文言的，與現
今的教材編法已有些相似。據《蒙學書報》上編讀本書部分
的編輯說明中就指出：

　　每節輯譯之文，下附白話解說，講與兒童解後，再事
　　課讀，以免向來苦讀不解之弊。[82]

此編輯說明所言，正與以上例證的編寫模式一致。

　　以上白話讀本是用白話闡明課文的內容，指明主旨，便
於兒童理解。另外一種則與此不同，是以白話書寫模式翻譯
文言文的課文。例如：一九〇五施崇恩及何明生等人所編寫
的《繪圖四書速成新體白話讀本》中即指明該教材「純用白
話解釋，且附有圖說。」這套書是以白話把四書翻譯過來
的。當時，許多小學堂都選用此書，影響巨大，一共印刷了
二十餘版。不幸的是，清政府曾下令查禁此書。[83]

　　此外，吳芝瑛於一九〇七年選錄並注解的《俗語注解小
學古文讀本》則是用白話翻譯選文。在該書〈凡例〉中，吳
芝瑛明確說明了他的用心：「是編詮釋，專用俚詞。非萬不
得已，不敢略涉文言。」[84]可見當時編寫童蒙教材已有專注
白話，而與文言之使用劃分清楚的觀念了。以下節錄其中一
課部分內容：

## 孔子論忘身

　　魯哀公問孔子曰：「予聞忘之甚者，徙而忘其妻，有

諸乎？」孔子對曰：「此非忘之甚者也。忘之甚者忘
其身。⋯⋯」

（注）魯哀公問孔子道：「我聽見頂會忘記事情的
人，搬家把他的婦人都忘記了，有這樣的人嗎？」孔
子答道：「這還不是忘記得很的人呢？忘記得很的
人，連他的身子都忘記了。⋯⋯」[85]

以上課文的編製充分注意到文言與白話的區分，非常接近現
今的注解方式；而詮解的內容幾乎已算得上成熟的白話書寫
了。

此後，一九一○年商務印書館曾經在《教育雜誌》的廣
告頁上，刊登一則關於國語教科書的消息，[86]其中說道由林
萬里等人編輯的《國語教科書》四冊已出版，並附了學部對
此書的批語：

我國文言，各有歧出。近來學堂中，多有設官話一
科，為統一語言之計。本書取材於學部審定之各種教
科書，演為通行官話，以供初等小學之用，且以收各
科聯絡之效，洵一舉兩得也。[87]

當時尚為清末，還沒有定下統一的國語標準，所以編寫白話
教材的最大問題就是以那個地方的白話為基礎。同時，學部
也對此書做以下的評語：

編輯大意，以國語為統一國眾之基，又注意於語法，
並準全國南北之音而折衷之。全編大致由淺入深，雖

　　異文言，卻非俚語。[88]

由此可知，這套國語教科書是選當時的文言課本做底本而以白話翻譯的。[89]

　　整體而言，以白話書寫的教材在近代社會中發展非常快速，無論是識字教材或是讀本，在編製、體例和材料方面都已頗具規模。究其原因，與官方的提倡有密切關係，在學制中明確規定要練習官話就是明證。[90]但是在尚未有統一的國語之前的近代，其「白話」使用的混亂情形可想而知。然而，就白話書寫的時代意義而言，這一波以白話詮解文言教材的風潮，卻是白話文學史上一次值得記載的重大事件。長久以來湮沒不聞的近代白話書寫活動，也因為這股白話教材的編寫風潮，豐富其內涵。

## 註　釋

1　參考王爾敏〈中國近代知識普及化之自覺及國語運動〉（《中央研究院近代史研究所集刊》第十一期，臺北：中央研究院近代史研究所，1982年7月），頁21。

2　梁啓超〈沈氏音書序〉，《時務報》第四冊（臺北：文海書店，1987年），頁212。《盛世元音》自光緒22年8月起連載於《時務報》第四、十二、二十、二十七冊。全書共七篇，原為英文本（原著已無從見，王爾敏就其中文本凡例推知英文原名為「Universal System」），後譯為中文，並附梁啓超序。轉引自王爾敏〈中國近代知識普及化之自覺及國語運動〉，頁21。

3　但仍有持異議者。如：胡適、周作人等五四時代白話文運動健將，他們極言白話文學的開創是在五四時代；雖然知道並承認清末白話的流行，但只承認其目的在宣傳革命與開啓民智，而否定在文學與語言上的要求，更未認定它與五四白話文學的聯繫。參考陳萬雄《五四新文化的源流》第一節「清末的白話文

運動」（香港：三聯書店，1992年），頁157-158。

4　參考拙作第四章所述。

5　陳萬雄《五四新文化的源流》第一節「清末的白話文運動」
　　（香港：三聯書店，1992年），頁158。

6　《競業旬報》第1期。

7　張毅漢的事例，參考胡適主編《競業旬報》33期所載漢卿之
　　〈論白話報〉、鄭逸梅〈張毅漢提倡語體文〉（《清末民初文壇軼
　　事》，學林出版社，1987年），頁280-281。

8　本節關於語文改良的相關史料，參考王爾敏〈中國近代知識普
　　及化之自覺及國語運動〉（《中央研究院近代史研究所集刊》第
　　十一期，臺北：中央研究院近代史研究所，1982年7月），頁
　　15-24。

9　《國語週刊》第十二期，1931年11月21日。轉引自王爾敏
　　〈中國近代知識普及化之自覺及國語運動〉（《中央研究院近代史
　　研究所集刊》第十一期，臺北：中央研究院近代史研究所，
　　1982年7月），頁17。

10　《萬國公報》（月刊）第82卷，（總）頁15610。轉引處同上
　　注。

11　鄭觀應《盛世危言》後編卷二（臺灣：大通書局，不詳），頁
　　292。亦見於倪海曙《清末漢語拼音運動編年史》（上海：上海
　　人民出版社，1959年），頁39。

12　沈學〈盛世元音原序〉，梁啟超〈沈學音書序〉附錄，《時務
　　報》第四冊，頁212-215。

13　《萬國公報》第一百一十四卷，光緒二十四年六月出刊，（總）
　　頁17845。轉引自王爾敏〈中國近代知識普及化之自覺及國語
　　運動〉（《中央研究院近代史研究所集刊》第十一期，臺北：中
　　央研究院近代史研究所，1982年7月），頁22。

14　王爾敏〈中國近代知識普及化之自覺及國語運動〉（《中央研究
　　院近代史研究所集刊》第十一期，臺北：中央研究院近代史研
　　究所，1982年7月），頁23。

15　以下史料出自王爾敏〈中國近代知識普及化之自覺及國語運動〉
　　一文（《中央研究院近代史研究所集刊》第十一期，臺北：中
　　央研究院近代史研究所，1982年7月）。

16　黎錦熙《國語運動史綱》將早期之語文改良進程稱為「切音運
　　動時期」，後期（民國前後）的則稱為「簡字運動時期」。

17 同上注。此一「簡字」，仍為創造一種字母，仿日本片假名，取漢字最簡筆畫或偏旁，另創一組字母，俾作拼音之用。黎氏之稱為簡字運動，是反映當時論點。因為是創制字母之人習慣所用，當時普遍稱之為簡字，如《簡字全譜》、《京音簡字述略》、《讀音簡字通譜》等都是。

18 同注15，頁24-25。

19 吳敬恆〈三十五年來之音符運動〉，《最近三十五年之中國教育》（上海：上海書店，1989年），頁304。

20 勞乃宣共編著五部與合聲簡字相關之論著：《簡字全譜》、《京音簡字述略》、《增訂合音簡字譜》、《重訂合聲簡字譜》、《讀音簡字通譜》等。

21 王照〈官話合聲字母原序〉，《小航文存》卷一（臺北：文海書店，1968年），頁80-81。

22 同上注，頁27-28。

23 勞乃宣《桐鄉勞（乃宣）先生遺稿》卷二（臺北：文海書局，1969年），頁229。

24 同上注，卷四，頁7-8。

25 周邦道《近代教育先進傳略》之「勞乃宣」部分（臺北：文化大學出版部，1981年），頁77-79。

26 史料出自王爾敏〈中國近代知識普及化之自覺及國語運動〉（《中央研究院近代史研究所集刊》第十一期，臺北：中央研究院近代史研究所，1982年7月），頁29。

27 王爾敏〈中國近代知識普及運動與通俗文學之興起〉（《中華民國初期歷史研討會論文集》，臺北：中央研究院近代史研究所，1984年），頁930。

28 李孝悌《清末的下層社會啟蒙運動：1901-1911》（臺北：中央研究院近代史研究所，1998年），頁10。

29 《申報》在1901年的一則報導，提到商務印書館根據泰西訓蒙之本而編纂《文學初階》一書，評論者認為商務主人的作法是「啟蒙有術」，並特別刊載這個消息「以為有志啟蒙者告」。

30 1908年，一個叫陳潤夫的人為了賑濟五省水災，特別發行彩票，未中彩者，可以到南洋官書局領取《國民必讀》和《啟蒙課本》各一本。

31 以創辦《京話日報》而轟傳一時的彭翼仲，在辦《京話日報》前，先在1902年辦了一份以童蒙為對象的《啟蒙畫報》。

32 以上史料參考李孝悌《清末的下層社會啟蒙運動：1901-1911》「第一章導論」（《中華民國初期歷史研討會論文集》，臺北：中央研究院近代史研究所，1984年），頁10。

33 梁啟超〈蒙學報·演義報合敘〉，《飲冰室文集》卷二（北京：中華書局，1994年），頁56。

34 本表格係參考陳萬雄《五四新文化的源流》（香港：三聯書店，1992年）頁134-153之白話報刊表列、丁守和主編《辛亥革命時期期刊介紹》、蔡樂蘇〈清末民初的一百七十餘種白話報刊〉（收錄於《辛亥革命時期期刊介紹》）、戈公振《中國報學史》及胡從經《晚清兒童文學鉤沉》等專著。

35 然而蔡樂蘇卻有不同說法。他認為「約於1905年五月在山東創刊。」，且該刊「第二年第四期：『教育』：寧阜縣紳袁君書鼎等，近集股開辦《婦孺易知白話報》，並請援濟南成案，札派各屬訂購。」，但是「輯者按：查清末並無山東寧阜縣，此處恐為寧陽、曲阜兩縣之合稱，或為寧陽之誤亦未可知。」見蔡樂蘇〈清末民初的一百七十餘種白話報刊〉《辛亥革命時期期刊介紹》（北京：人民出版社，1983年），頁515所述。

36 參見胡從經〈關於《小孩月報》〉，《晚清兒童文學鉤沉》（上海：少年兒童出版社，1982年），頁47-48。

37 參見胡從經〈《蒙學報》瑣記〉，《晚清兒童文學鉤沉》（上海：少年兒童出版社，1982年），頁50-51。

38 轉引資料同上注，頁51。

39 同上注，頁52。

40 匡珊吉〈啟蒙通俗報〉，《辛亥革命時期期刊介紹》（北京：人民出版社，1983年），頁146。

41 轉引出處同上注。

42 轉引出處同上注，頁147。

43 同上注，頁148。

44 參考李孝悌《清末的下層社會啟蒙運動1901-1911》（臺北：中央研究院近代史研究所，1998年），頁10。

45 蔡樂蘇〈清末民初的一百七十餘種白話報刊〉《辛亥革命時期期刊介紹》（北京：人民出版社，1983年），頁504。

46 彭永祥〈啟蒙畫報〉：「然而每圖附有一百多字乃至數百字的文字，內容涉及上下古今、軍國大事、國際知識、科學技術，不僅童蒙難懂，就是中學一、二年級的學生也未必都能領會。

可見它的讀者，實際不限於蒙童。」，丁守和主編《辛亥革命時期期刊介紹》（北京：人民出版社，1983年），頁190。

47　轉引自彭永祥〈啓蒙畫報〉，丁守和主編《辛亥革命時期期刊介紹》（北京：人民出版社，1983年），頁192。

48　同上注。

49　轉引自胡從經〈中國最早的兒童報紙——《童子世界》〉，《晚清兒童文學鉤沉》（上海：少年兒童出版社，1982年），頁116。

50　鄭國民〈語文教科書的變革歷程〉，北京師範大學「中國基礎教育網」（www.cbe21.com），2000年12月29日。

51　梁啓超《變法通議・論幼學》（《飲冰室文集》）第一冊，卷一，頁54。

52　陳子褒《教育遺議》（臺北：文海出版社，1973年），頁1。

53　同上注，頁38-39。

54　陳榮袞曾經創辦蒙學堂，此文即為他個人辦學講學之餘的心得。

55　引自李孝悌《清末的下層社會啓蒙運動1901-1911》（臺北：中央研究院近代史研究所，1998年），頁38。

56　同上注。

57　同上注。

58　引自李孝悌《清末的下層社會啓蒙運動1901-1911》（臺北：中央研究院近代史研究所，1998年），頁10。

59　同上注。

60　同上注，頁39。

61　鄭國民〈語文教科書的變革歷程〉（北京師範大學「中國基礎教育網」（www.cbe21.com），2000年12月29日。）。

62　陳翊林《最近三十年中國教育史》（上海：太平洋書店，1930年），頁45-46。

63　鍾天緯《小學堂功課章程》，上海三等學堂重刻本。轉引自鄭國民〈語文教科書的變革歷程〉（北京師範大學「中國基礎教育網（www.cbe21.com），2000年12月29日。）。

64　鍾天緯《訓蒙捷訣》，《上海三等學堂》重刻本。轉引出處同上注。

65　引用鄭國民〈語文教科書的變革歷程〉的説法。

66　將白話教材劃分為此二類，引用出處同上注。

67 鄭國民〈語文教科書的變革歷程〉（北京師範大學「中國基礎教育網」（www.cbe21.com），2000年12月29日。）。

68 據稱該書由1897年開始編到1902年才成書。

69 轉引自鄭國民〈語文教科書的變革歷程〉（北京師範大學「中國基礎教育網（www.cbe21.com），2000年12月29日。）。

70 《蒙學書報》是蒙學會編印，其前身是《蒙學報》，1897年10月創刊，自三十九期起改名為《蒙學書報》，出至第七十二期停刊。《蒙學報》與《蒙學叢書》的關係是這樣的，據汪鍾霖在《花翔五品銜內閣中書汪鍾霖謹稟》裡說，他花費了大量的時間和金錢才編譯成此書：「按期印入蒙學報內，其餘未發印者，尚有百數十餘種。」

71 《蒙學書報》釋例中的《上編敘目》。轉引自鄭國民〈語文教科書的變革歷程〉（北京師範大學「中國基礎教育網（www.cbe21.com），2000年12月29日。）。

72 轉引自鄭國民〈語文教科書的變革歷程〉（北京師範大學「中國基礎教育網（www.cbe21.com），2000年12月29日。）。

73 同上注。

74 轉引自譚彼岸《晚清的白話文運動》（武漢：湖北人民出版社，1956年），頁20。

75 同上注。

76 譚彼岸《晚清的白話文運動》（武漢：湖北人民出版社，1956年）認為陳榮袞「是近代中國小學教科書的創始人」。陳學恂主編的《中國近代教育史教學參考資料》上冊第657頁的注釋：「他是近代編寫通俗小學教科書的創始人」。《中國近代史稿》（人民出版社，1984年版）第三冊第341頁：「中國近代編寫通俗小學教科書，創始的人是陳榮袞。」以上資料轉引自鄭國民〈語文教科書的變革歷程〉（北京師範大學「中國基礎教育網（www.cbe21.com），2000年12月29日。）之注釋（13）。

77 在此書的上卷卷首有廣州蒙學書局的廣告，其中有《小學釋詞國語粵語解合併》、《尋常婦孺文編》等近二十種語文教科書，其中大部分是陳榮袞編寫的。

78 轉引自鄭國民〈語文教科書的變革歷程〉（北京師範大學「中國基礎教育網（www.cbe21.com），2000年12月29日。）。

79 同注57。

80　鄭國民〈語文教科書的變革歷程〉（北京師範大學「中國基礎教育網（www.cbe21.com），2000年12月29日。）。

81　轉引出處同上注。

82　同上注。

83　查禁此書的原因有如下的説法：《教科書之發刊概況》（《教育年鑑》第三編，1934年開明版）說：「後經學部駁斥，謂書名既已費解，而於平天下句下插入水平圖，明明德句下插入德律風圖，奇想天開云。」，譚彼岸《晚清的白話文運動》（武漢：湖北人民出版社，1956年）第21頁則説道：「因為它利用白話譯經書傳播『維新』。」轉引自鄭國民〈語文教科書的變革歷程〉注釋（15）所述。

84　轉引自鄭國民〈語文教科書的變革歷程〉（北京師範大學「中國基礎教育網（www.cbe21.com），2000年12月29日。）。

85　同上注。

86　同上注。

87　轉引自鄭國民〈語文教科書的變革歷程〉（北京師範大學「中國基礎教育網（www.cbe21.com），2000年12月29日。）。

88　同上注。

89　據現存資料分析，這個廣告所説的國語教科書應該是1906年8月出版的專門供初等小學後二年使用。

90　鄭國民〈語文教科書的變革歷程〉（北京師範大學「中國基礎教育網（www.cbe21.com），2000年12月29日。）。

# 第七章

# 大衆傳播與白話書寫

近代白話書寫風潮最直接展現的場域，除了啟蒙教育之外，就是大衆傳播了。與大衆傳播密切相關的報刊文字，大都以宣傳理念為首要目的。無論是維新派及革命派文人為了宣傳理念而寫就的宣講冊子、或政府所印行的白話告示、私人寫的宣傳單，或是為了廣泛開啟民智而開辦的白話報刊，都是本章所要探討的對象。因此，所謂「大衆傳播與白話書寫」的概念，其指涉的意義是：一切與啟蒙大衆有關的傳播活動下所出現的文本，並以白話書面語所寫就的為準．此外，近代社會由於新式的印刷技術誕生以及快速印就的書刊出版模式，使得文本刊行的時程加快不少；極思改革社會、文化的近代文人，順勢搭上便利的傳播方式的順風車，將各類文告或傳單大量印製以喚起大衆目光。為了達到廣泛宣傳的目的，使用白話書寫其宣講文字便成為一種必然的方式。同樣地，白話報刊的蓬勃亦與此雷同。

綜合以上，近代文人以各類文告、傳單及報章文字為工

具，以達到喚醒民智及教育大眾的目的。如此一來，便必需使用淺顯易懂的文字，以因應近代文論家不斷提出的言文一致的要求。於是，白話書寫在近代大眾傳播場域中，遂成為相當重要的表現形式。

# 第一節　向大眾傳播的白話書寫文告及傳單

## 一、以白話書寫的宣傳文本

近代社會以白話書寫的文本中，除了一般熟知的報刊文字之外，還有一批大量出籠的各式宣傳文本，廣泛出現於大眾生活的各個層面中。它們至少包括政府出示的白話告示、私人傳單以及告誡性文字都是。[1]這些活潑的、生活意味濃厚的宣傳文本，大都以白話書寫，以達到較大多數人都能閱讀的理想狀態。

特別是近代文學社會已逐漸走向機器大量印刷文本的局面，所有宣傳文本都仰賴這項新發明而得以迅速流通。特別是在面對大眾生活層面的訊息傳輸方面，位於中上層菁英地位的知識份子們無不競相採用白話書寫的文本，以增加對下層社會人士的影響力。當時有名的知識份子如岑春煊，[2]在一九〇二年擔任四川總督時，曾經發出一份白話書寫的文告，此後便成為當時人效法的榜樣。岑氏在這份刊於《大公報》的宣傳文本中，將當時社會上對於戒除纏足一事做了明

確的呼籲：3

> 皆因女子纏足，天下男子的聰明，慢慢就會閉塞起
> 來，德性慢慢就會喪壞起來，國家慢慢也就閉塞喪壞
> 起來。這又沒得別的緣故，凡人的聰明德性全靠小的
> 時候慢慢的教導指點。……十歲以前，當父親的多半
> 有事在外，全靠母親在家，遇事教導指點。所以人的
> 第二期教育，是學堂裡先生的責任，第一期教育，全
> 是當母親的責任。如今的女子，七八歲以前，還有讀
> 書的；十歲以後，因為纏了足，行動不便，就不好上
> 書房了。……4

當時政府告示或宣傳文本多以文言書寫而成，身為地方長官
的岑春煊為了廣大民眾知的權益，特意將原來辭意深奧的文
本，改以淺顯的白話書寫形式尋求大眾認同。此一認同不僅
是對於勸戒纏足一事的認同，更以書寫形式的白話化尋獲一
般人對於表述方式的認同。此文一出，其白話文字更以口耳
相傳的方式，對不識字的大眾發生影響，因此當時四川人停
止纏足的比其他地方多。5當時一般輿論亦支持各地方官府
應仿此作法。比如說，一九○四年三月二十六至二十八日
《大公報》所刊出的〈開通民智的三要策〉一文，指出小學
教科書及官府對於民眾所做的告示，應全部改用白話。6而
另一位將京官則認為官府告示過於深奧，一般人不容易理解
告示上的意義而經常誤解；所以他建議以後大小衙門的告示
都用白話。由此可知，以白話書寫的文本做為面向大眾的啟
蒙利器，在當時已屬普遍的認知。

在眾多面向大眾的宣傳文本中，鼓吹新式學堂的好處與
招募學生入學，當時的政府官員亦不遺餘力，最顯著的招徠
方式即採用白話書寫的文告，如同前述岑春煊的作法一樣，
將該文刊登於銷路廣大的《大公報》上，以展現無遠弗屆的
號召力：

> 眾位啊！現時又快到年底了，河北老鐵橋、東藥王廟
> 兩等官小學堂，又招考學生了。眾位家裡子弟，有願
> 意上學堂的或八九歲、或十三四歲，唸過幾年書的，
> 全都可以到我們學堂裡報名……。眾位啊！快來報名
> 罷！快來報名罷！別太晚了才好呢？[7]

清末的政府官員已懂得採用如此口語而淺顯易懂的文字做為
告示內容，對於開啟童蒙的訴求而言，其策略無疑是成功
的。基本上，這份類似「廣告」的宣傳文本具有極強大的煽
惑力，直接以社會底層民眾的口語做為該文告所使用的語
言，使得進入新式學堂一事逐漸成為近代社會的生活內容之
一。同時，內務府的招生廣告亦寫成白話，普遍貼於各處。[8]
由此可見，以白話書寫的文告，對於曉諭大眾是極為方便的
利器。

　　而與民眾生活習習相關的巡警局，尤其特多白話告示。
在北京、天津、上海等大城市中，白話書寫的告示出現得最
多。北京外城巡警局的告示並規定自一九〇六年開始一律改
為白話書寫；而北京工巡局的告示更是早在一年前即已全部
改為白話書寫。[9]當時甚至有輿論呼籲政府應將所有告示全
部改為白話書寫。[10]這種作法，以白話書寫的歷史角度而

言，實在是值得重視的一項發展。如一九〇五年十月，天津
巡警總局公布的一張勸諭，對人民的迷信加以批評：

> 我們中國的陋俗，非常之多，相沿已久，牢不可破。
> 即如頂神、看香、念咒、畫符等事，一經說破，毫無
> 道理。現在天津明達的士紳，巨富的商家，知道民智
> 不開，不能立在文明世界，激發熱心，廣立學堂。津
> 郡的風氣，居然比從前大開，真是可喜可賀。無奈人
> 情狃於積習，不容易更改，還有許多陋俗，照舊的奉
> 行。別的先不用說，就說焚燒紙帛這件事罷，究竟是
> 何所取義，在當初遺傳下這件事的本義，不過是教人
> 別忘了祖先的意思。……11

以白話書寫的勸諭文字，對於新觀念的啟迪實有莫大助益。
以上所引的文本，通篇以通俗的口語行文，雖偶有「狃於積
習」之類較為文言的用詞，大體而言仍是一篇流暢的白話書
寫之作。

此外，白話書寫文本廣泛出現於社會各個層面中。譬
如：奉天將軍為了改善邊地教育，開啟民智，也曾飭令學務
處編撰白話講義，頒發各處，令地方官派員宣講。12北京練
兵處為了增加士兵的知識，讓他們熟悉軍律，打算把古今戰
士效命疆場的事跡和各國戰史，編成一本白話，名曰《行軍
要義》，頒發給各營隊每天講給士兵聽。13……在這些由官
方所發布的宣傳文告中，無不一一改用白話書寫的文本，以
加強一般大眾對於政令的明瞭程度。除了文本的閱讀之外，
對於廣大民眾而言，閱讀之外的口耳相傳加強了白話書寫文

本的傳播效用，使該項政令落實於民眾生活中的效能大大提
高。

　　除了官方所發布的文告之外，私人所寫的傳單之類的白
話文本亦所在多有。譬如：天津一個名喚劉孟揚的寒士組一
個公益天足社，寫了一篇白話的〈勸戒纏足說〉，印成傳單
分送。劉還提供了別人送他的一些勸戒纏足的文字供他人翻
印，包括前述岑春烜關於戒除纏足的示諭、張之洞〈戒纏足
會章程敘文〉、袁世凱〈勸不纏足文小冊〉，以及一些不知名
的傳單如〈救弊良言〉、〈惡俗說〉……等等。[14]四川地區
的傅樵村則作了一篇〈勸戒纏足歌〉，刊印分送。[15]

　　除了戒除纏足一事，普遍得到輿論支持之外；一些社會
上的突發事件，往往也成為白話宣傳文本的最佳題材。白話
書寫的文本，成了社會輿論最直接的推波助瀾者。譬如：一
九〇五年美國禁止華工的條約公開後，在各地引起軒然大
波，許多地方發起抵制美貨運動。保定三位志士寫了一篇
〈禁買美貨約〉，上面橫寫「快看」二個大字，貼在胡同口，
圍觀者甚多。一批天津和山東的愛國商人，則寫了一篇〈中
國愛國的商民請看〉，準備印一萬張送人。[16]……凡此種
種，皆可發見近代社會輿論，多賴各式私人傳單之發送，以
達到更加廣泛的宣傳效果。

　　綜合上述，將開民智、啟童蒙視為近代社會進步第一要
務的知識份子們，將各類型的知識、學說以及觀念，透過白
話書寫的模式，轉換成婦孺皆曉的文本，以其相當接近於口
語的優勢，深化了一般大眾的接受程度，使得近代社會逐漸
習慣於以白話書寫的淺近取代文言書寫的艱澀。因此，白話
書寫運用在對大眾的傳播上，無疑地相當適用，同時也發揮

了白話書寫無遠弗屆的廣大影響力。

## 二、白話宣傳文本為白話政論文的先聲

　　白話書寫的宣傳文本既已成為近代社會的一種必要的表述形式，則其文本的書寫便成為可供討論或檢驗的對象了。近代知識份子除了白話宣傳文本的書寫之外，政論文的書寫也逐漸走向白話化的局面。

　　將政論文以白話書寫，多為宣傳革命思想或開啟民智的相關文字。以辛亥革命前十年為例，[17]白話報刊如雨後春筍般興起，不少著名報刊刊登了鼓吹新思想的政論文字，如《清議報》、《開智錄》、《國民報》、《外交報》、《新民叢報》、《游學譯編》、《大陸》、《新廣東》、《訄書》、《湖北學生界》、《直說》、《東方雜誌》、《國粹學報》、《民報》、《復報》、《雲南雜誌》、《中國女報》、《漢幟》、《中國新報》、《中國新女界雜誌》、《天義報》、《新世紀》、《政論》、《四川》等二十四種書報。[18]這些報刊皆有相當篇幅登載政論文字，而且大多屬於政治意味濃厚的報刊，其評論時事的文章多為該報刊不可或缺的專欄。其次，如《中國女報》及《中國新女界雜誌》這類標舉「婦女」新知的報刊，更是充斥著以論說為主的篇章，以喚醒眾姐妹們的覺醒。

　　以上諸報刊所登載的政論文，若以白話書寫的角度檢驗之，可發現其文字的書寫呈現一條清晰的脈絡，即由淺顯文言發展到半文言半白話的形式，再逐漸發展為接近現代白話的樣式。其中的代表人物，以梁啟超為最知名。如梁啟超一

九〇一年登載於《清議報》上的政論文〈過渡時代論〉即為
一例：

> 今日之中國，過渡時代之中國也。
>
> 過渡有廣狹二義。就廣義言之，則人間世無時無地而
> 非過渡時代，人群進化，級級相嬗，譬如水流，前波
> 後波，相續不斷，故進無止境，即過渡無已時，一日
> 無過渡，則人類或幾乎息矣。就狹義言之，則一群之
> 中，常有停頓與過渡之二時代，互起互伏：波波相續
> 體，是為過渡相；各波具足體，是為停頓相。……19

梁啟超此文，與當時（甚或更早之前）艱澀的文言文相較，
已屬清新可喜之淺顯文言。同年，鼓吹白話書寫的裘廷梁，
仍以其熟悉的文言文書寫政論文，其〈論白話為維新之本〉
是一篇標準的文言文。其書寫形式雖然與白話相背，但裘氏
石破天驚的呼聲，確乎已為近代中國的語文書寫投下劇變的
契機。

其次，一九〇三年梁啟超以「中國之新民」為名發表於
《新民叢報》的政論文〈論俄羅斯虛無黨〉，亦展現梁氏特有
的清新文體：

> 俄羅斯何以有虛無黨？曰革命主義之結果也。昔之虛
> 無黨何以一變為今之虛無黨？曰革命主義不能實行之
> 結果也。……
>
> 虛無黨之事業，無一不使人駭，使人快，使人歆羨，
> 使人崇拜。……20

由此可知，梁啟超的政論文以其一貫的簡潔明快，呈顯特有
的書寫模式，其「白話政論文」也是當時報刊文章的典範。

　　此外，秋瑾的文章也是白話書寫的最佳典範。一九〇七
年，秋瑾在《中國女報》中連續發表〈發刊詞〉、〈敬告姐
妹們〉等文章，透露了當時的白話書寫性格。如《中國女報》
之〈發刊詞〉：

> 世間有最淒慘、最危險之二字，曰黑暗。黑暗則無是
> 非、無聞見、無一切人間世應有之思想行為等等。黑
> 暗界淒慘之狀態，蓋有萬千不可思議之危險。危險而
> 不知其危險，是乃真危險；危險而不知其危險，是乃
> 大黑暗。……然則何一念我中國之黑暗何如，我中國
> 前途之危險何如，我中國女界之黑暗更何如，我女界
> 前途之危險更何如，予念及此，予悄然悲！予憮然
> 起！予乃奔走呼號于我同胞諸姊妹，于是而有中國女
> 報之設。……21

秋瑾此文，實為文言意味濃厚之「白話」文字，面對風起雲
湧的語文改革現象，白話書寫模式正以其多變的樣式呈現在
眾人面前。因此，同年所發表的〈敬告姐妹們〉以更白話的
口吻呈現白話書寫的樣式：

> 我的最親愛的諸位姐姐妹妹呀！我雖是個沒有大學問
> 的人，卻是個最熱心、最愛國愛同胞的人。如今中國
> 不是說道有四萬萬同胞嗎？但是那二萬萬男子已漸漸
> 進了文明新世界了，智識也長了，見聞也廣了，學問

也高了，身名是一日一日進了，這都虧了從前書報的
功效囵，今日到了這地步，你說可羨不可羨呢？所以
人說書報是最容易開通人的智識的呢。……22

在這篇著名的文字中，秋瑾以其具備的深厚學養，轉化為筆
下的清新婉轉；與前例所呈現之半文言風格，有相當明顯的
差異。由此可見，白話書寫在近代文壇之面貌乃呈現多樣化
之特色。

再者，一九〇七年另有一名為《復報》之刊物，登載柳
亞子以「棄疾」為名所寫的一篇白話文字：〈民權主義！民
族主義！〉，在作者的生花妙筆之下，展現了近代白話書寫
的另一成果：

民權主義講起上古時候，一個部落裡面，沒有什麼皇
帝，沒有什麼官長，人人都是百姓。後來因為事體很
多，或者內部的爭執，或者外部的劫掠，沒有一個總
機關，一定和亂絲一般，無從下手，所以從百姓中
間，公舉幾個有德性有才幹的人出來，教他代全體辦
事。一面又由百姓公意，立了幾條法律，凡是照法律
做事的人，大家保護他；不照法律做事的人，大家懲
罰他。有了辦事人，有了法律，就漸漸兒成功一個國
家了。……23

柳亞子這篇文字在傳達新知、啟蒙大眾的同時，也以淺顯而
清新的白話文字，展現了近代白話書寫的成績。

綜合上述，白話政論文的主旨多為高聲疾呼式的文字，

預期讀者不僅為有待啟蒙的民眾，具備基本學養的知識份子也是它發言的對象。因此，從白話宣傳文本的出現到白話政論文的形成，顯示白話書寫的文本在近代已佔有一席之地。

## 第二節 白話報刊蜂湧而起

### 一、白話報刊蔚為風潮

近代一場規模極強大的白話報刊潮流，不只呼應了言文一致的語文改革風潮，更直接啟迪了民初的白話文運動。[24]對於近代知識份子而言，念茲在茲的就是如何開啟廣大民眾的蒙昧，如何加強開發其知識。如前述，以白話書寫的文本特別能夠啟開民智，無論白話教科書及讀物的編寫印製或是白話宣傳文告及傳單的發行，都是白話書寫最佳的展示。然而，近代幾次較大的社會事件激起大多數知識份子的革命熱情，[25]為得到輿論的支持，直接運用近代蓬勃的文學社會機制，即機器能夠大量印製書刊的便利性，不約而同地開辦報刊，以方便個人或團體的主張得以訴諸輿論，以獲得廣大民眾的認同。因此，白話書寫的文本便以其強大的實用性成為主流，致使近代誕生的白話報刊多至一百七十餘種之譜。如此強大的一股白話報刊潮流，充份呈現了近代白話書寫現象最具影響力的一頁。

白話報刊的出現，除了做為革命者的宣傳工具及激起輿論之外，其實仍有其嚴肅的意義。其實近代中國的「近代化」

正有賴於白話報刊的崛起，許多新觀念、新思想多有賴白話
報刊的傳播。近代白話報刊不僅具備大傳媒體傳播的效能，
更是開導文明的重要工具。誠如陳萬雄所言：

> 白話報的出現，除宣傳革命、做輿論的鼓吹外，還具
> 有開通民智、濬導文明的作用，長遠目標則是國家民
> 族的改造，以臻中國於近代化。不能認定，如創辦白
> 話報的工作，只屬「狹隘的宣傳工具」。[26]

由此而言，白話報刊的出現往往與民智開通有相當密切的關
聯。如陳榮袞在〈論報章宜改用淺說〉中即曾經說道：「地
球各國之衰旺強弱，恆以報紙之多少為準。民智之開民氣之
通塞，每根由此。……多用文言，此報紙不廣大之根由，
……大抵今日變法，以開民智為先，開民智莫如改文言。」
陳榮袞以為國運之強弱，以報紙的數量多少為判準；報紙愈
多，民智愈開。而文言過多，使報紙不易推廣；因此，以白
話書寫的報刊漸成主流。

又如一九〇四年，《警鐘日報》一篇題為〈論白話與中
國前途之關係〉的社說，也如此說道：

> 白話報者，文明普及之本也。白話推行既廣，則中國
> 文明之進行固可推矣。……此皆白話之勢力與中國文
> 化相隨而發達之證也。[27]

由此可知，白話報刊愈發達，則中國文化亦隨之發達。其他
倡導白話者，莫不高標此意，如丁國珍〈替各家白話報請命〉

也說道：

> 中國要打算富強，必須廣開民智。開民智的利器，就
> 是報紙嘍。……查文話報與白話報，大有分別。文話
> 報敢說監督政府，小小白話報紙，也就是開通民智
> 嘍。有的說文話報開通官智，白話報確系開通民智。
> 這話未免強辭奪理。然看文話報的人，必是智者。白
> 話報雖說是什麼人都可以看，然不智者必須看白話報
> 嘍。總而言之吧，已智者看文話報，未智者看白話
> 報。未智者由看白話報而智，白話報是開通民智的，
> 更無疑嘍。[28]

文中除了提及報紙有促進開民智的功效之外，亦提及文話報
（以文言書寫形式為主的報刊）與白話報的差別效用。對未
智者而言，白話報紙確實提供其吸收新知的重要管道，由此
文可見一斑。此外新舊不學人呈稿〈忠告報界〉一文亦出現
類似的聲音：[29]

> 目下時局危弱，人人沒有不知道報紙為開通風氣之利
> 器，更沒有不知道白話報紙為喚醒同胞之警鐘。[30]

諸如此類言論不斷出現。總而言之，啟迪民智的大方向，是
近代報刊責無旁貸的任務。

白話報刊足以開通民智，此說幾為近代社會無庸置疑的
的論。誠如陳萬雄所言：

近代中國「近代化」，何以要「啟牖民智」？「啟牖民智」何以要用白話報？其中理由，前者著眼在中下層社會，要煥發全體民力，是目的；後者用其方便，重其效果，是方法。這與晚清以來盛倡女權，廣辦學堂等活動，用意同一，其背後表現了對平等思想的體認，國民意識的豁醒。故此，陳子褒所以責難那些固執文言、不肯變通的，是對不曉文言的「農工商賈婦人孺子」放於「不議不論」的地位，是「直棄其國民矣」。[31]

由此可見，白話報的功效不言而喻。此外，白話報的深入與普及，對當時的知識份子而言，更是完成國語統一最直接有效的辦法。以五四時代的白話文學健將胡適為例，他青年時期所主編的近代報刊《競業旬報》中即已出現相關主張。其〈發刊辭〉及〈凡例〉中便曾經主張「國語大同」、「文言一致」等觀點，並且說道：「倘吾國欲得威震環體，必須語言文字合一，務使男女老幼皆能讀書愛國。」胡適這段經歷對他往後推動白話文運動有相當深刻的啟發。

此外，值得指出的是，梁啟超的言說對於白話報刊的風行亦產生相當強大的影響力。如鄭國民的觀察：

1897年梁啟超曾發表文章主張學習日本變法的經驗，用通俗文字來啟發民智。一些具有維新思想的人士創辦了大量的白話報紙，有的報紙一條新聞用文言和白話各報導一次。毫無疑問，白話報紙的出現和編輯方法對白話語文教科書產生了重大的促進作用。另外，

教會為了傳教的方便，把教義和別的書籍翻譯成白
話，使學者容易學習，這在一定程度上對白話語文教
科書的編製有所啟發和借鑑作用。[32]

在白話辦報的思潮影響之下，報刊逐漸採用一半文言一半白
話的編排方式出版，流風所及，催生更多白話報刊的出現。

但在這股啟迪民智的白話報風潮中，也有既不宣傳革
命，也不主張維新，只以娛樂、取利為目的的白話書刊出
現。以致於以思想啟蒙為宗旨的報刊，在發刊詞中也往往以
此招徠讀者。如《安徽俗話報》的編者，便明白地說，[33]此
刊兼有取便商人、供有錢人消閒的益處。[34]這類報刊雖不具
嚴肅的教化功能，但確能以輕鬆的情調，提供另一種大眾文
化的展演場域。

質之事實，晚清白話報的盛行，其內容的豐富，其文字
的淺顯簡明，在社會所產生的作用和影響，是研究晚清近代
化過程中不能忽略的一環。

## 二、白話報刊為白話書寫風潮的最佳展示

白話報刊的風行誠為近代白話書寫的最佳展示。白話報
的萌芽，有一段不可輕忽的歷史緣由。最早以白話書寫方式
出刊的是《申報》所附出之《民報》，[35]時為一八七六年。
而國人自辦之最早白話報則為一八九七年出刊的《演義白話
報》，其次則為《平湖白話報》（一八九七年）及《無錫白話
報》（一八九八年）等。自有白話報開始，此一風潮帶動了
往後一百七十餘種相關白話報的產生。這股龐大的白話書寫

現象，實有正視的必要性。

根據蔡樂蘇的整理，[36]近代所產生的白話報刊計有一百七十餘種，[37]這為數龐大的白話報刊於近代的意義相當重大：

> 自甲午以後，到五四之前，短短二十餘年，是我國近代思想文化發生顯著變化的時期。各種報刊如雨後春筍般的出現，就是這種變化的重要標誌之一。其中的白話報刊，出現的規模相當廣，延續的時間比較長。深入地探究這部分報刊所產生的內部原因、發展經過，以及與五四新文化運動的聯繫，無疑地，不僅將會有助於報刊史、新聞史的研究，而且，也會有助於近代思想文化史研究的進一步深化。[38]

此說再度強而有力的印證前面諸家的言說。因此，蔡樂蘇在前人研究的成果上加以深化，展開全面性的清查工作，將一八九七至一九一八年所出刊的白話報刊進行爬梳。為了論述的需要，吾人將其整理的一百七十餘種報刊羅列成表，附於本章之後，以供參酌。

依照文後所附表格，這批報刊誕生的年代，時間縱貫二十年左右。如此短促的時間斷限，卻能陸續出現一百七十餘種白話報刊，可謂驚人。而報刊的出刊地點大多為大都會，其中以上海為眾，其次是北京、天津、杭州、長沙等地；較特別的是邊疆及海外地區亦發行不少白話報。此外，開辦白話報的宗旨，不外乎「開通民智」、「啟迪蒙昧」、「宣傳革命」、「宣揚愛國思想」等，多半為的是國家社會的智識提

升而努力。此一著眼於救國救民的辦報熱潮，實不可小覷。

以其中地位較為顯著的幾家白話報而言，可說是近代白話文發展中的重要指標。如提倡「白話為維新之本」的無錫人氏裘廷梁便首先於一八九八年開創《無錫白話報》，後因「無錫」二字予人以專為一地區而辦之感，改名為《中國官音白話報》。[39]此一報刊為較早由國人自辦的白話報刊，影響極大。

《中國官音白話報》的創辦人裘廷梁為當時極思改革社會的知識份子之一，他認為改革必須從改革人民知識著手；而首要之務是廢科舉，興學校，不得已求其次則必須自辦報開始。但當時一些通商大埠所開辦的公私報刊皆以較深奧的文字書寫，只有中上層知識份子能夠閱讀，因此要人人皆能讀報，必自白話報著手。一八九八年他與顧述之、吳蔭階、汪贊卿、丁仲祜等人發起組織「白話學會」，並同時發行《無錫白話報》，該報內容著眼於宣傳通俗教育。

該報內容分為三大部分，一演古、二演今、三演報。演古者，指的是取中國文學中的經史，可以教育群眾，並且可與世界文學相發明的；演今者，指的是取中外名人流行的作品，以及世界小說之有奇思妙想者；演報者，指的是取中外近事，世界政聞、藝術、技術、言論，可以備我國人民參考的。同時兼載工商情況和一些小品文字。有時亦刊登推行新政的「上諭」；由於上諭以文言書寫，故於原文外並同時演成白話。舉例如下：

七月十九日奉上諭：吏部奉遵議禮部尚書懷塔布等處分一折，朕近來屢次降旨，屢諭部臣，令其破除積

習，共矢公忠。……

（演譯文）吏部遵著意旨，議禮部尚書懷塔布的處
分。議定了，上了一個折子。十九日奉上諭道：朕近
來屢次降旨，儆戒各部大臣，教他們去除習氣，忠心
為國。……40

由此可見裘廷梁為開通民智所做的努力。若配合他的名作
〈白話為維新之本〉一同參看，更能確知他在推動白話報刊
上的積極作為，不僅只是提倡白話文，其改革文體的意圖其
實極為明顯。

自裘廷梁於一八九八年提出「白話為維新之本」的口號
以後，以白話文書寫的報刊就愈來愈多，僅至一九○三年為
止，短短幾年已有十幾種白話報刊發行。辦白話報刊，似乎
已成為一種社會運動，不斷有人推出新的報刊。其中影響力
較大的兩大白話報刊，均與林獬（又名少泉，後改名白水，
號白話道人）有密切關聯，一為《杭州白話報》，一為《中
國白話報》，分別開辦於一九○一及一九○三年。

《杭州白話報》於一九○一年創辦於杭州，41至一九○
四年即停刊。該報經理為杭州安定學堂的項蘭生，而主筆為
胡修盧，參加編撰的則有陳叔通、孫翼中、林獬等人。它以
極為鮮明的立場針砭中國政治社會及國際大事等，並提出改
革主張，對以後各地興起的白話報有相當明確的影響。這也
是一代報人林白水倡議白話書寫所開創的重要歷程。

這份創刊較早而有較大影響力的白話報，其宗旨簡單明
確：

開民智和作民氣兩事並重。不開民智，便是民氣可
用，也是義和團一流的人物；不作民氣，便是民智可
用，也不過是作個聰明的奴隸，中國人要想享自由平
等的幸福，可永遠沒有這一日。[42]

除了標榜開民智之外，亦開新風氣：

杭州白話報是開風氣的事體，誘人識字的一件寶貝。[43]
看白話報的人越久越多，那新風俗、新學問、新知識
必將出現在所處的老大中國了。[44]

據此，《杭州白話報》的編撰者認為只要看報紙的人多了，
民氣便開了，學問、知識便新了。因此為使傳播迅速且直截
有效，該報的體裁便必需有所強調。《杭州白話報》文字走
向通俗，文章簡短，且形式活潑多樣。更重要的是，全部文
章以白話文寫成，使讀者一目了然。其推動白話文的功勞不
可小覷。隨著形勢的變化，其所主張的政治立場已漸漸失去
原有的活力，該報終於走向星散的局面。但主筆之一的林白
水隨後亦主編了《中國白話報》，[45]並參加《警鐘日報》的
工作，繼續鼓吹革命。

　　接著，另一份與林白水密切相關的白話報刊登場了。
《中國白話報》的主辦人林白水先生正是該報論說、小說、
新聞、時事問答等的主要撰稿者，而後世尊為國學大師的劉
師培大多寫一些有關歷史、地理、學術及傳記等方面的文
章。此報正是較早提倡白話並運用白話寫作的刊物，在當時
具有深刻的影響力。而林白水正是熱忱的愛國主義者和出色

的白話文宣傳家，早在一九○一至一九○三年之間，他便曾
在《杭州白話報》上以宣樊子為筆名，發表過多篇白話文
章，頗受讀者歡迎。在創辦《中國白話報》之前和以後，他
還同蔡元培等人一道創辦《俄事警聞》和《警鐘日報》，這
兩份刊物中的〈告農〉、〈告小工〉、〈告會黨〉等白話文
章，很可能即是出自他手。而《中國白話報》的主要撰稿人
之一劉師培，同時也是《俄事警聞》的撰稿人之一，後來亦
擔任《警鐘日報》的主筆。可見此報與蔡元培為主的革命系
統有十分密切的關係。

　　《中國白話報》的突出之處，在於其宣傳對象並不限於
知識份子，而是下層社會勞動者及青少年。因此它所使用的
語言不是上層菁英文人所慣用的文言文，而是群眾喜聞樂見
的白話文。經常見報的「白話道人」，對那些只會說空話、
寫空文的知識份子很不以為然：

> 我們中國最不中用的是讀書人。那般讀書人，不要說
> 他沒有宗旨，沒有才幹，沒有學問，就是宗旨、才
> 幹、學問件件都好，也不過嘴裡頭說一兩句空話，筆
> 底下寫一兩篇空文，除了這兩件，還能幹什麼大事
> 呢？[46]

徹頭徹尾的白話書寫，痛快淋漓的將讀書人習用文言文的流
弊，直接道出。白話道人此說或有失偏激，然究其實，當時
上下層社會之間對於知識的接受程度，直如雲漢天壤；救國
的希望其實更應關注在廣大群眾身上。為了反對清政府，而
運用白話文這項武器，以啟發、教育、團結廣大下層社會的

群眾，使白話文的工具性效用更加向前推進。

接連辦了幾份重要白話報刊的林白水，皆有聲有色，對自己的白話辦報亦深具信心，他自認為「中國數十年來，用語體的報紙來做革命的宣傳，恐怕我是第一人了。」所謂「語體」也就是習稱的白話文了。直接以白話書寫形式辦報，且痛快淋漓，並能發揮很大影響力的，林白水必需被正式記載於白話書寫的歷史中。

在近代這段不算長的歲月裡，就這麼風起雲湧的誕育了一、二百種白話報刊，以其驚人的力量豐富了當時市井生活的知識糧食，快速而有效的將新知新學傳播予廣大中下層社會群眾。

綜合以上，這股辦報熱潮持續延燒了二十來年，總計一百七十餘種報刊鋪天蓋地席捲而來，使得白話書寫形式漸漸成為習慣，一般文體的書寫習慣亦逐步受到浸染，所謂「報章文體」便應運而生了。

# 第三節　報章文體走向白話化

## 一、梁啓超與報章文體的轉變

近代西學東漸與報刊蜂湧而起的現象，促使「報章文體」開始出現，連帶使得白話散文的書寫產生了變化。關於報章文體的出現與變革，當時出亡東瀛的梁啟超無疑是關鍵人物。

　　當時，梁啟超對於國內推行以文言、白話合一為目標的白話書寫運動似乎感到不甚滿意。在推行白話書寫運動的第一階段，黃遵憲首先高舉「欲令天下之農工商賈、婦女幼稚皆能通文字之用」的論述，為此運動展開新頁。其後，梁啟超於一八九六年為《盛世元音》所〈序〉中，亦節引黃遵憲的論點，對「中國文字，能達於上不能逮於下」的原因作了進一步的闡釋：「抑今之文字，沿自數千年以前，未嘗一變；而今之語言，則自數千年以來，不啻萬百千變，而不可以數計。以多變者與不變者相遇，此文、言相離之所由起也。」[47]梁啟超此文因登載於風行一時、人相爭閱的《時務報》上，發生過普遍的影響。[48]由此可見，梁啟超在白話書寫運動的論述上，亦展現他過人的識見。

　　為了能夠更快速的達成改革的效果，也為了能夠大量輸入新思想及新知識，他及時地提出「文界革命」的構想。其實，這場文界革命首先要處理的便是文章的內容部分。[49]在所有文體中，最適於宣傳新學的即是散文；因此改良散文的內容，使之能夠流暢自如的輸導新知、傳播西學，便成為文界革命的第一步了。因此，梁啟超的著述原則做了轉變，他認為此時此刻應做「覺世之文」，而不是「傳世之文」，他認為「著譯之業，將以播文明思想於國民也，非為藏山不朽之名譽也。」（〈原富〉）由此可見，文界革命所要解決的內容問題，即定位在文化啟蒙這一面向上。

　　其次，內容既確定為文化啟蒙，形式亦需要加以主張。[50]形式部分即延續白話書寫運動對於俗語文體的要求，務求文章寫得淺白易懂。身為啟蒙思想家的梁啟超既對於文言白話分離之害有明確的認知，則當他面對文界革命的形式要求

時，自然亦以通俗化為方向。梁啟超既然肯定俗語文體的價值，在推動文化啟蒙時，即發現俗語文體的書寫與啟蒙所需的取向一致。於是他毅然號召：

> 苟欲思想之普及，則此體（按：指俗語文體）非徒小說家當采用而已，凡百文章，莫不有然。[51]

因此，在梁啟超的大聲疾呼之下，新知識新思想（內容）與俗語文體（形式）在文界革命的需求之下巧妙結合為一體。誠如夏曉虹所言：

> 變法失敗後，梁啟超抵日，很快學會日文，大量閱讀日文書籍，受到了日本文體的濡染，將這種影響帶入文中，便形成獨具一格的「新文體」。梁啟超對新文體作過這樣的描述：「……務為平易暢達，時雜以俚語、韻語及外國語法，縱筆所至不檢束。學者竟效之，號『新文體』。老輩則痛恨，詆為野狐。然其文條理明晰，筆鋒常帶情感，對於讀者，別有一種魔力焉。」，新文體是梁啟超「文界革命」思想的具體實踐。「文界革命」的宗旨可概括為：以「俗語文體」寫「歐西思想」。因而，新文體是以傳播西方新思想新文化為其內容，而以「平易暢達」、「時雜以俚語」為其語言特點的。從新文體產生於梁啟超到達日本後的事實判斷，其中所說的「外國語法」，即是指借自日本的外來詞和某些日語表達方式。[52]

可知梁啟超的新文體即為其文界革命的具體實踐。

　　隨著諸多報刊如《清議報》、《新民叢報》等在海內外華人界的流行，被時人譽為「文界革命軍之健將」的梁啟超，也借助新文體把文界革命的影響力迅速傳播到社會各階層中，同時也直接促使梁啟超的報章文體深入民心。戊戌政變前，梁啟超先後參加過《中外紀聞》、《時務報》的創刊與編撰工作。梁啟超的政治生涯幾與其辦報活動一齊展開，而他做為輿論界驕子的崇高聲望，多半亦是通過報刊所建立起來的。到了《新民叢報》時期，梁啟超的言論影響力達到了巔峰狀態。一份在海外出版的刊物，又處於文化尚未普及，政府加以限制的情況下，其發行量最高時仍達到一萬四千餘份，[53] 國內也迭有翻版。人們千方百計找來閱讀，互相傳說梁啟超那些痛快淋漓的政論。因為梁啟超最有影響力的文章幾乎都發表於報刊，所以新文體是通過報刊得到廣泛喜愛，又隨著近代報刊的發展而逐漸成熟的。[54]

　　而面向大眾傳播的報刊逐漸興起之後，其文體多受到梁啟超的影響。隨著梁啟超的影響力增大，各報刊逐漸學習新文體的書寫形式。而報章文體轉向俗語，最明確的貢獻就是「新名詞」的出現。尤其是對倡導新名詞的使用特別有自覺的梁啟超，其文章中的新名詞不勝枚舉，如〈對渡時代論〉：

> ……其現在之勢力圈，矢貫七札，氣吞萬牛，誰能御之！其將來之目的地，黃金世界，荼錦生涯，誰能限之！故過渡時代者，實千古英雄豪傑之大舞台也，多少民族由死而生，由剝而復，由奴而主，由瘠而肥，

所必由之路也。美哉過渡時代乎！[55]

在這篇他自己視為可「開文章之新體，激民氣之暗潮」的報章文體中，他所使用的「過渡」、「時代」、「目的」、「舞台」、「民族」等，都是借自日文的外來語。這些充斥於文章中的外來名詞，大量出現於梁啟超的報章文體中，也直接影響了其他報章文體的書寫，茲以楊度為例，可見一斑：

> 今日外人之詞我中國也，不曰老大帝國，則曰幼稚時代。我國之人，聞而惡之。嗚呼！此無足怪也，過渡時代之現象則然也，今之以老大詞我者，豈不以中國者，與埃及、印度、小亞細亞同稱為世界最古之國，立國數千年之久，而今日之政治學術，不惟無以勝於古，且遞加衰息焉，故謂之為老大乎？[56]

此文中之「帝國」、「幼稚時代」「過渡時代」、「現象」、「政治學術」等亦皆為新名詞。這些新名詞的使用，無疑受到梁啟超的影響，並已逐漸成為一般知識份子書寫政論文章時的用語。此外，也促使散文這一文體產生劇變。誠如夏曉虹所言：

> ……新名詞的出現及其大量進入文章中，仍促使文體漸變，產生了時務文體。梁啟超的文章隨著《時務報》風行全國，對時務文體的得名與成熟起了很大作用。而頑固派則視夾帶新名詞的時務文體為古文的大敵，對它充滿恐懼與仇恨，驚呼要「辨文體」。葉德輝即

咬牙切齒地說：「自梁啟超、徐勤、歐榘甲主持《時
務報》、《知新報》，而異學之波詞、西文之俚語與夫
支那、震旦、熱力、壓力、阻力、受力、抵力、漲力
等字觸目鱗比，而東南數省之文風日趨於詭僻，不得
謂之詞章。」，這段話正好從反面證實了西學傳入引
起文風變化這一事實，……。57

新名詞的出現及大量進入文章中，使報章文體驟變，繼而產
生時務文體之名。其實，二者雖異名而實為一體。但那些引
自西學的名詞，大舉攻入報章版面，卻使得葉德輝一輩人物
痛恨不已，並認為夾雜新名詞的詞章，無法被視為詞章。可
見新名詞的出現極具撼動力。

然而，新名詞的出現，卻也使得報章文體的白話，其實
並不全然白話。僅管朝向白話書寫的大方向前行；然而，在
新舊語文的交替陣痛中，不管是文白夾雜或半文且白，恐怕
也是不得已的發展。此說在夏曉虹的研究中已得到證實：

新文體所用的語體並非白話，而是淺近文言。從這一
點看，似乎新文體與晚清白話文運動比較，是一種退
步。然而問題並不這樣簡單。「字不夠用，這是做
『純白話體』的人最感苦痛的一樁事。……有許多
字，文言裡雖甚通行，白話裡卻成殭棄。我們若用純
白話體做說理之文，最苦的是名詞不夠。若一一求其
通俗，一定弄得意義淺薄，而且不正確。」(〈晚清兩
大家詩鈔題辭〉)而俗語文體中如果出現了太多還未
進入口語的新名詞，就達不到通俗易懂、明白如話的

效果。這種由於語文分離以及外來思想與原有語言不協調所帶來的困難，不僅使桐城派古文家嚴復在翻譯時深感「精理微言，用漢以前字法句法，則為達易；用近世利俗文字，則求達難。」；而且在客觀上也逼使輸導新學的新文體不得不採用一種介乎文、白之間的語體，以便使許多文言（特別是抽象名詞）白話化，並使表達新思想新事物的新名詞，日益為人們所熟悉。[58]

由此可知，在走向白話書寫的路途中，必然在口頭語與書面語分離的事實、新舊語文不協調的狀況下匍匐前行。以致於報章文體多呈現介乎文白之間的樣式。但在新舊語文互相牽就的過程中，文言得以更白話化，新名詞亦得以與原有文體水乳交融。

　　無論如何，梁啟超的新文體畢竟產生了莫大的影響力。其新穎的報章文體，對當時極需新知的知識份子而言，具有魔石般的吸引力量。如錢基博所言：

> 迄今六十歲以下三十歲以上之士夫，論政持學，殆無不為之默化潛移者！可以想見啟超文學感化力之偉大焉！[59]。

不只如此，猛烈攻擊改良派的革命派宣傳家如鄒容，其〈革命軍〉也受到梁啟超新文體的影響，展現平易自然的書寫風格。可見梁啟超的新文體不僅受到渴望新知的知識份子的歡迎，更得到許多較為守舊人士的採納，[60]嚴復即說過「任公

文筆，原自暢達，其自甲午以後，於報章文字，成績最多，一紙風行，海內觀聽為之一聳。」（〈與熊純如書〉）由此可見，梁啟超的報章文體如何得到時人的敬重。

綜合以上，梁啟超所創辦的報章，在當時社會上具有深廣的影響力，使得新舊思想人士皆能接受他的新文體。因此，梁啟超的新文體可說是五四之前的近代社會中，最受知識份子歡迎的一種文體。

## 二、陳榮衮提倡報章宜用淺說

梁啟超之外，西元一九〇〇年《知新報》上刊登陳榮衮的〈論報章宜改用淺說〉，其中明確主張報紙應以白話為主要書寫工具：「今夫文言之禍亡中國，其一端矣。中國五萬萬人之中，試問能文言者幾何。大約能文言者不過五萬人中得百人耳。以百分一之人，遂舉四萬九千九百分之人置於不議不論，而惟日演其文言以為美觀。一國中若農、若工、若商、若婦人、若孺子，徒任其廢聰塞明，啞口瞪目，遂養成不痛不癢之世界。彼為文言者曾亦靜言思之否耶！夫好文之弊，累人不淺。」他指出中國愛好文言所造成的禍害，使得大部分百姓生活在不痛不癢的世界中。同時，也舉出實例以證明他的論點：「偶與沈君學暗，案上有一《湘報》，沈君曰，不如名「湖南報」之為妙也。蓋名《湖南報》則人人皆知，名《湘報》則十人中只一二人知之耳。」陳榮衮認為報章應以淺顯的文字書寫，《湘報》如果改為《湖南報》，則人人皆知，否則僅只一二人知而已，傳播效力之大小可見一斑。**61**

　　陳榮袞的倡議，對於當時白話報刊的文體走向通俗化具有重大的影響。自一八九七年《演義白話報》發行之後，白話書寫現象自此走入第二階段，即由理論轉向實踐，[62]標名為白話報的報刊多不勝數。這些白話報多有關聯，互相轉載文章，於是各報刊之間的白話書寫形式多半能夠互相影響，使得白話報的聲勢大為驚人。夏曉虹認為當時存在著許多半文半白的報刊文章，而陳榮袞提出報刊淺說的倡議之後，對語言的通俗化也有促進作用：

> 而作為過渡的中間型態，有些以文言文為主的報刊也間載白話文，或文、白參半，一篇（段）白話，一篇（段）文言（如《警鐘日報》（初名《俄事警聞》）。1900年，《知新報》發表了陳榮袞的〈論報章宜改用淺說〉，影響所及一大批報刊雖未完全脫離文言，也向語言的通俗化邁進了一大步。[63]

　　根據史料所呈現，西元一九〇〇年以後誕生的白話報刊，數量極為驚人（見本章附表）；以白話書寫為主要形式的報刊亦隨之增加。影響所及，陳榮袞此一近似宣言的倡議之文，功不可沒。

## 三、報刊文字正式由文言走向白話的契機

　　書面語由文言走向白話，就報刊文字的角度而言，特別具有意義。報刊直接訴諸廣大民眾，其語言的淺顯與否明確顯現在大眾的接受情形上。因此，報刊文字正好是白話書寫

最佳的展示場域。

　　對此，阿英曾評論道：「由於新聞事業的發達，在清末產生了一種新型文學，就是譚嗣同所說的『報章文體』，也就是『政論』。這種文字，在當時影響很大。敢於說話，無所畏忌，對於當前發生的事件，時有極中肯的論斷。這種政論，在中日戰爭年代，已顯出了它的力量，到戊戌政變之後，更成為一種無上的權威。」(《中日戰爭文學集‧關於甲午中日戰爭的文學》)這段文字正好能夠說明大眾傳播事業對於報章文體的影響，換句話說，大量報刊的誕生對於白話政論文的寫作產生推波助瀾的效果。

### 附表：近代一百七十餘種白話報刊一覽表[64]

| | 報刊名稱 | 時　間 | 地　點 | 主　編（主辦） | 旨　趣 | 備　註 |
|---|---|---|---|---|---|---|
| 1 | 演義白話報／白話演義報 | 1897年10月13日，一說1897年11月7日。 | 上海四馬路惠福里 | 章伯初、章仲和主編 | 用白話編寫的文藝性小報。 | 內容有新聞、筆記、小說等。售價五文。 |
| 2 | 平湖白話報 | 1897年 | 平湖 | | 陳惟儉、蔡伯華、張季勳、張馥哉等創辦。 | 以鼓吹革命為宗旨。 |

| | 報刊名稱 | 時　間 | 地　點 | 主　編（主辦） | 旨　趣 | 備　註 |
|---|---|---|---|---|---|---|
| 3 | 無錫白話報／中國官音白話報 | 1898年8月22日 | 江蘇無錫 | 裘毓芳（裘廷梁之女）創辦。一說裘廷梁與顧述之、吳蔭階、汪贊卿、丁仲祐等發起白話學會、同時刊行《無錫白話報》。 | 宣傳通俗的教育。內容一演古、二演今、三演報。同時兼載工商情況和一些小品文字。有時亦刊登推行新政的「上諭」，並同時演成白話。 | 每五日發刊一次。五期後改名為《中國官音白話報》，每半月發行一次。 |
| 4 | 通俗報 | 1898年 | | | 呼應梁啟超所謂日本之變法，乃得力於俚歌小說以獲致今日強盛之業之說法。 | |
| 5 | 女學報 | 1898年7月24日 | 上海西門外文元坊 | 康同薇（康有為之女）、李惠仙（梁啟超之妻）、裘毓芳（裘廷梁之女）二十多人主筆。 | 宣傳變法維新，提倡女學，爭取女權。 | 每月出三期。 |

| | 報刊名稱 | 時　間 | 地　點 | 主　編<br>（主辦） | 旨　趣 | 備　註 |
|---|---|---|---|---|---|---|
| 6 | 通俗報 | 1899年6月5日 | 上海六馬路漢洋書局印書公會內 | | 屬《演義白話報》之類。 | 日印六版，但廣告達四版半。所刊文字不過三千言。每張售制錢四文。 |
| 7 | 覺民報 | 1900年，一說1901年 | 杭州拱埠，一說上海。 | 英商辦的。 | | 陳蝶仙〈瓜山新詠〉：「零賣雙張六七文，十年前事當新聞，申蘇以外添奇報，俗語連篇號覺民。」 |
| 8 | 京話報 | 1901年9月，一說1900年。 | 北京 | 黃中慧主編 | | 月出三冊。旬刊。版面約一尺見方，不久停刊。 |
| 9 | 北京官話報 | 1901年 | 北京 | 商辦 | | |
| 10 | 白話愛國報 | 1901年 | 北京 | | | 面積不過兩頁一尺見方 |

| | 報刊名稱 | 時 間 | 地 點 | 主 編<br>（主辦） | 旨 趣 | 備 註 |
|---|---|---|---|---|---|---|
| 11 | 杭州白話報 | 1901年 | 杭州 | 一說項藻馨創(1895年)，二說林琴南主辦、林白水任編輯(1895年)，三說林白水與林琴南合辦(1900年) | 鼓吹新政。 | 初每月出一冊，旋改旬刊、周刊、三日刊。 |
| 12 | 蘇州白話報 | 1901年 | 蘇州 | 包天笑主辦、主編。 | 白話論說，將世界新聞、中國新聞、本地新聞，都演成白話。 | 每十天出一次，一說七日一次。木刻本。 |
| 13 | 圖畫演說報 | 1902年1月9日 | 浙江 | 商辦 | 宗教、內外史、時事、益聞、物理、歌謠等。 | 月刊。圖畫大多用中國木刻，文字用報館鉛字。 |
| 14 | 蘇州白話報 | 1902年7月2日 | 上海望平街文翰齋內。 | | 緊要新聞、本館論說、京外新聞、蘇州新聞、上海新聞、小說等。著重新聞。 | 此與蘇州印行的木刻單本不同，而是在上海發行的純用吳語的小型報。 |

| | 報刊名稱 | 時　　間 | 地　點 | 主　編（主辦） | 旨　趣 | 備　註 |
|---|---|---|---|---|---|---|
| 15 | 啟蒙畫報 | 1902年6月 | 北京啟蒙畫報館 | 彭翼仲主辦 | 原為十歲上下兒童所辦，內容分天文、地理、博物、格致、算術、歷史、掌故、名人軼事、伊索寓言，全用白話，全有畫圖。 | 月刊。自二卷一期起為半月刊。 |
| 16 | 啟蒙通俗報 | 1902年 | 四川成都。 | | | |
| 17 | 智群白話報 | 1903年1月 | 上海文明編譯印書局。 | 砭俗道人主編、經理唐孜權。 | | 月刊。 |
| 18 | 紹興白話報 | 1903年7月9日創刊。 | 浙江紹興白話報館。 | 陳公俠、黃子余、蔡同卿等創辦。 | 開民智。 | 十日刊。 |
| 19 | 湖南白話報 | 1903年4月29日，一說1904年。 | 長沙湖南時務白話報館，一說上海。 | | 普及常識、開通民智。內容分上諭電傳、論說、中外新聞、西學俗談四欄。 | |
| 20 | 湖南演說通俗報 | 1903年 | 長沙湖南演說通俗報館 | | | |

| | 報刊名稱 | 時　間 | 地　點 | 主　編<br>（主辦） | 旨　趣 | 備　註 |
|---|---|---|---|---|---|---|
| 21 | 俚語日報 | 1903年 | 長沙貢院西街。 | 社長宋海聞。 | 以通俗文字進行革命宣傳。 | |
| 22 | 江西白話報 | 1903年 | 日本。江西九江。 | 江西留日學生主辦。軍國民教育會會員張世膺（華飛）主編。 | 分論說、國文、歷史、地理、倫理、體操、教育、理化、算學、實業、小說、唱歌、和文、英文、新聞、時評十六門。 | 曾經為軍國民教育會的活動作過宣傳。月出二冊。 |
| 23 | 潮州白話報 | 1903年9月20日 | 廣東潮州府城。 | 編輯者為莊一梧、賴淑魯、曾練仙、蔡樹雲、鍾楚白、蔡惠岩、王慕庵、林偉侯、林少韓。 | 內容分論說、中外新聞、潮州新聞、小說、曲本、教育、雜歌等七門。 | 月刊。 |
| 24 | 中國白話報 | 1903年12月 | 上海新聞 | 林獬（白水）主辦 | 通過通俗生動的語言，極力鼓吹愛國及革命。為較早提倡白話並運用白話寫作的一個刊物。 | |

| | 報刊名稱 | 時　間 | 地　點 | 主　編（主辦） | 旨　趣 | 備　註 |
|---|---|---|---|---|---|---|
| 25 | 白話 | 1904年9月 | 日本東京。上海小說林社總經售。 | 中國留日學生所組織的演說練習會編輯發行。 | | 月刊。 |
| 26 | 江蘇白話報 | 1904年9月 | 江蘇常熟。 | 琴南學社編輯發行。 | 內容有論說、紀事、教育、實業、小說、雜誌。 | 月刊。 |
| 27 | 南潯通俗報（原名：南潯白話報） | 1904年10月 | 浙江南潯東柵馬家港學堂。 | | 內容包括論說、傳記、教育、世界、本國、本鎮、雜錄、交通、唱歌、小說。著力提倡致富之道。地方色彩甚濃。 | 半月刊。 |
| 28 | 福建白話報 | 1904年10月 | 福州。總發行所設於上海。 | 福建白話報社編印。 | 內容有論說、歷史、學術、軍事、紀事、小說及詩歌、戲曲等。 | 半月刊。 |
| 29 | 揚子江白話報 | 1904年12月 | 上海。 | 揚子江叢報社編輯及發行。杜課園主編。 | | 月刊。此刊為《揚子江》之姐妹刊，每月朔日出《白話報》，望日出叢報，相輔而行。 |

| | 報刊名稱 | 時　間 | 地　點 | 主　編<br>（主辦） | 旨　趣 | 備　註 |
|---|---|---|---|---|---|---|
| 30 | 初學白話報 | 1904年 | 上海。 | 商辦。 | | |
| 31 | 拼音字母官話報 | 1904年 | 保定。 | 商辦。 | | |
| 32 | 直隸白話報 | 1905年1月 | 河北直隸（保定） | 吳樾(孟俠)創辦並主編 | 宗旨為「開通民智，提倡學術」，內容具強烈的愛國主義色彩。 | |
| 33 | 普通京話報 | 1905年4月 | 北京。 | 東文學社朱君。 | 分格物、輿地、算學、理化、時事等門。 | |
| 34 | 婦孺易知白話報 | 1905年5月 | 東寧陽、曲阜縣。一說寧陽縣。 | 袁書鼎。 | | |
| 35 | 北京女報 | 1905年6月28日 | 北京前門外延壽寺街羊肉胡同路北。 | 張筠卿創辦、總編輯。 | 以「開女智」為宗旨，全部使用白話。論說「必正、必大」，新聞「必精、必確、必速、必多」。體裁悉仿日報，一上諭、二宮門鈔、三論說、四電報、五新聞、六小說。 | |

| | 報刊名稱 | 時　間 | 地　點 | 主　編<br>（主辦） | 旨　趣 | 備　註 |
|---|---|---|---|---|---|---|
| 36 | 第一晉話報 | 1905 年 7 月 | 日本東京 | 山西留日學生同鄉會 | 提出各種救亡圖存的方案。 | |
| 37 | 軍事白話報 | 1905 年 9 月 30 日 | 北京。 | | | |
| 38 | 鵑聲 | 1905 年 | | | | |
| 39 | 白話普通學報 | 1905 年 10 月 | 北京崇文門內方巾巷。 | | | 星期刊。 |
| 40 | 兵學白話報 | 1905 年 10 月 | | | 開兵智。 | 日刊。 |
| 41 | 白話開通報 | 1905 年 12 月 | 北京 | | | 《金台組報》創刊，隨報出有附張《白話開通報》一種。 |
| 42 | 北直農話報（直隸農務官報） | 1905 年 11 月 | 保定。 | 保定府高等農業學堂編輯發行。該系學生張家雋(用三)、賀澄源（念庵)、梁恩鈺（縮相）等所創辦。後由直隸農務總會接辦。 | 共分二十二門：社說、肥料、蠶學、土壤、森林、畜產、作物、農藝化學、小說、紀事、調查、談叢……等。 | 半月刊。五十期以後改組為《直隸農務官報》。 |

| | 報刊名稱 | 時　間 | 地　點 | 主　編（主辦） | 旨　趣 | 備　註 |
|---|---|---|---|---|---|---|
| 43 | 山西白話演說報 | 1905年 | 山西。 | 山西晉報局。 | 以晉省民智不開，於《晉報》外亟宜另設白話報，以資普及。 | |
| 44 | 北京官話報 | 1905年 | 北京。 | | | 為《北京報》之附張。 |
| 45 | 北洋官話報 | 1905年 | 天津北洋官報局。 | | 以為宣講之資。 | 北洋官報局於乙巳冬起增編白話。報。 |
| 46 | 濟南白話日報 | 1906年2月23日 | 濟南 | 王訥創辦。 | 鼓吹革命。 | |
| 47 | 官話日報 | 1906年3月 | 山東濟南。社址附設在國文報內。 | 負責人李明浦、仇純吉。編輯人侯丰臣、秦介如等。 | 設有電論、內政、外交、學務、實業、要聞、轅抄等 | 辛亥後改名《民治日報》。 |
| 48 | 潮聲 | 1906年4月24日 | 廣東汕頭。 | 主持人曾杏村。 | 內容分論說、時事、潮紀、歷史、地理、教育、地查、小說筆談、叢談、歌謠、雜錄等十二類。 | 半月刊。以潮州方言記述，淺顯通俗。 |

| | 報刊名稱 | 時　間 | 地　點 | 主　編（主辦） | 旨　趣 | 備　註 |
|---|---|---|---|---|---|---|
| 49 | 憲法白話報 | 1906年10月4日 | 北京 | 創辦人金天根。 | 以中國立憲為四千年未有之創局，下等社會知識未開，動輒妄生猜揣，疑寶叢生，特集股在京創辦《憲法白話報》，以便下等社會之購閱而養成立憲國民資格。 | |
| 50 | 晉陽白話報（原名《晉學報》） | 1906年10月9日 | 山西太原。 | 王用賓主編，郭可階梁頌光等協助編輯。 | 濟教育之窮，啟顯蒙之智。 | |
| 51 | 海城白話演說報 | 1906年10月 | 遼寧海城 | 管洛聲 | | |
| 52 | 競業旬報 | 1906年10月28日 | 上海競業學會 | 傅君釗（鈍根）、謝消莊、丁慧仙、胡適等擔任編撰。 | 宗旨：一振興教育、二提倡民氣、三改良社會、四主張自治。其實是要鼓吹革命。他們是要「傳布於小學校之青年國民」，所以決定要用白話文。 | |

| | 報刊名稱 | 時　　間 | 地　點 | 主　編（主辦） | 旨　趣 | 備　註 |
|---|---|---|---|---|---|---|
| 53 | 京話廣報 | 1906年9月30日 | 北京 | 北京日報館主辦 | | |
| 54 | 正宗愛國報 | 1906年11月16日 | 北京 | 丁國珍（寶臣）、王子貞主持，文益堂主筆。全意齋任新聞記者。 | 兩大特色：一是「演說入情」，一是「新聞不苟」。 | 日報。該報繼《京話日報》而起，影響較大。 |
| 55 | 京話實報 | 1906年下半年 | 北京 | 譚天池主辦 | | |
| 56 | 發明白話報 | 1906年11月 | 北京 | 陳雄藩編輯 | | 北京《警報》與警方主辦的《警務通告》相近，改名《發明白話報》繼續出版。 |
| 57 | 預備立憲官話報 | 1906年 | | | | |
| 58 | 地方白話報 | 1906年12月 | 保定 | 由地方報社編輯，編輯兼發行人王法勤。 | 設有論說、地方政治、地方風俗、地方生計、瑣言、內外國新聞等門類。 | 初為半月刊，三期起改為旬刊。 |
| 59 | 河南白話演說報 | 1906年 | 汴省 | 汴省官報局特稟准汴撫開辦 | 分演說、歷史、教育、新聞等十數門。 | 每月六冊。 |

| | 報刊名稱 | 時　間 | 地　點 | 主　編<br>（主辦） | 旨　趣 | 備　註 |
|---|---|---|---|---|---|---|
| 60 | 白話國民報 | 1906年12月20日 | 北京宣武門外北柳巷北首路西 | 發起人春麟州、文齛齏、胡湄溪、王筱山等。 | 全用白話體例。 | 除正張外，另出附張一頁，專刊當日上諭。 |
| 61 | 京話匯報 | 1906年 | | | | |
| 62 | 白話公益報 | 1906年 | 北京 | | | |
| 63 | 京話公報 | 1906年 | 北京 | | | |
| 64 | 中央白話報 | 1906年 | 北京 | | | |
| 65 | 自治研究白話報 | 1907年 | 井陘縣 | 丁大令 | 為實行自治 | |
| 66 | 桂林白話日報 | 1907年 | 桂省 | 張堅帥創辦、主筆 | | |
| 67 | 廣東白話報 | 1907年5月31日 | 廣州 | | 大部分文章以廣州話寫的。 | 先為旬刊，七期起改逢星期日出版 |
| 68 | 通俗白話報 | 1907年5月 | 漢陽 | 李亞東、陳少武主編 | 厲行革命。 | |
| 69 | 吉林白話報 | 1907年 | 吉林省城 | 主筆安鏡全 | 宗旨為「宣上德，通民隱，開通風氣，改良社會」 | 其中演說和新聞以白話文寫就。 |
| 70 | 竹園白話報 | 1907年 | 天津 | 竹園白話報社(丁國瑞)主辦 | | |

| | 報刊名稱 | 時　間 | 地　點 | 主　編（主辦） | 旨　趣 | 備　註 |
|---|---|---|---|---|---|---|
| 71 | 通俗新報 | 1907年 | 鄂省 | 鄂省工業學堂教員徐自新創辦 | 以開通下等社會。 | |
| 72 | 京話時報 | 1907年 | | 聚興京報房王君等創辦 | | |
| 73 | 鐘聲白話報 | 1907年 | 哈爾濱 | 李君創辦 | | |
| 74 | 西藏白話報 | 1907年 | 西藏 | 駐藏大臣聯豫創辦。 | 以愛國尚武、開通民智為宗旨。 | 通篇全譯唐古忒文字。此乃西藏第一張報紙。 |
| 75 | 鎮江白話報 | 1908年 | 鎮江 | 包開第創辦。 | 以立憲在即、民智未開而辦。其宗旨如戒食洋煙、釋迷信、不纏足之類。 | |
| 76 | 天津警務白話報 | 1908年 | 天津 | | | 天津警務報館附設之白話報 |
| 77 | 黑龍江白話日報 | 1908年 | 黑龍江 | 韓蓮青創辦 | 白話報採輯各省新聞，編成白話，並擇錄社會小說趣味濃厚者，以為一般人民說法。 | |
| 78 | 通俗白話報 | 1908年 | 奉天 | | | |

| | 報刊名稱 | 時 間 | 地 點 | 主 編<br>（主辦） | 旨 趣 | 備 註 |
|---|---|---|---|---|---|---|
| 79 | 嶺南白話雜誌 | 1908 年 2 月 9 日 | 廣州雙門底嶺南白話雜誌社。 | 撰稿人歐博明、黃耀公、白光明、萍寄生等。 | 內容分：美術家、演說台、藏書樓、記事室、譯學館、俱樂部、遊戲坊……等欄。宗旨是「講公理，正言論，改良風俗」。 | 周刊 |
| 80 | 婦孺日報 | 1908 年 | 番禺 | 陳誠等創辦 | 以開通風氣、維持世道為宗旨。於新聞外，兼演釋列女傳及古今革言。 | |
| 81 | 滇話 | 1908 年 | | | | |
| 82 | 大同白話報 | 1908 年 | 北京大同白話報社 | | | |
| 83 | 衛生白話報 | 1908 年 | 上海衛生白話報社 | | | |
| 84 | 京都白話日報 | 1908 年 | 北京 | 王子貞等創辦 | | |
| 85 | 自治白話報 | 1908 年 | 奉省 | 管洛聲創辦 | 以鼓吹自治。 | |
| 86 | 兩湖通俗報 | 1908 年 | 武昌 | 楊滌湘開辦 | 專為中下兩等社會說法。 | |

| | 報刊名稱 | 時　間 | 地　點 | 主　編（主辦） | 旨　趣 | 備　註 |
|---|---|---|---|---|---|---|
| 87 | 國民白話日報 | 1908年 | 上海國民白話日報館 | 范鴻仙創辦 | | |
| 88 | 太倉白話報 | 1908年 | 江蘇 | | | |
| 89 | 安徽白話報 | 1908年9月 | 上海 | 李鐸、李燮樞(辛白)、范光啟（鴻仙）、陳仲衡等人發起。 | 對於教育普及、地方自治、路礦三大問題極力提倡。 | 為一白話、文言合璧的刊物。 |
| 90 | 白話小說 | 1908年10月20日 | 上海白話小說社。 | 姥下餘生編輯。 | 內容全是長篇小說，如《續官場現形記》(第一回)、《補天石》、《英雄淚》、《美人說》、《不倒翁》等。 | |
| 91 | 錫金教育會白話報 | 1908年 | 錫金（今無錫市） | | 號召人們克除陋習、提倡下層人民籌辦公益事業、改良地方風俗、振興本地工商業。 | 月刊 |
| 92 | 京都日報（官話京都日報） | 1908年 | 北京京都日報館。 | 蕭德霖編輯 | | |

| | 報刊名稱 | 時　間 | 地　點 | 主　編<br>（主辦） | 旨　趣 | 備　註 |
|---|---|---|---|---|---|---|
| 93 | 通俗新報<br>（通俗日報、<br>通俗報） | 1909年3<br>月11日 | 成都通俗<br>新報社 | | | |
| 94 | 浙江白話<br>報、白話報<br>畫報 | 1909年 | 浙江杭州 | 許祖謙辦 | | 《白話報畫<br>報》為附出<br>的畫刊。 |
| 95 | 白話新報 | 1909年11<br>月17日 | 杭州 | 杭辛齋、許<br>祖謙人創辦 | 以「喚起我<br>同胞愛國之<br>思想，振發<br>其獨立之精<br>神」為宗<br>旨。 | |
| 96 | 天津白話報 | 1910年1<br>月 | 天津白話<br>報館 | | | |
| 97 | 憲政白話報 | 1910年 | 漢口 | | | |
| 98 | 湖南地方自<br>治白話報 | 1910年 | 長沙 | | | 月刊 |
| 99 | 教育今語雜<br>誌 | 1910年 | 日本東京 | 章太炎、陶<br>成章主編 | | |
| 100 | 浙江白話新<br>報 | 1910年2<br>月15日 | 杭州 | 主任為杭辛<br>齋 | | 由《浙江白<br>話報》與<br>《白話新報》<br>合併而成 |
| 101 | 湖北地方自<br>治白話報 | 1910年 | 湖北 | | | |
| 102 | 長沙地方自<br>治白話報 | 1910年8<br>月 | 長沙 | | | |

| | 報刊名稱 | 時 間 | 地 點 | 主 編（主辦） | 旨 趣 | 備 註 |
|---|---|---|---|---|---|---|
| 103 | 寧鄉地方自治白話報 | 1910年 | 湖南寧鄉 | | | |
| 104 | 上海白話報 | 1910年 | 上海 | 謝慧禪編輯 | 內容分演說壇、見聞錄、滬事譚、鴛花志、歌吹海、新小說等六欄。 | 與《蘇州白話報》同是側重娛樂的小型報。 |
| 105 | 大江白話報（大江報） | 1911年1月3日 | | 胡石庵編印 | 專注種族主義，以激人心。 | |
| 106 | 法政淺說報 | 1911年 | 北京 | 白均編輯 | | |
| 107 | 白話省鐘報 | 1911年8月24日 | 杭州 | | 為開通社會 | |
| 108 | 伊犁白話報 | 1911年 | 伊犁 | 馮特民主編 | 啟迪愛國思想 | 用漢、滿、蒙、維四種文字出版 |
| 109 | 京話真報 | 1912年 | | | | |
| 110 | 日報白話報 | 1912年 | | | | |
| 111 | 牖民白話報 | 1912年 | | | | |
| 112 | 白話共和畫報 | 1912年 | | | | |
| 113 | 共和實進淺說報 | 1912年 | | | | |
| 114 | 白話晚報 | 1912年 | | | | |
| 115 | 中央新聞（附白話報） | 1912年 | | | | |

| | 報刊名稱 | 時　間 | 地　點 | 主　編<br>（主辦） | 旨　趣 | 備　註 |
|---|---|---|---|---|---|---|
| 116 | 民鋒白話報 | 1912年 | | | | |
| 117 | 北京白話報 | 1912年 | | | | |
| 118 | 白話群強報 | 1912年 | | | | |
| 119 | 白話當頭棒 | 1912年 | | | | |
| 120 | 新民白話報 | 1912年 | | | | |
| 121 | 淺說市報 | 1912年 | | | | |
| 122 | 白話新民報 | 1912年 | | | | |
| 123 | 京話民報 | 1912年 | | | | |
| 124 | 自由鐘白話報 | 1912年 | | | | |
| 125 | 回文白話報 | 1912年 | | | | |
| 126 | 社會教育白話宣講書 | 1912年 | | | | |
| 127 | 女子白話旬報 | 1912年 | | | | |
| 128 | 霹靂白話報（通俗教育報、安徽通俗教育報） | 1912年8月 | 安慶 | | | |
| 129 | 演說報 | 1912年 | 上海 | | | |
| 130 | 中國醫藥白話報 | 1912年 | 天津 | | | |
| 131 | 通俗教育報 | 1913年 | 上海 | | | |

| | 報刊名稱 | 時　間 | 地　點 | 主　編（主辦） | 旨　趣 | 備　註 |
|---|---|---|---|---|---|---|
| 132 | 法政白話報 | 1913年 | 北京 | | 以白話體講演淺近法政知識，使老百姓曉然於民主政治的精神。 | |
| 133 | 藏文白話報 | 1913年 | 北京 | | | |
| 134 | 蒙文白話報 | 1913年 | 北京 | | | |
| 135 | 愛國白話報 | 1913年 | 北京 | | | |
| 136 | 白話捷報 | 1913年 | 北京 | 文治賢編輯 | | |
| 137 | 如皋縣公署通俗報 | 1913年 | 如皋縣 | | | |
| 138 | 通俗教育雜誌 | 1914年 | 福建 | | | |
| 139 | 正聲 | 1914年 | 緬甸仰光 | | 鼓吹社會主義及無政府主義 | |
| 140 | 江西通俗教育雜誌 | 1915年 | 江西 | | | |
| 141 | 中國白話報 | 1915年5月 | 上海 | | | 與1903年在上海出版的《中國白話報》同名 |
| 142 | 通俗雜誌 | 1915年 | 上海 | | | |
| 143 | 如皋白話報 | 1915年 | 江蘇如皋 | | | |
| 144 | 實業淺說 | 1915年 | 北京 | | | |
| 145 | 官話注音字母報 | 1916年 | 北京 | | | |

| | 報刊名稱 | 時　間 | 地　點 | 主　編（主辦） | 旨　趣 | 備　註 |
|---|---|---|---|---|---|---|
| 146 | 廣倉學演說報 | 1916年 | | 廣倉學會編輯 | | |
| 147 | 通俗周報 | 1917年 | | | | |
| 148 | 小說畫報 | 1917年 | 上海文明書局 | 包天笑主編 | 內容以文為主，以圖為輔。創刊號例言：「小說以白話為正宗，本雜誌全用白話體，取其雅俗共賞。」 | |
| 149 | 白話午報 | 1917年 | 天津 | | | |
| 150 | 實事白話報（實事白話游藝報） | 1918年 | 北京 | | | |
| 151 | 白話國強報 | 1918年 | 北京 | | | |

此外尚有資料不明確的報刊多種。

# 註　釋

1　此處借用李孝悌《清末的下層社會啓蒙運動1901-1911》（臺北：中央研究院近代史研究所，1998年）第二章「白話報刊與宣傳品」第二節「其他類型的白話文」中的說法，頁31。

2　以下史料的引用同上注，頁31-33。

3　1902年2月1日（光緒二十七年十二月二十三日）曾公告一份勸戒纏足的論旨。

4　《大公報》，1903年4月2日。轉引自李孝悌《清末的下層社會

啓蒙運動1901-1911》（臺北：中央研究院近代史研究所，
1998年），頁32。

5　當時知識份子對於戒除纏足一事多已形成共識，如梁啓超、譚
嗣同、黃遵憲、唐才常等人多有精闢論述，但大都以文言寫
成；雖面向一般民眾大聲疾呼，但其表述方式顯然不適於一般
不識字者。相較之下，岑春煊以白話寫就的宣傳文本，則顯而
易見的以一般不識字者為對象，文字的淺白更是無庸置疑。見
李孝悌《清末的下層社會啓蒙運動1901-1911》（臺北：中央研
究院近代史研究所，1998年），頁33之註74。

6　李孝悌《清末的下層社會啓蒙運動1901-1911》（臺北：中央研
究院近代史研究所，1998年），頁34。

7　《大公報》，1906年1月7日。轉引自李孝悌《清末的下層社會
啓蒙運動1901-1911》（臺北：中央研究院近代史研究所，
1998年），頁35。

8　同注6，頁35。

9　李孝悌《清末的下層社會啓蒙運動1901-1911》（臺北：中央研
究院近代史研究所，1998年），頁36。

10　《順天時報》，1905年9月3日。轉引出處同上。

11　同注9，頁36-37。

12　《大公報》，1905年12月10日。轉引出處同注9，頁39。

13　《大公報》，1906年3月15日。轉引出處同上。

14　《大公報》，1904年1月5日、1905年5月31日。引用出處同
上。

15　《大公報》，1904年5月28日。引用出處同上，頁40。

16　《大公報》，1905年6月11日。引用出處同上。

17　以張枏、王忍之編《辛亥革命前十年間時論選集》（北京：三
聯書店，1978年）為參考，相關史料多由此摘出。

18　相關報刊的介紹，參閱張枏、王忍之編《辛亥革命前十年間時
論選集》（北京：三聯書店，1978年）之〈期刊介紹〉，頁
1073-1075。

19　原載《清議報》第82期（1901年），《清議報全編》第一冊。
引自張枏、王忍之編《辛亥革命前十年間時論選集》（北京：
三聯書店，1978年），頁1。

20　原載《新民叢報》第四十、四十一期合本（1903年）。引自張
枏、王忍之編《辛亥革命前十年間時論選集》（北京：三聯書

店，1978年），頁369。

21　《中國女報》第一期（1907年1月），引用出處同上，頁839。

22　《中國女報》第一期（1907年1月）。引自張枬、王忍之編《辛亥革命前十年間時論選集》（北京：三聯書店，1978年），頁844-845。

23　《復報》第九期（1907年5月）。引用出處同上，813。

24　近代白話報刊對五四時代的啟迪，指的是胡適曾經於1919年透露過自己與近代白話報刊的關係，他在《嘗試集・自序》（臺北：遠流出版公司，1994年，頁17）說道，1906年曾於上海《競業旬報》做過一些以白話書寫的文章。

25　如1897及1898兩年，白話報刊突然變多，即相應改良運動而生；1903到1904年的拒俄運動，也使白話的創辦件數激增二十份。

26　陳萬雄《五四新文化的源流》（香港：三聯書店，1992年）「第六章清末民初的文學革新運動」之「第一節清末的白話文運動」，頁156-157。

27　《警鐘日報》甲辰三月初十日、十一日（1904年4月25、26日）。轉引自陳萬雄《五四新文化的源流》（香港：三聯書店，1992年），頁156。

28　原載《正宗愛國報》第515期（1908年5月4日）。引自翦成文輯〈清末白話文運動資料〉（《近代史資料》1963年第2期（總31號），北京：中華書局，1963年12月），頁141。

29　無法確定筆名是「新舊不學人」或「新舊不學人呈稿」，真實姓名無從查考。

30　原載《白話北京日報》第五十一號（1908年10月20日）。引自翦成文輯〈清末白話文運動資料〉（北京：中華書局，1963年12月），頁142。

31　陳萬雄《五四新文化的源流》（香港：三聯書店，1992年），頁156。

32　鄭國民〈語文教科書的變革歷程〉（北京師範大學「中國基礎教育網」（www.cbe21.com），2000年12月29日）。

33　〈開辦安徽俗話報的緣故〉，《安徽俗話報》第1期。轉引自夏曉虹〈五四白話文學的歷史淵源〉（《中國現代文學研究叢刊》1985年第三期（總第24期），北京：北京作家出版社，1985年7月），頁26。

34　參考夏曉虹〈五四白話文學的歷史淵源〉所述，頁26。

35　其實，1815年由傳教士馬禮遜於馬來亞的麻六甲所創辦的《察世俗每月統紀傳》，堪稱第一份中文近代報刊，其所使用的語言便既不是士大夫用的文言，也不是白話小說中的古代白話，而是一種接近口語，摻雜文言而又含有外來語法的書面語言。編者明確宣稱，刊登的文章「必不可難明白」，「蓋甚奧之書，不能有多用處，因能明甚奧之理者少故也。容易讀之書者，若傳正道，則世間多有用處。」（〈察世俗每月統紀傳序〉）編者已經從適合讀者需要出發，不以士大夫為報刊的主要讀者。」然該刊並非國人所創之中文報刊，亦非本文所指涉之近代範疇內之產物，乃附注於此。

36　據蔡樂蘇自述，他所整理之資料可稱完備，並可總結以下諸位的研究成果：譚彼岸《晚清的白話文運動》、郭成文〈清末白話文運動資料〉（《近代史資料》第二期）、戈公振《中國報學史》以及張靜廬輯注《中國近代出版史料初編》、《二編》等。見蔡樂蘇〈清末民初的一百七十餘種白話報刊〉（北京：人民出版社，1983年）一文「輯者按」之說明，頁493。

37　蔡樂蘇〈清末民初的一百七十餘種白話報刊〉（北京：人民出版社，1983年）一文所統計的結果。以下關於白話報的相關史料多出自該文。

38　同上注，頁493。

39　關於《中國官音白話報》的相關史料，可參閱范放〈中國官音白話報〉（收錄於中科院近史所近代史資料編輯組《近代史資料》第2期，1963年第2期（總31號），1963年12月），頁110-113。

40　同上注，頁111。

41　有關《杭州白話報》的史料，參考謝俊美〈杭州白話報〉（丁守和主編《辛亥革命時期期刊介紹》，北京：人民出版社，1983年），頁63-80。

42　〈謹告閱報諸公〉，《杭州白話報》第1年第33期（1902年6月）。轉引自謝俊美〈杭州白話報〉，頁63。

43　宣樊子（林白水）〈論看報的好處〉，《杭州白話報》第1年第1期（1901年6月）。轉引出處同上。

44　同上注。

45　有關《中國白話報》的史料，參考蔡樂蘇、林華國〈中國白話

報〉（丁守和主編《辛亥革命時期期刊介紹》，北京：人民出版社，1983年），頁441-460。

46 白話道人〈中國白話報發刊詞〉，《中國白話報》第1期（1903年12月19日）。轉引自蔡樂蘇、林華國〈中國白話報〉，頁442。

47 以上論述及史料，見本書頁160-161。

48 參考夏曉虹〈五四白話文學的歷史淵源〉（《中國現代文學研究叢刊》1985年第三期，北京：北京作家出版社，1985年7月），頁24。

49 夏曉虹〈晚清文學改良運動〉第三節「文界革命」（陳平原、陳國球主編《文學史》第二輯，北京：北京大學出版社，1995年10月），頁231。

50 同注49，頁231-232。

51 梁啓超〈小說叢話〉，《新小説》第一卷（1903年）。引自王運熙主編《中國文論選（近代卷）》，頁306。

52 夏曉虹〈五四白話文學的歷史淵源〉（《中國現代文學研究叢刊》1985年第三期，北京：北京作家出版社，1985年7月），頁31。

53 〈上海四馬路新民叢報支店啓事〉，《申報》廣告（1906年3月25日）。

54 參考夏曉虹《覺世與傳世——梁啓超的文學道路》（上海：上海人民出版社，1992年），頁115-116。

55 梁啓超〈過渡時代論〉，《清議報》第八十二期，《清議報全編》第一冊（1901年），頁46。

56 楊度〈游學譯編敍〉，《游學譯編》第一期（1902年11月），引自張枏、王忍之編《辛亥革命前十年間時論選集》，頁247。

57 夏曉虹〈五四白話文學的歷史淵源〉（《中國現代文學研究叢刊》1985年第三期，北京：北京作家出版社，1985年7月），頁29-30。

58 夏曉虹〈五四白話文學的歷史淵源〉（《中國現代文學研究叢刊》1985年第三期，北京：北京作家出版社，1985年7月），頁31-32。

59 迄今，指1930年。錢基博《現代中國文學史》「下篇新文學」，頁337。

60 由於科舉考試改試策論，梁啓超的新文體遂成為熱心功名的士

子應考的枕中之秘。於是乎，「以前罵康梁為離經叛道的，至此卻不知不覺都受到梁的筆鋒驅策作他的學舌鸚鵡了。」（李劍農《最近三十年中國政治史》，太平洋書店，1930年版）。這些人模仿梁文多是生吞活剝，笑話百出；但客觀上，改試策論確促使新文體流行全國。黃遵憲稱讚梁啟超新文體時所論說的「乃至新譯之名詞，杜撰之語言，大吏之奏折，試官之題目，亦剿襲而用之。精神吾不知，形式既大變矣；實事吾不知，議論既大變矣。」（黃遵憲〈水蒼雁紅館主人來簡〉，載《新民叢報》第24號，光緒28年11月），指的就是這一事實。參見夏曉虹〈五四白話文學的歷史淵源〉（《中國現代文學研究叢刊》1985年第三期，北京：北京作家出版社，1985年7月），頁32-33。

**61** 拙著第四章已有相關論述，此處從略。

**62** 夏曉虹〈五四白話文學的歷史淵源〉（《中國現代文學研究叢刊》1985年第三期，北京：北京作家出版社，1985年7月），頁25。

**63** 同上注。

**64** 根據蔡樂蘇〈清末民初的一百七十餘種白話報刊〉（北京：人民出版社，1983年）一文整理。

# 第八章

# 文學創作與白話書寫

　　近代白話書寫的活動場域，除了童蒙教育與大眾傳播之外，文學創作是我們必需討論的第三個面向。在文學創作上最重要的表現場域就是白話小說的風行，其次則是散文、詩歌及劇本的創作。首先，白話小說的創作乃近代文界一大盛事，自引領風潮的梁啟超開始，不斷有許多強調並支持小說的言說出現。其論點多以為小說具有改革社會的功效；若以當時對於啟迪民智的強大需求及急迫性而言，知識份子因小說作品的薰染效能視其為改革社會的工具，不能不說是一項「創舉」。其次，白話散文、詩歌以及劇本的創作亦為近代文學一大盛事，但所謂白話多以半文半白的通俗文體展現之。就文學發展的歷時性意義而言，這一批文學創作其溝通古典與現代、文言與白話的意義遠甚其藝術價值。就文學史脈絡而言，文學創作中所展現的白話書寫內容，應由此觀之。

# 第一節　白話小說創作蔚為風潮

## 一、白話小說具備治國平天下之功能

　　一九○二年，梁啟超發動小說界革命時，開始將小說視為「文學之最上乘」。在那篇題為〈論小說與群治之關係〉的文章中，梁啟超將小說視為治國的利器、改良社會的藥方。他說：「今日欲改良群治，必自小說界革命始；欲新民，必自新小說始。」（《新小說》第一號）梁啟超認為小說最富有感染力，可以引人進入另一境界，也只有小說這一文體才能夠達到神乎其技的地步。因此，他說小說是文學界最上乘之文學，其原因就是小說能感人，能令人起移情作用，在功能上可以改良群治，非常切合傳統文學觀念中對文學「治國平天下」的政教功能的要求。

　　梁啟超「今欲改良群治，不可不先興一國之小說」的言說，藉由「改良群治」的倡導，提高了小說的地位。其後，類似論文一一出現，如〈譯印政治小說序〉（梁啟超）、〈蒙學報演義報合敘〉（梁啟超）、〈論小說與改良社會之關係〉（天僇生）、〈論寫情小說於新社會之關係〉（金松岑）、〈小說林緣起〉（徐念慈）等論文，紛紛出現於報章期刊中。論者莫不將小說的功用指向救國治國一途，明顯受到梁啟超的小說觀念所影響。

　　除了這些廣泛出現於報章的論文之外，一般知識份子無

論新舊竟無人反對梁啟超的主張；甚至大量地、普遍地接受了小說具備載道功能的論點。因此大家熱心地購閱小說，成為小說的讀者，並參與小說的創作。一時之間，小說彷彿成了最時髦的新鮮貨，一舉擄獲眾人的目光，文人作家無不以撰著小說為榮。在梁啟超的登高一呼之後，出現諸如此類的言說：

> 自文明東渡，而吾國人亦知小說之重要，不可以等閒觀也，乃易其浸淫「四書」、「五經」者，變而為購閱新小說。[1]

> 十年前之世界為八股世界，近則忽變為小說世界，蓋昔之肆力於八股者，今則鬥心角智，無不以小說家自命。[2]

小說的功能被提升至無以復加的地步，不僅大量滲透到一般大眾的生活中，更成功擄獲知識份子及職業小說家的研究及創作目光。於是，小說順利成為當時具有主導地位的文類。

因此，由梁啟超創辦《新小說》的宗旨，可知小說正以其「政治正確性」引領文壇潮流：

> 專在借小說家言，以發起國民政治思想，激勵其愛國精神。[3]

梁啟超此段為小說定位的言說，正足以說明小說與大眾及社會的密切關聯。

# 二、白話小說刊物陸續創刊

經由梁啟超所點燃的小說觀點，不僅在文學思想上影響許多人士，使得不同階層皆能接受並閱讀白話小說。影響所及，最直接的表現就是白話小說刊物的陸續創刊，提供創作小說者實際的發表園地。

在整體社會氛圍皆樂於購閱小說的狀況下，白話小說刊物紛紛創刊，並快速成為流行刊物。就雜誌專刊而言，《白話小說月刊》、《新小說》、《繡像小說》、《小說林》、《月月小說》、《小說畫報》等都是重要的小說刊物。至於報紙型副刊，則以《國聞報》之「小說部」為最著名。

各大小說刊物刊登類型各異的小說，為當時趨之若鶩的小說創作與閱讀者提供相當重要的讀寫園地。所有小說雖然並非完全以白話書寫，但大致都有走向白話書寫的趨勢、或者大篇幅地以白話小說為主要刊登對象。而一九○二年《新小說》雜誌創刊後，更將小說的翻譯與創作帶入另一次熱潮中。自此，小說的語言多以白話為主流，包天笑甚至在《小說畫報》上宣稱不是白話小說不登的論調。由此可見，白話小說不但已經登堂入室，更逐漸成為各小說刊物的主體。

同時，對於白話小說的理解與認識，亦成為不可忽視的一股力量。如〈月月小說發刊詞〉中即說道：

> 白話小說分數家：說近考據，則為考據家之小說；言涉虛空，則為理想家之小說；好用詩詞，則為詞章家之小說；言近道德，則為理學家之小說；好言典故，

> 則為文獻家之小說；好言險要，則為地理家之小說；
> 點綴寫情，則為美術家之小說。4

由此可知，白話小說的分類簡直無所不包、無所不能。同時，白話小說可分七種類型，計有考據家、理想家、詞章家、理學家、文獻家、地理家、美術家之小說，分類繁多且型態各異。

職是，近代白話小說刊物的興起，與白話書寫風潮正是相輔相成的。

## 三、清末約刊行一千五百種以上的白話小說

近代小說界有一特殊現象，即翻譯小說多用文言文，而創作小說卻用白話或淺近文言較多。前者如林紓，大量的翻譯小說多以文言寫成，一方面由於深厚的國學底子所致，一方面乃因為白話體系尚未成熟，暫時還找不到相應的用語，因此多有白話無法表達的扞格之處。而創作小說以白話書寫卻正好適合當時對小說能夠為生民代言的政教要求，啟蒙大眾就必需要以白話書寫，方能達到最大效用。

近代白話小說受到普遍歡迎及重視，可從統計數字當中看出。前後大約二十年左右，計一千五百餘種白話小說陸續誕生，成為各階層人士購閱的對象。其中，自一九〇〇至一九一九年間所出版的長篇通俗小說就達到五百餘部之多。這批為數龐大的白話小說，充分說明當時對於小說的接受程度。

在這批白話小說中，具領先意義的正是梁啟超《新中國

未來記》。這部具有預言性質的新小說前後於《新小說》一
至三號上刊載。梁啟超創作小說，其實為的是借小說發表政
見，並商榷國計。這與他一貫的覺世主張是相吻合的。小說
多以白話書寫，甚具新意。在這部並未完成的《新中國未來
記》中，梁啟超創造兩個主要人物：「黃克強」及「李去
病」。小說第三回中，敘述兩人對革命和非革命的辯論。茲
摘錄其辯論內容：

> 你看自秦始皇統一天下，直到今日二千多年，稱黃稱
> 帝的不知幾十姓，那裡有經過五百年不革一趟命的
> 呢？任他什麼飲博奸淫件件俱精的無賴，甚至殺人不
> 眨眼的強盜，甚至欺人孤兒寡婦狐媚取天下的奸賊，
> 甚至不知五倫不識文字的夷狄，只要使得著幾斤力，
> 磨得利幾張刀，將這百姓像斬草一樣殺得個狗血淋
> 漓，自己一屁股蹲在那張黃色的獨夫椅上頭，便算是
> 應天行運聖德神功太祖高皇帝了。……5

這段文字正是標準的簡潔有力的白話書寫文字。我們看到的
不僅是梁啟超的理想與主張，更重要的是白話小說特有的文
體氣勢。

其後，陳天華受到梁啟超的影響，創作名為《獅子吼》
的小說，充滿英雄主義色彩及理想主義精神。這部小說採章
回體寫成，原連載於《民報》「小說」欄內。6 總計八回
（未寫完）的故事中，描寫知識青年的革命活動，並將當時
轟動全國的蘇報案寫進小說內，並引用鄒容的〈革命軍〉，
展現作者反封建、宣傳民主的精神。小說中有一段對話：

> 問案官道：「這『流血黨』三字，從沒聽見講過，怎
> 麼就叫流血黨呢？」答道：「現在國家到了這樣，你
> 們這一班奴才，只曉得賣國求榮，全不想替國民出半
> 點力，所以我們打定主意，把你們這一班狗奴才殺盡
> 斬盡，為國民流血，這就叫做流血黨咧。」[7]

字裡行間充滿著作者的理想主義，為了讓更多人讀懂，寫得
相當白話，達到淺顯易懂的標準。但相對而言，文學色彩不
夠濃厚。這是近代白話書寫的通病。

　　除了前述具有明顯政治意味、極具救國思想的白話小說
之外，尚有一批文人創作的小說，儼然成為另一股主流。其
中較知名者，如李寶嘉（伯元）《官場現形記》、《文明小
史》、《中國現在記》、《海天鴻雪記》；吳沃堯（趼人）
《二十年目睹之怪現狀》；劉鶚《老殘遊記》；曾樸《孽海
花》等，多為一般文學史中定評的佳作。

　　首先，李寶嘉謝絕更上層樓的科考之後，在上海辦了不
少報刊，其中一份名為《世界繁華報》的刊物，即《官場現
形記》最早連載之所。[8]《官場現形記》為近代標準的譴責
小說，其譴責的對象是貪官污吏，其欲訴諸閱聽的對象則是
一般大眾，因此採用的是明白如話的文體。如描寫文制台這
類媚外且奴性十足的官吏時，李寶嘉如是寫道：

> 正在為難的時候，文制台早已瞧見了，忙問一聲：
> 「什麼事？」巡捕見問，立刻趨前一步，說了聲「回
> 大師的話：有客來拜」。話言未了，只見拍的一聲
> 響，那巡捕臉上早被大師打了一個耳刮子。接著聽制

　　台罵道：「混帳忘八蛋！我當初怎麼吩咐的！凡是我
　吃著飯，無論什麼客來，不准上來回。你沒有耳朵，
　沒有聽見！」說著，舉起腿來又是一腳。那巡捕挨了
　這頓打罵，索性潑出膽子來，說道：「因為這個客是
　要緊的，與別的客不同。」制台道：「他要緊，我不
　要緊！你說他與別的客不同，隨你是誰，總不能蓋過
　我！」……9

另一部《文明小史》，10為阿英所看重，稱許它「在晚清是
一部出色的小說」。11
　　其中也展現相當白話的書寫風格：

　　康太尊見自己在江南省城，於教育界上頗能令出惟
　行，人皆畏懼，他心上甚為歡喜。暗暗的自己估量著
　說道：一班維新黨，天天講平等，講自由，前兩年直
　鬧得各處學堂，東也散學，西也退學，目下這個風潮
　雖然好些，然而我看見上海報上，還刻著許多新書名
　目，無非是勸人家自由平等的一派話頭，我想這種
　書，倘若是被少年人瞧見了，把他們的性質引誘壞
　了，還了得，而且我現在辦的這些學堂，全靠著壓制
　手段部勒他們，倘若他們一個個都講起平等來，不聽
　我的節制，這差使還能當嗎？12

《中國現在記》則與《官場現形記》題材類似，而文筆更加
潑辣：13

從前這個長堤，釘的樁本來也就不深，因為木頭太多，又兼那些繩子，都是外面新鮮中間舊的，上頭加的秫秸和土，都是鬼畫符的辦法。要是修理得法，遇著不大不小的水，補東補西，也就混過去了。要是不拘那一段土挖上一個碗口大的洞，那水到這個地方，就是刷他一下。……14

而《海天鴻雪記》則寫的是上海煙花女的故事。15此類型小說已隱然形成一譜系，它既上承《海上花列傳》，亦下啟《海上繁華夢》、《九尾龜》等等，是一系列描繪近代慾望城市圖像的一部重要作品。十九世紀末的上海，已呈現它特殊的風華：

> 上海一埠，自從通商以來，世界繁華，日新月盛，北自楊樹浦，南至十六鋪，沿著黃埔江，岸上的煤氣燈、電燈，夜間望去，竟是一條火龍一般。福州路一帶，曲院勾欄，鱗次節比。一到夜來，酒肉薰天，笙歌匝地。凡是到了這個地方，覺得世界上最要緊的事情，無有過於徵逐者。正是說不盡的標新炫異，醉紙迷金。那紅粉青衫，傾心游目，更覺相喻無言，解人難索。16

李寶嘉一系列明白流暢的白話小說，很能代表近代白話小說的成就。

其次，吳沃堯《二十年目睹之怪現狀》亦取得極高的評價。17家道中落的吳沃堯也是在上海辦報刊起家的，近代四

大小說雜誌之一的《月月小說》即為他的傑作。小說的主題承繼《官場現形記》而展開，透過「九死一生」的所見所聞，我們看到了很多近代社會的光怪陸離。如滑頭的吳繼之，自有一套為官之道：

> 我說你到底沒有經練，所以這些人情世故一點也不懂。你說誰是見了錢不要的？而且大眾都是這樣，你一個人卻獨標高潔起來，那些人的弊端，豈不都叫你打破了？只怕一天都不能容你呢！就如我現在辦的大關，內中我不願意要的錢，也不知多少，然而歷來相沿如此，我何犯著把它叫穿了，叫後來接手的人埋怨我：只要不另外再想出新法子來舞弊，就算是個好人了。[18]

如此坦白的一段表白，以白話書寫顯得更加特別醒目。

劉鶚《老殘遊記》則是著力於塑造「清官」的形象，[19] 實則多為披著清官外衣的壞官。以玉賢為例，劉鶚即以他洗練的白話筆法寫出清官的嘴臉：

> 這時于家父子三個已到堂上。玉大人叫把他們站起來。就有幾個差人橫拖倒拽，將他三人拉下堂去。這邊值日頭兒就走到公案面前，跪了一條腿，回道：「稟大人的話：今日站籠沒有空子，請大人示下。」那玉大人一聽，怒道：「胡說！我這兩天記得沒有站什麼人，怎會沒有空子呢？」值日差回道：「只有十二架站籠，三天已滿。請大人查簿子看。」大人一查

簿子，用手在簿子上點著說：「一，二，三：昨兒是
三個。一，二，三，四，五：前兒是五個。一，二，
三，四：大前兒是四個。沒有空，到也不錯的。差人
又回道：「今兒可否將他們先行收監？明天定有幾個
死的，等站籠出了缺，將他們補上好不好？請大人示
下。」……20

以上痛快淋漓的白話書寫，是《老殘遊記》很重要的成就。
除此之外，老殘所描繪的黃河結冰（第十二回）及王小玉說
書（第二回），均為藝術手法極高的篇章，允為上乘白話文
的書寫典範，於文學史上早有佳評。整部《老殘遊記》不僅
於當時甚受歡迎，亦曾譯為域外文字廣泛流傳。

最後論及曾樸《孽海花》，此乃當時極為暢銷的白話小
說，阿英《晚清小說史》談到《孽海花》的影響時說道，此
書「不到一二年，竟再版至十五次，銷行至五萬部之多。」21
可見其受歡迎的程度。而林紓亦嘆為「奇絕」，22魯迅評為
「結構工巧，文采斐然」。23可見這部小說確實有它出色之
處。《孽海花》中依然可見洗練的白話書寫風格：

彩雲道：「老爺別吹滂。你一天到晚抱了幾本破書，
嘴裡唧哩咕嚕，說些不中不外的不知什麼話，又是對
音哩，三合音哩，四合音哩，鬧得煙霧騰騰，叫人頭
疼，倒把正經公事擱著，三天不管，四天不理，不要
說國裡的寸土尺地，我看人家把你身體抬了去，你還
摸不著頭腦哩！我不懂，你就算弄明白了元朝的地
名，難道算替清朝開了疆拓了地嗎？……」24

整體而言，《孽海花》的語言是較為成熟的白話文體，具有典雅優美的特質；遣詞造句亦有自己的風格。

除了前述較知名的白話小說之外，尚有一大批創作，共同形成近代白話小說豐富的歷史。如張春帆《九尾龜》、籛園（歐陽巨源）《負曝閑談》、連夢青《鄰女語》、嶺南羽衣女士（張竹君）《東歐女豪傑》、漱石生《苦社會》、陳蝶仙的白話小說《廣陵潮》、《留東外史》等等。綜合言之，近代白話小說展現異彩紛呈的豐富面貌，也成就了近代白話書寫現象中最重要的一頁。

# 第二節　散文語言開始走向俗化

近代白話書寫逐漸佔居上風，頗有取代文言的態勢；同時報章文體盛行，文言紛紛出現俗化的趨勢。這個變化對於散文創作而言，產生很大的影響。因此，白話散文的創作與梁啟超的報章體是離不開關係的。

一八九七年，梁啟超到湖南時務學堂任職時，曾經訂立〈湖南時務學堂學約〉，其中第六條規定：

> 傳曰：「言之無文，行之不遠」。學者以覺天下為己任，則文未能捨棄也。傳世之文，或務淵懿古茂，或務沉博絕麗，或務瑰奇奧詭，無之不可；覺世之文，則辭達而已矣，當以條理細備，詞筆銳達為上，不必求工也。[25]

在這段學約中，梁啟超認為學者以「覺天下為己任」，遂提出「傳世之文」與「覺世之文」兩種概念的分野。所謂傳世之文應當「淵懿古茂」、「沉博絕麗」、「瑰奇奧詭」；而覺世之文只要達到「辭達而已矣」，「條理細備」、「詞筆銳達為上」，並且「不必求工」。

這時候他已經在《時務報》發表大量的覺世之文，並且開始創立他的新文體，但他還沒有完全意識到語言變革的重要性。直到戊戌變法失敗後，他亡命日本，精心研究西學，才發現「文學之進化有一大關鍵，即由古語之文學變為俗語之文學是也。各國文學史之開展，靡不循此軌道。」（〈小說叢話〉，《新小說》第七號），這時他才發現語言的變革不光是「保國保種」問題，而且是文學發展的必然規律。[26]

由此可知，梁啟超逐漸體認到在時代的需要下必須以覺世之文喚醒國人，而傳世之文只有在面對自身及其他知識份子時才產生意義。

受到梁啟超影響的陳天華，便有一長篇白話演說文〈警世鐘〉廣為流傳。不僅在學校與軍隊中大量散發，而且因其通俗易懂，又可以說唱，還能深入民間傳播革命的火種。茲摘錄〈警世鐘〉一段文字，可見一斑：

> 洋兵不來便罷，洋兵若來，奉勸各人把膽子放大，全不要怕他。讀書的放了筆，耕田的放了梨耙，做生意的放了職事，做手藝的放了器具，齊把刀子磨快，子藥上足，同飲一杯血酒，呼的呼，喊的喊，萬眾直前，殺那洋鬼子，殺投降那洋鬼子的二毛子。[27]

這段很標準的白話散文，全部以口語寫成；文字甚為流暢，富有極強烈的煽動性。而這類散文其實仍是標準的宣傳文字，對於下層社會的百姓而言，它是相當適宜閱聽的。

此外，梁啟超對散文創作的覺世觀念，也直接影響秋瑾的散文。她一系列充滿警世色彩的散文，均曾刊載於《白話》上，[28]如〈演說的好處〉（第一期）、〈敬告中國二萬萬女同胞〉（第二期）、〈警告我同胞〉（第三期）等。在這本明顯以白話書寫為標的的刊物上，秋瑾以她純熟的文筆書寫自身的感受，如〈敬告中國二萬萬女同胞〉一文：

> 唉！世上最不平的事，就是我們二萬萬女同胞了。從小生下來，遇著好老子，還說得過；遇著脾氣雜冒、不講情理的，滿嘴連說：「晦氣，又是一個沒用的。」恨不得拿起來摔死。總抱著「將來是別人家的人」這句話，冷一眼、白一眼的看待；沒到幾歲，也不問好歹，就把一雙雪白粉嫩的天足腳，用白布纏著，連睡覺的時候，也不許放鬆一點，到了後來肉也爛盡了，骨也折斷了，不過討親戚、朋友、鄰居們一聲「某人家姑娘腳小」罷了。[29]

對於自幼纏足的切膚之痛，秋瑾實有椎心之感；而她明白曉暢的書寫風格，正是那個階段最精彩的散文創作。

以上這些明白如話的散文，以現代散文視之，亦屬上乘。然而，學者往往認為近代白話散文具有兩大缺點，如夏曉虹的研究結果所示：

若作為現代散文來讀，它還缺少兩個基本的要素：新詞語與文學性。因為白話文是作為開通民智的工具使用的，所以其在語言上的要求是「我手寫我口」，以學習、接近口語為最高準的。而當時表達新事物、新觀念的新名詞剛剛從國外輸入或由文人造出，尚未在下層社會流行，未進入日常生活的口語中，自然便被排斥在白話文之外。根據同樣的理由，白話文主要是用作宣傳、教育的手段，文章不必寫得有文采，「辭達而已矣」。白話文運動的理論家還經常指責文言以「外美」掩其「質陋」，「靜言思之，未有不醜態立見者也」。這話自然深中肯綮。但他們因此便反其道而行之，完全放棄了對文學性的追求，則是十分遺憾的事情。30

據此可知，標榜「我手寫我口」的白話散文，往往容易流於辭達而已矣的狀態，較難達到傳統上對於文采之美的要求。在強調宣傳新知及教育大眾的呼聲下，散文的創作在很大程度上要能夠適應時代的需求，講究文學美感之事只能退而求其次。因此，文學美感只能留給白話小說去發揮，反而在白話散文中見不到它的倩影。近代的白話散文數量雖然很多，但我們卻很難從中找出幾篇思想新穎深刻、文學色彩濃厚的作品，其原因恐怕在此。

究其實，白話散文除了注意宣傳及達成教育目的之外，梁啟超也曾經發表提倡美文的相關言說。他認為美文的必要條件是必須充滿優美的情感；而「情感」正是文學之所以吸引人的重要條件。此乃因為情感是人的本能，作者的思想感

情和文學作品的內在相合，透過文字做為表現它的工具或媒
介，就能達到感人的目的。所以，他說：

> 天下最神聖的莫過於情感。……情感的性質是本能的，
> 但他的力量能引人到超本能的境界。情感的性質是現
> 在的，但他的力量能引人到超現在的境界。……31

作者為了傳達優美感人的情思，必須使讀者能夠受到文字中
情真意切的一面，尤其是專重感情的純文學。

因此，能否嫻熟地操縱文筆，是優美感人的文學作品之
所以產出的關鍵。而梁啟超本身正好就是這樣一位文人。他
具有深厚的國學涵養以及豐富的行文經驗，自然熟知寫作之
道。所以，梁啟超曾經直截了當的指出，要使文學作品有令
人感動的效果，必須靠文學語言的刺激力；語言之中，文言
不如俗語：

> 在文字中，則文言不如其俗語，莊論不如其寓言。
> ……。32

因此，梁啟超自己的文字，即呈現一種平易暢達及條理明析
的特色，並且「筆鋒常帶情感」：

> 啟超夙不喜桐城派古文，幼年為文，學晚漢、魏、
> 晉，頗尚矜練；至是自解放，務為平易暢達，時雜以
> 俚語韻語及外國語法，縱筆所至不檢束；學者競效
> 之，號新文體；老輩則痛恨，詆為野狐。然其文條理

　　明晰，筆鋒常帶情感，對於讀者，別有一種魔力焉。[33]

　　由此可見，梁啟超行文「筆鋒常帶情感」，這應該就是他擅於操縱語言文字的魔力所在。[34]

　　綜合以上，雖然難以見到幾篇較具有文學美感的散文作品，但近代白話散文仍有其不可抹煞的時代意義—— 至少見證了白話書寫的片段歷史。

## 第三節　詩歌語言開始尋求淺顯

　　詩歌創作一向為傳統文學之正宗。文學發展至近代，對於傳統詩歌語言多進行改造，以要求淺顯易懂為主。而「淺顯易懂」也正是白話詩歌的發軔。從一八九九至一九○三年間甚為興盛的詩界革命，正是討論的起點。

　　一八九八年《清議報》創刊後，隨即開闢「詩文辭隨錄」專欄。這個欄目即為當時詩界革命最早的發表園地，[35]先後刊出譚嗣同、康有為、丘逢甲、蔣智由、邱煒蔡等人的詩作。這批具有新思想的知識份子，點燃了詩歌改革的火把。

　　至一九○二年，繼起的《新民叢報》則將詩歌發表園地的欄目更名為「詩界潮音集」，其中大量發表了黃遵憲、蔣智由、狄葆賢等人的作品，也吸引了更多新作者。同時，從第四號起又陸續刊出梁啟超的《飲冰室詩話》，評介眾多近世詩人的新詩作，並隨時以詩論方式評價詩界革命者的創作內容及方向。最重要的是，推尊黃遵憲、夏曾佑、蔣智由為「詩界革命三傑」，自此奠定他們在詩歌創作的典範地位。詩

界革命在當時的知識份子中具有普遍的號召力，不僅激起讀者的熱烈反響，許多作者亦冒著風險投稿。參加詩界革命的不只是改良派人士，也有革命派作家，如高旭便有多篇詩作在《新民叢報》發表。

詩界革命所標榜的新意，究竟如何於詩中展現？由梁啟超稱讚丘逢甲的一段話，可以說明這一點：

> 以民間流行最俗最不經之語入詩，而能雅馴溫厚乃爾，得不謂詩界革命一鉅子耶？[36]

據此言，在詩中注入「最俗」、「最不經」之語，仍能達成溫柔敦厚之美；這種注入新意的詩歌，已有走向淺俗化的特色出現。因此，近代詩歌創作中，為達淺顯易懂的效果，遂逐漸以口語、俗語入新詩。而詩歌當中，又以歌謠最適宜以淺俗之語書寫。梁啟超便稱讚歌謠，因「多為俗語」，具備「易於上口也」及「易於索解也」的特性。其後，梁啟超創設《新小說》雜誌，另特設「雜歌謠」欄目，使詩界革命的發表園地更為廣大。

當時，黃遵憲認為歌謠的體裁「不必仿白香山之《新樂府》、尤西堂之《明史樂府》，當斟酌於彈詞、粵謳之間，或三或九或七或五或長短句」（〈與梁啟超書〉）。據此，於首期刊載黃遵憲〈軍歌〉及梁啟超〈愛國歌〉，顯然示範作用大於其他。

值此風潮，黃遵憲能將山歌與儒家經典並列，展現其過人的氣魄。黃遵憲極喜愛古風體詩歌，主要著眼其通俗曉暢，淺顯易懂的特點。他對歌謠情有獨鍾，曾說道：

> 十五國風妙絕古今，正以婦人女子矢口而成，使學士
> 大夫操筆為之，反不能爾，以人籟易為，天籟難學
> 也。余離家日久，鄉音漸忘，輯錄此歌謠，往往搜索
> 枯腸，半日不成一字，因念彼岡頭溪尾，肩挑一擔，
> 竟日往復，歌聲不歇者，何其才之大也。37

黃遵憲不僅將歌謠視如經典看待，還親自採集並加工不少山歌民謠。其時，黃遵憲不斷創作許多通俗曉暢的詩歌，也得益於這種觀點和對傳統古風歌行樂府及山歌民謠的吸收。因此，他所提出並親身創作的新體詩被稱為「雜歌謠」。

此外，與通俗歌謠類似的淺俗詩歌，則有說唱體詩歌。這種說唱體詩，比一般歌謠體容量更大，並且更加通俗流暢。其中，蔣智由的通俗體詩作最著名的就是〈奴才好〉：

> 奴才好，奴才好，勿管內政與外交，大家鼓裡且睡
> 覺。古來有句常言道，臣當忠，子當孝，大家切勿胡
> 亂鬧。滿州入關二百年，我的奴才做慣了。他的江山
> 他的財，他要分人聽到好……奴才好，奴才樂，奴才
> 到處皆為家，何必保種與保國。38

〈奴才好〉曾為鄒容引進其〈革命軍〉中，39使這首詩傳誦更廣，名聲更大。而蔣智由另一首〈有感〉及〈盧騷〉詩尾聯「文字收功日，全球革命潮」，也同時被引入〈革命軍〉中，同樣為世人所廣知。

自從〈奴才好〉問世後，同樣體式的作品紛紛行世，最著名的有陳天華〈猛回頭〉、〈同胞苦〉等，章太炎〈逐滿

歌〉也是著名的白話說唱體詩歌。[40]

陳天華的說唱體作品〈猛回頭〉不僅在學校與軍隊中大量流傳、散發，而且因其通俗易懂，可以說唱，還能深入民間傳播革命的火種。而其文字也極富吶喊的味道：

> 拿鼓板，坐長街，高聲大唱。
> 尊一聲，眾同胞，細聽端詳：
> 我中華，原是個，有名大國，
> 不比那，彈丸地，僻處偏方。
> 論方里，四千萬，五洲誰比；
> 論人口，四萬萬，世界誰當；
> 論物產，真是個，取之不盡；
> 論才智，也不讓，東西兩洋。[41]

這首〈猛回頭〉採用彈詞形式寫作，但陳天華寫來卻較為類似歌謠；究其內容仍是標準的宣傳文字。此白話書寫之流暢較諸其它白話文大家亦不遑多讓。對於下層社會的百姓而言，它是相當適宜閱聽的；無怪乎當時流傳極廣。

此外，以擅寫古文著稱的章太炎也寫過一首名為〈逐滿歌〉的說唱體民歌，[42]其歌詞亦別具一格：「莫打鼓，莫打鑼，聽我唱個排滿歌，如今皇帝非漢人，滿洲韃子老猢猻。他的老祖奴爾哈，代領兵丁到我家。後來篡逆稱皇帝，天命天聰放狗屁。」為了一洩心中之憤恨，章太炎幾乎不加修飾的展現白描功夫，以老嫗童子都解的文字，為嚴肅的議題增添幾許幽默。

此外，以新名詞入詩，也是當時詩歌創作的特點。據夏

曉虹研究指出，[43]詩界革命時期的詩，前期即「喜用新名詞」，以一八九九年鄭藻常所發表的〈奉題星洲寓公風月琴尊圖〉為例：

> 太息神州不陸浮，浪從星海狎盟鷗。共和風月推君主，代表琴尊唱自由。
> 物我平權皆偶國，天人團體一孤舟。此身歸納知何處？出世無機與化遊。[44]

此詩充斥著許多新名詞，然梁啟超對此詩卻極為欣賞，在《夏威夷遊記》中特別稱道：「全首皆用日本譯西書之語句，如共和、代表、自由、平權、團體、歸納、無機諸語，皆是也。」此類新體詩所注入的新意，其特色即在以新名詞入詩。

據夏曉虹研究指出，[45]後期詩作雖然仍舊充滿新名詞，但已「漸注重意象」。後期詩作，以黃遵憲〈今別離〉四首引發的同類作品為範例。黃遵憲詩作的特色是「以新事而合舊格」（陳三立語）。經過梁啟超在《飲冰室詩話》中刊布全詩，鼎力推介，繼起者便不勝枚舉，以《飲冰室飲話》與「詩界潮音集」欄目所紀錄者，便有曹昌麟的同題詩四首、雪如的〈新無題〉十二首（選七）、楚北迷新子的〈新游仙〉八首、蔣萬里的〈新游仙〉二首、時若（高燮）的〈新游仙詩〉六首等。這一系列詩歌所歌詠的對象，從潛艇、飛艇、汽艇、氣球、汽車、電話、電燈、無線電、留聲機、報紙乃至蠟人、西餐、勳章，以及對潮汐、月蝕、下雨等自然現象的科學解釋，都是近代得自西方的新事物與新知識，但它們

共同的特色是都以相思曲或游仙詩的舊格寫作。如雪如〈新無題〉：

> 太陽與地隔，念七千萬程。不因相吸力，那得愛潮生？[46]

詩中將太陽與地球之間的距離以及因太陽的吸引力發生漲潮的新事理，比擬戀人的互相傾心與愛情萌生，頗為別致。但「新題詩」雖有利於西方文化的傳播，但新意象卻很難深入到詩歌的內蘊中；似乎只是換個寫法，而仍舊落於傳統言情、游仙的窠臼罷了。

因此，白話的質素雖然已經進入部分詩歌中，但整體詩歌的發展仍在傳統的籠罩下，展現文言書寫的獨佔力量。白話詩歌的完成，必須等到五四之後才是成熟的作品。

# 第四節　劇本語言傾向以白話為主

創作文類中開始注重以白話書寫的，除了小說、散文、詩歌以外，劇本的撰著亦不可忽視。而劇本逐漸傾向以白話書寫，則必需自近代的戲曲改良一事說起。

據李孝悌的研究指出，[47]一九〇二年底《大公報》「論說」欄中，出現一篇名為〈編戲曲以代演說說〉的讀者投書。該文認為天下開化之事有三：學堂、報館、演說，舉出各種事由證明學堂與報館有名無實，而演說則有地域之限，也無法傳之後世。此說顯然過於悲觀，但也因為這樣的悲

觀，使他對於戲曲的重視直可說是開時代之先聲：

> 嘗終日不食，終夜不寢，以求所謂開化之術。求而得
> 之，曰編戲曲。編戲曲以代演說，則人亦樂聞，且可
> 以獻身說法，感人最易。事雖近戲，未嘗無大功於將
> 來支那之文明也！蓋聽戲一事，上而內廷，下而國
> 人，無不以聽戲為消遣之助。[48]

由此觀之，顯然戲曲表演最易感動人心，較諸演說猶過而無
不及。同時，該文並舉證說明戲曲的感人力量，如一九○一
年由汪笑儂在上海所演出的「黨人碑」即為鮮明的例子。據
傳該戲「具愛國之肺腸，熱國民之血性」，「能使座中看客
為之痛哭，為之流涕，為之長太息」。因此，該文認為：

> 誠多能編戲曲以代演說，不但民智可開，而且民隱上
> 達。……今不欲開化同胞則已，如欲開化，舍編戲曲
> 而外，幾無他術。[49]

這篇報章文字展露一件事實，即一九○○年代許多先進的啟
蒙學者對戲曲的情有獨鍾，並視戲曲為開化民智的捷徑。在
聲色光影交加的戲曲世界中，人們容易融入故事中，尤其在
更新穎的教化工具（電視、電影）尚未誕生之前，戲曲演出
無疑是啟迪民智的最佳工具。

　　長久以來，戲曲一直是庶民生活中不可或缺的一部分；
但整個大傳統對於戲曲大多抱持鄙視、輕蔑乃至愛恨交加的
態度，也是不爭的事實。時至近代，特別是一八九○至一九

○○年代初，卻出現前述石破天驚的見解。

　　當時言論界的天之驕子，如梁啟超、嚴復、夏曾佑等人，紛紛於報刊發表提高「說部」地位的言論，如嚴復和夏曾佑〈國聞報館附印說部緣起〉、梁啟超〈譯印政治小說序〉及〈論小說與群治之關係〉等。傳統戲曲故事許多來自小說，以上幾位所謂的說部或小說的涵義相當廣大，籠統地包含許多已淪為案頭讀物的傳奇、雜劇在內。但是，這幾位知識界的先驅對於戲曲改良的見解只稍加觸及，較無理論上的建樹。

　　以梁啟超為例，其戲曲創作成績即超過理論的建構。自一九○二年起，梁啟超陸續發表〈劫灰夢〉（二月，《新民叢報》創刊號）、〈新羅馬〉（六～十一月，《新民叢報》連載）、〈俠情記〉（《新小說》第一號）等三部傳奇作品。[50] 梁啟超的劇本創作，仍舊將焦點放在啟迪民智上，因此大部分的創作多半是案頭文字，對於戲園搬演的實際問題並未有效觸及。換句話說，劇本創作所展現的目的或企圖心，其實與其他文類的效用相同。他在〈新羅馬傳奇〉中便藉由義大利詩人但丁之口說道：

> 念及立國根本，在振國民精神。因此著了幾部小說、傳奇，佐以許多詩詞歌曲，庶幾市衢傳誦，婦孺知聞。將來民氣漸伸，或者國恥可雪。[51]

這段話與梁啟超一貫啟迪民智的言論完全吻合。因此，劇本的創作精神與其他文類幾乎雷同。

　　梁啟超幾部劇本創作中，皆可見到走向白話書寫的努

力。如〈劫灰夢傳奇〉：

> 【前調】更有那婢膝奴顏流亞，趁風潮便找定他的飯
> 碗根芽。官房翻譯大名家，洋行通事龍門價。領約卡
> 拉（collar），口銜雪茄（cigar）。見鬼唱諾，對人磨
> 牙。笑罵來則索性由他罵。[52]

梁啟超在文中引用外來新名詞，描寫洋奴買辦的厚顏無恥及
賣國求富，使其白話書寫的內容顯得更加傳神。將新名詞入
曲，梁啟超應是首創。其後，他又將此曲寫進小說《新中國
未來記》中，使它流傳更廣。

　　而〈新羅馬傳奇〉基本上取材自他自己譯述的〈意大利
建國三傑傳〉，內容乃描述梅特涅濫用專制權、加富爾一統
義大利的歷史事件。而〈俠情記傳奇〉則是敘述加里波的三
俠情事，在梁啟超原本的構想中，為〈新羅馬〉中的幾齣
戲，後因〈新羅馬〉連載時日過久，於是先行割出在《新小
說》上發表。其實，兩個劇本中所敷演的都是異國的歷史故
事，梁啟超特別選此題材入曲，無非是想要借他山之石以為
攻錯。通過外人之口，揭露中國所面臨的問題，以表達他自
己對國家對百姓的憂傷情懷。例如第三齣〈黨獄〉為將奸奴
罵醒，把國民喚醒，男首領唱道：

> 【混江龍】我是為民請命，將血兒洗出一國的大光
> 明。便今日拼著個萇宏血三年化盡，到將來總有那精
> 衛冤東海填平。只有你這老猾賊啊，倚仗著千百年將
> 絕未絕的民賊餘爐，結下了億萬人欲殺未殺的怨毒分

明。你那外交政策，是要獻媚列強，演出一手遮天大
本領；你那內治經綸，是要挫抑民氣，做到十層地獄
老閻靈。你在匈加利是一個殺人不眨眼的劊子手；你
在日耳曼是個兩頭兒搗鬼的妖魔星。……53

梁啟超表面上罵的是鐵血宰相梅特涅，其實罵的是專制淫威
的清朝統治者。此外，另有一女首領所唱的哀歌：

【前調】我是工愁善病，算世間兒女第一多情。我看
不過那蜣螂似的腐敗生涯，故此癟梅頷、顰蛾眉，捧
心無限啼紅怨；我受不慣那牛馬似的壓制痛苦，故此
損腰圍，懶茶飯，疾首時聞嬌喘聲。可恨你們這些狗
奴才啊！將累代仇人認作重生的父母，把一國同胞當
作上供的犧牲。任他踐你土、食你毛，還說是深仁厚
澤，你們舔他癰、吮他痔，圖博個頂戴身榮。……54

文中以極惡毒之詞語辱罵主政者，讀之痛快淋灕。梁啟超以
他美妙的文筆，展露其白話書寫之功力。此外，又如第六齣
〈鑄黨〉唱道：

【北江梅令】你看這客星據座天容變，你看這濁流飲
恨人權賤，你看這狐兔縱橫占盡了中原，你看這虎狼
擇肉不住的把威權扇。冤也胡纏，孽也胡纏。文明敵
橫行遍地，專制毒憔悴千年。……55

這段寫的是瑪志尼少年義大利黨的心聲。同樣的，梁啟超以

極為明白如話的文字寫出了義大利人面對政治腐敗的無奈，讀者亦能想像當此劇在舞臺上唱起時，其感人之力無人能擋。

梁啟超費心創作三部白話書寫的劇本，只可惜並未建立劇本創作的相關理論。然而，就其劇本的書寫風格而言，確乎已展現創新的企圖，僅管形式仍舊傳統。

如前所述，時至一九〇二年以後，關於戲劇改良的議題，剎時呈現一呼百諾的聲勢。[56]戲曲啟蒙和戲曲改良的問題突然之間成為知識界最時髦的論述領域，如阿英《晚清文學叢鈔‧小說戲曲研究卷中》就收集不少此類言論。

如一九〇三年出現一篇名為〈觀戲記〉的文章，[57]說明改良戲曲的問題。作者從看戲的真切感受出發，認為：「其激發國民愛國之精神，乃如斯其速哉？勝於千萬演說台多矣？勝於千萬報章多矣。」進而得出結論：「故欲善國政，莫如先善風俗；欲善風俗，莫如先善曲本。曲本者，匹夫匹婦耳目所感觸易入之地，而心之所由生，即國之興衰之根源也。……中國不欲振興則已，欲振興可不於演戲加之意乎？」申說戲曲之改良有益於生民云云。

又如一九〇四年，陳獨秀發表一篇以白話書寫的〈論戲曲〉，[58]對於戲曲改良問題提出見解。他認為唱戲一事「可算得是世界上第一大教育家」，並認為「戲園者，實普天下人之大學堂也；優伶者，實普天下人之大教師也」，他以理性的態度論述戲曲改良問題，對於傳統觀念鄙視戲曲演員的看法提出異議，認為應該將優伶與文人學士同等看待，表現出獨特的思考樣貌。據此而言，陳獨秀比當時其他知識份子更將戲曲視為振聾發聵的利器，他認為「做小說、開報館，

容易開人智慧，但是認不得字的人，還是得不著益處」，他認為「惟有戲曲改良，多唱些暗對時事、開通風氣的新戲，無論高下三等人，看看都可以感動」，因此陳獨秀的結論是「我很盼望內地各處的戲館，也排些開通民智的新戲唱起來。看戲的人都受他的感化，變成了有血性、有知識的好人，方不愧為我所說的世界上，第一大教育家」。[59] 此言論如同所有啟蒙知識份子一樣，充滿宣言式的吶喊，陳獨秀直接將戲曲改良與文藝的政教功能畫上等號。

在陳獨秀〈論戲曲〉一文的主張中，對於劇本的改革問題，集中於搬演內容禁止淫戲一事上。而《警鐘日報》於一九〇四年所刊登的一篇〈改良戲劇之計畫〉，[60] 則認為劇本方面應跳出傳統「教忠教孝，誨淫誨盜」的窠臼，以一新天下人耳目。凡此種種，無非申明戲曲之改良的必要性。

接著，近代最早的戲曲期刊《二十世紀大舞台》登場了。它是由陳去病、汪笑儂、柳亞子等人所創辦，時為一九〇四年的上海。這批呼籲戲曲改良的文人，共同創造了戲曲改良的契機。在〈二十世紀大舞台發刊詞〉中即展露他們熱切的目光：

> 熱心之士，無所憑藉，而徒以高文典冊，諷詔世俗，則權不我操，而陽春白雪，曲高和寡，崇論宏議，終淹沒而未行者有之矣。今茲《二十世紀大舞台》，乃為優伶社會之機關，而實行改良之政策，非徒從空言自見。[61]

文中認為陽春白雪的藝文作品，只見空言高懸，並無實際意

義。除此之外，陳去病也認為，戲曲做為最通俗、最普及的啟蒙工具，用其倡導種族革命，「其奏效之捷，必有過於勞心焦慮，孜孜矻矻以作〈革命軍〉、〈駁康書〉、〈黃帝魂〉、〈落花夢〉、〈自由血〉者，殆千萬倍。」，[62]陳去病強調通過戲曲的示現手法，其直接效用將大於其他知識份子所做之宣傳文章或歌謠。

此外，值得一提的是，辛亥革命時期（一九一二年之前）出現許多傳奇與雜劇的革新者，他們主要是居住於上海與東京等地的知識份子。直至一九○五年為止，《大陸》、《江蘇》、《中國白話報》、《女子世界》等報章雜誌，也都陸續刊登不少新型傳奇和雜劇作品。

綜合以上，近代白話書寫在劇本創作上同樣展現出相當優異的成績。許多知識份子將戲劇與小說等量齊觀，以其皆具備啟迪民眾的功能。因此，劇本創作必須有所回應，以適合大眾閱聽，充分展現「文學救國」的價值。

# 註 釋

1 老棣〈文風之變遷與小說將來之位置〉，《中外小說林》第一年第六期。引自陳平原、夏曉虹編《二十世紀中國小說理論資料》第一卷（北京：北京大學出版社，1989年），頁204-207。

2 寅半生〈小說閒評〉，《遊戲世界》第一期。引自袁進《中國文學觀念的近代變革》（上海：上海社會科學院出版社，1996年），頁100。

3 新小說報社〈中國唯一之文學報〈新小說〉〉，《新民叢報》第十四號號。引自王運熙主編《中國文論選（近代卷）》（江蘇：江蘇文藝出版社），頁340。

4 陸紹明〈月月小說發刊詞〉，吳趼人、周桂笙編《月月小說》

第三號（臺北：文海書局，1979年），頁8。

5　梁啓超《新中國未來記》，張品興編《梁啓超全集》（北京：北京出版社，1999年），頁5618。

6　《民報》第2-9號，1904年至1905年。

7　陳天華《獅子吼》第八回（與頤瑣《黃繡球》合刊），（臺北：廣雅書局，1984年），頁74。

8　《官場現形記》1903至1905年發表於《世界繁華報》上，1906年由世界繁華報館出版六十回全書，為該書最早的本子。

9　《官場現形記》第五十三回（臺北：文化圖書公司，1981年），頁667-668。

10　《文明小史》1903至1905年發表於《繡像小說》半月刊第1-56號，1906年出版單行本。

11　阿英《晚清小說史》「第二章晚清社會概觀（上）」（北京：東方出版社，1996年），頁10。

12　李寶嘉（伯元）《文明小史》第四十二回（臺北：廣雅書局，1984年），頁334。

13　《中國現在記》計十二回，原刊於上海《時報》，1904年6月12日至11月30日。

14　李寶嘉（伯元）《中國現在記》第九回（臺北：廣雅書局，1984年），頁110。

15　《海天鴻雪記》計二十回，世界繁華報館1904年刊。

16　李寶嘉（伯元）《海天鴻雪記》第一回（收錄於薛正興主編《李伯元全集》，南京：江蘇古籍出版社，1997年），頁1。

17　吳沃堯《二十年目睹之怪現狀》原刊於《新小說》（1903至1906年），連載至四十五回。1906至1910年上海廣智書局出版單行本，共計八冊。

18　吳沃堯《二十年目睹之怪現狀》第十四回（臺北：河洛圖書公司，1980年），頁87。

19　《老殘遊記》，1903年發表於《繡像小說》半月刊至第十三回止，後續載於天津《日日新聞》。1906年寫成。另有二編，1907年發表於天津《日日新聞》，1935年上海良友圖書公司出版，是為《老殘遊記二集》。尚有外編殘稿一卷。

20　《老殘遊記》第五回（臺北：桂冠圖書公司，1994年），頁50。

21　阿英《晚清小說史》（北京：東方出版社，1996年）「第二章晚

清社會概觀（上）」，頁25。

22　《紅礁畫漿錄・譯餘剩語》（陳平原、夏曉虹編《二十世紀中國小說理論資料》第一卷），頁166。

23　魯迅《中國小說史略》「第二十八篇清末之譴責小說」（《魯迅小說史論文集》，臺北：里仁書局，1992年9月），頁270。

24　《孽海花》第十三回（臺北：世界書局，1976年），頁124-125。

25　梁啓超〈湖南時務學堂學約〉，《飲冰室文集》之二，第一冊，《飲冰室合集》（北京：中華書局，1994年），頁27。

26　以上論述參考袁進《中國文學觀念的近代變革》（上海：上海人民出版社，1996年）第七章「文學語言的變革」，頁163-164。

27　陳天華〈警世鐘〉，《辛亥革命》第二冊（中國史學會編，上海人民出版社，1981年），頁211。

28　《白話》，1904年（清光緒三十年八月）創刊，在日本東京出版。月刊。由中國留日學生所組織的演說練習會編輯及發行，上海小說林社總經售。停刊時間未詳。上海圖書館編《中國近代期刊篇目彙編》（上海：上海人民出版社，1979年），頁1414-1415收錄《白話》第一至三期篇目。

29　秋瑾〈敬告中國二萬萬女同胞〉，《秋瑾集》（上海：上海古籍出版社，1991年），頁4-6。

30　夏曉虹〈五四白話文學的歷史淵源〉，頁28-29。

31　梁啓超《中國韻文裡頭所表現的情感》（臺北：中華書局，1992年），頁1。

32　梁啓超〈論小說與群治之關係〉，《新小說》第一號。收錄於《飲冰室文集》之十，第四冊，《飲冰室合集》（北京：中華書局，1994年），頁8。

33　梁啓超《清代學術概論》二十五（《中國近三百年學術史》（附《清代學術概論》，臺北：里仁書局，1995年），頁73。

34　關於梁啓超散文創作富於情感的問題，參考拙著〈五四後梁啓超的古典詩歌研究初探〉一文（《元培學報》第十期，2003年12月）。

35　1901年底《清議報》終刊號上，梁啓超發表〈本館第一百冊祝辭並論報館之責任及本館之經歷〉，歷數《清議報》有別於其它報刊的特色，推許「詩文辭隨錄」「類皆以詩界革命之神

魂，為斯道別闢新土」。

36　梁啓超《飲冰室詩話》（北京：人民文學出版社，1998年），頁30。

37　黃遵憲手寫本〈山歌·題記〉第一則，《人境廬詩草箋注》（上海：上海古籍出版社，1999年）卷一，頁54-55。

38　蔣智由〈奴才好〉，轉引自張永芳《晚清詩界革命論》（桂林：漓江出版社，1991年），頁159。

39　但也因此被誤認為鄒容所寫。甚至在歷史教科書、文學史教科書中，將〈奴才好〉的作者說成是鄒容，近年始被糾正（楊天石〈「奴才好」不是鄒容的作品〉，《近代史研究》1980年第1期），因此可見〈奴才好〉的影響力。以上摘自張永芳《晚清詩界革命論》（桂林：漓江出版社，1991年）的論述，頁159-160。

40　一作〈排滿歌〉。

41　陳天華〈猛回頭〉，《辛亥革命》第二冊（中國史學會編，上海：上海人民出版社，1981年），頁148。

42　拙著第五章已述及，此處從略。

43　夏曉虹〈晚清文學改良運動〉（《文學史》第二輯，北京：北京大學出版社，1995年10月），頁228-230。

44　轉引出處同上，頁229。

45　夏曉虹〈晚清文學改良運動〉（《文學史》第二輯，北京：北京大學出版社，1995年10月），頁228-230。

46　轉引出處同上。

47　李孝悌《清末的下層社會啓蒙運動1901-1911》（臺北：中央研究院近代史研究所，1998年）「第五章戲曲」之「第一節戲曲改良的理論」，頁149-150。

48　《大公報》，1902年11月11日。轉引自李孝悌《清末的下層社會啓蒙運動1901-1911》（臺北：中央研究院近代史研究所，1998年），頁149。

49　同上注。

50　另據《飲冰室合集》專集第一冊附錄之《殘稿存目》顯示，還有〈木蘭從軍傳奇〉及一個廣東戲本〈班定遠平西域〉。

51　梁啓超〈新羅馬傳奇〉「楔子一出」（張品興編《梁啓超全集》），頁5650。

52　梁啓超〈劫灰夢傳奇〉「楔子一出獨嘯」（張品興編《梁啓超全

集》），頁5649。

53　梁啓超〈新羅馬傳奇〉「第三出黨獄」（張品興編《梁啓超全
　　集》），頁5655。

54　同上注，頁5656。

55　同上注，頁5661。

56　參考李孝悌《清末的下層社會啓蒙運動1901-1911》）（臺北：
　　中央研究院近代史研究所，1998年），頁153。

57　阿英《晚清文學叢鈔‧小說戲曲研究卷》（臺北：新文豐出版
　　公司，1989年），頁67-68。

58　《安徽俗話報》第十一期，1904年8月。這篇以白話書寫的
　　「論戲曲」，半年後，又在梁啓超創刊的《新小說》上登載。有
　　趣的是，在《新小說》上刊載的版本，雖然意思完全相同，卻
　　是用文言寫成（可以說是白話版的文言翻譯）。陳獨秀此舉，
　　顯然是要向知識階層推銷他的看法，以推廣這篇文章的影響
　　力。詳見李孝悌《清末的下層社會啓蒙運動1901-1911》（臺
　　北：中央研究院近代史研究所，1998年），頁157-158。

59　陳獨秀〈論戲曲〉，《新小說》第二卷第二期（1905年）。引自
　　徐中玉主編《中國近代文學大系‧第1集‧第1卷‧文學理論集》
　　（上海：上海書店，1994年），頁617-620。

60　健鶴〈改良戲劇之計畫〉，《警鐘日報》（1904年5月31日）。
　　參見李孝悌《清末的下層社會啓蒙運動1901-1911》（臺北：中
　　央研究院近代史研究所，1998年），頁164。

61　柳亞子〈二十世紀大舞台發刊詞〉，《二十世紀大舞台》第一
　　期（1904年）。引自徐中玉主編《中國近代文學大系‧第1集‧
　　第1卷‧文學理論集》（上海：上海書店，1994年），頁560。

62　陳去病（陳佩忍）〈論戲劇之有益〉，《二十世紀大舞台》第一
　　期（1904年）。轉引出處同上，頁500-505。

# 第九章

## 近代白話書寫與五四白話文的接壤與對照

在近代白話書寫的鳥瞰圖完成之後，另一個嚴肅而重要的議題是：近代白話書寫與五四白話文的接壤與對照問題。

在已經面世的各項論述中，透過幾位大師級人物以五四眼光看白話文的發展時，往往容易略過近代那段世紀之交的白話書寫風潮，直接認定五四對文學現代化的貢獻。近代白話形同隱匿，彷彿十九世紀末的一抹餘暉，論及清代文學，未及照應於此；述及民初文學，又未能回首來時路。處於世紀之交的尷尬與困窘，使得近代白話書寫成為文學史上被迫逸出的段落。

在此，擬借用王德威「沒有晚清，何來五四？」說明本章之立論方向。[1]原文摘錄如下：

> 有關中國文學現代化的問題，近年屢屢被提出討論。
> 五四文學革命的典範意義，尤其引起眾多思辨。而其
> 中最值得意注意的，當屬晚清文化的重新定位。傳統

解釋新文學「起源」之範式，多以五四（一九一九年
文學革命的著名宣言）[2]為中國文學現代時期之依
歸；胡適、魯迅、錢玄同等諸君子的努力，也被賦予
開山宗師的地位。相對的，由晚清以迄民初的數十年
文藝動盪，則被視為傳統逝去的尾聲，或西學東漸的
先兆，過渡意義，大於一切。但在世紀末重審現代中
國文學的來龍去脈，我們應重識晚清時期的重要，及
其先於甚或超過五四的開創性。

我所謂的晚清文學，指的是太平天國前後，以至宣統
遜位的六十年；而其流風餘緒，時至五四，仍體現不
已。在這一甲子內，中國文學的創作、出版及閱讀蓬
勃發展，真是前所未見，並在世紀轉折交替處，或
「世紀末」之際，蔚為高潮。小說一躍而為文類的大
宗，更見證傳統文學體制的劇變。但最引人注目的是
作者推陳出新、千奇百怪的實驗衝動，較諸五四，毫
不遜色。然而中國文學在這一階段現代化的成績，卻
未嘗得到重視。當五四「正式」引領我們進入以西方
是尚的現代話語範疇，晚清那種新舊雜陳，多聲複義
的現象，反倒被視為落後了。[3]

在這段文字中提到晚清文學的重要性，它不該被視為傳統逝
去的尾聲，也不該被認為是現代文學開端之前落伍的一段歷
史。反而應該就它的獨特性，給予適當的位置，正視它的重
要性。尤其是其中時髦而新潮的各項文學實驗，較諸五四，
甚至現代，都是相當令人驚奇的作品。

因此，立足當代，有必要重新驗證從近代到五四之際的

那段白話歷史，究竟如何的新舊雜陳、多聲複義了。

# 第一節　五四白話文運動領袖眼中的近代白話書寫現象

　　諸多五四白話文運動的健將，對於距離不遠的近代白話文運動皆曾親身見證，或者實際參與。當五四風潮如火如荼之際，身為領袖人物的胡適、陳獨秀、周作人等人對於近代的白話書寫所抱持的態度，值得一探究竟。

　　首先，胡適《白話文學史》一書，[4]重新以經典看待文學史中的白話作品。他將五四白話文學的源流，上推至千百餘年來文學歷史進化的結果，很少提到近代白話書寫現象的關聯與影響：

> 　　我為什麼要講白話文學史呢？第一，我要大家知道白話文學不是這三四年來幾個人憑空捏造出來的；我要大家知道白話文學是有歷史的，是有很長又很光榮的歷史的。我要人人都知道國語文學乃是一千幾百年歷史進化的產兒。國語文學若沒有這一千幾百年的歷史，若不是歷史進化的結果，這幾年來的運動決不會有那樣的容易，決不能在那麼短的時期內變成一種全國的運動，決不能在這五年內引起那麼多的人的響應與贊助。現在有些人不明白這個歷史的背景，以為文學的運動是這幾年來某人某人提倡的功效，這是大錯的。……我們現在研究這一二千年的白話文學史，正

是要我們明白這個歷史進化的趨勢。我們懂得了這段
歷史，便可以知道我們現在參加的運動已經有了無數
的前輩，無數的先鋒了；便可以知道我們現在的責任
是要繼續那無數開路先鋒沒有做完的事業，要替他們
修殘補闕，要替他們發揮光大。[5]

胡適直接上承千百年來文學史中的白話傳統，認為無數的先
賢已為後來五四的白話文學提供基礎，是一種自然而然的進
化過程。此論說略過近代白話書寫現象的影響。

　　接著，胡適又發表〈中國新文學運動小史〉，[6]文中對
於近代白話書寫多所著墨，但是他並沒有明白的將五四白話
文的成就追溯至近代白話書寫現象的奠基上。同時，胡適認
為五四文學革命運動的發生是歷史的「偶然」：

我在〈逼上梁山〉一篇自述裡，很忠實的記載了這個
文學革命運動怎樣「偶然」在國外發難的歷史。[7]

胡適雖然專文論述近代白話書寫現象，但他並未認真的將五
四的源頭歸諸於近代白話的發展上。

　　凡此種種言說，深刻影響現當代讀者的閱讀視野。胡適
於五四白話文運動的成就，使他擁有如日中天的聲望；但也
因此掩蓋了近代白話書寫現象曾有的光芒，使得大多數讀者
很難感受到近代白話書寫的份量，遂在長久以來的論述中忽
視了它的意義與價值。誠如李孝悌所言：

胡適對白話文的貢獻是無庸置疑的。但值得注意的是

白話文雖然因為胡適這位知音而由附庸蔚為大國，從
此成為中國人抒情論理的主要工具，卻並不意味白話
文運動一直到胡適的提倡才首開其端。就和五四運動
的其他許多面相一樣，我們必須在清末的歷史中找尋
其端源。Benjamin Schwartz 教授曾經用一個很巧妙
的比喻說明這個觀點，他認為五四不是平原上突起的
高峰，而是高山帶上比較高的山脈。這個比喻用來解
釋白話的發展同樣恰當。事實上，胡適之前早已有人
提倡白話並不是什麼新鮮的說法，胡適本人就多次提
到清末白話文的發展。問題是過去有關清末白話文的
討論不僅低估或根本忽視了這個時期白話作品的數
量，也不曾對這項發展的意義作過適當的評斷。正因
為我們對清末白話文運動的意義沒有確切的了解，我
們對胡適在這個運動中的貢獻的真正性質，也勢必無
法完全的掌握。[8]

誠如以上所言，胡適的成就確實值得肯定；但五四白話文的
發生並非一蹴可幾，胡適更不是首開白話書寫的倡導者。換
言之，李孝悌認為還原胡適當時所處的位置，對於釐清近代
白話書寫才能有明確而中肯的理解。

因此，重新翻閱近代白話書寫的歷史，發現胡適同樣也
曾經以白話報做為啟蒙及教育大眾的工具。最顯著的證據
是，他在當時主編過一份白話報刊《競業旬報》，也寫過不
少白話文。譬如他對於自己十五歲時寫的〈地理學〉（《競業
旬報》第一期，1906年）一文有清楚的自述：

> 這段文字已充分表現出我的文章的長處和短處了。我
> 的長處是明白清楚，短處是淺顯。[9]

同時，他也對於自己主編過的幾十期《競業旬報》，發表了
心得：

> 不但給了我一個發表思想和整理思想的機會，還給了
> 我一年多做白話文的機會。
> 我不知道我那幾十篇文字在當時有什麼影響，但我知
> 道這一年多的訓練給了我自己絕大的好處。白話文從
> 此成了我的一種工具。[10]

由這段話可知，胡適自陳早年的白話文訓練，帶給他絕大的
好處，從此白話文便成為他的工具。關於近代白話與五四的
接壤，胡適此言即為重要證據。由此可知，近代白話書寫的
經歷與後來五四的成就應有相當關聯。

此外，胡適與近代白話書寫的關聯，不能忽略的另一點
就是，他曾經受到梁啟超新體散文的影響：「我個人受了梁
先生無窮的恩惠。」（《四十自述》）這裡所謂「恩惠」指的
就是受到梁啟超啟迪的文學觀念及作法。郭沫若亦曾說道：
「當時的有產階級的子弟」，「可以說沒有一個沒有受過他的
思想或文字的洗禮的。」（《少年時代》），所謂「洗禮」，指
的自然就是新文體輸入的西方思想文化，以及新文體中夾帶
的新名詞。關於梁啟超巨大的影響力，錢玄同曾經評價道：

> 梁任公先生實為近來創造新文學之一人。

鄙意論現代文學之革新，必數及梁先生。

輸入日本文之語法，以新名詞及俗語入文，視戲曲小
說與論記之文平等，……此皆其識力過人處。11

這正是梁啟超嘉惠現代文學的幾個重要方面。他對白話書寫
的最大貢獻，即在新名詞的引入，補足原本語文之不足，並
使之普及，從而進入口語。這項具體的功勞使梁啟超亦成為
五四文體革命的摩習對象。12

綜合以上，胡適參與過近代白話書寫的經歷，對於他後
來「重新」提倡白話書寫具備直接而有效的推動力量。

此外，陳獨秀在〈文學革命論〉一文中，13大舉宣傳文
學革命主張：「曰推導雕琢的阿諛的貴族文學，建設平易的
抒情的國民文學；曰推倒陳腐的鋪張的古典文學，建設新鮮
的立誠的寫實文學；曰推倒迂晦的艱澀的山林文學，建設明
瞭的通俗的社會文學。」14這段宣言式的文字呈現極為明確
的改革立場，與胡適一連串的文學改良主張互相應合。此
外，陳獨秀於《科學與人生觀・序》中談到白話文運動一
事：15

常有人說，白話文的局面是胡適之陳獨秀一班人鬧出
來的。其實這是我們的不虞之譽。中國近來產業發
達，人口集中，白話文完全是應這個需要而發生而存
在的。適之等若在三十年前提倡白話文，只需章行嚴
一篇文章便駁得煙消灰滅。此時章行嚴的崇論宏議有
誰肯聽？16

陳獨秀此段議論，[17]即使他的朋友胡適亦不能完全贊成，尤其是其中指出「中國近來產業發達，人口集中，白話文完全是應這個需要而發生而存在的。」胡適認為白話文學的發展與「產業發達，人口集中」毫無關聯；並認為文學代謝變化是正常的發展，因此文體的轉變應來自文學史內部的規律問題。

更重要的是，陳獨秀並未提及五四白話受近代白話書寫的影響問題，並認為若提早三十年發起白話文運動可能無法成功。其實，在近代白話書寫運動中辦過《安徽俗話報》的陳獨秀也寫過不少白話文。譬如他曾經在一九○○年代連載數期〈惡俗篇〉於《安徽俗話報》上，以白話散文的形式痛砭傳統婚姻制度及女性問題。凡此種種，皆可視為他日後參與五四白話文運動的基礎。

值得一提的是，周作人在《中國新文學的源流》當中，[18]曾經述及近代白話書寫運動與五四白話文之不同的文字，影響甚大：

> 在這時候，曾有一種白話文字出現，如《白話報》、《白話叢書》等，不過和現在的白話文不同，那不是白話文學，而只是因為想要變法，要使一般國民都認識些文字，看看報紙，對國家政治都可以明瞭一點，所以認為用白話寫文章可得到較大的效力。因此，我以為那時候的白話和現在的白話文有兩點不同：第一，現在的白話文，是「話怎樣說便怎樣寫」，那時候卻是由八股翻白話。有一本《女誡注釋》，是那時候的《白話叢書》之一，……那時的白話，是作者

用古文想出之後，又翻作白話寫出來的。

第二，是態度的不同——現在我們作文的態度是一元的，就是：無論對什麼人，作什麼事，無論是著書或隨便的寫一張字條兒，一律都用白話。而以前的態度則是二元的：不是凡文字都用白話寫，只是為一般沒有學識的平民和工人才寫白話的。因為那時候的目的是改造政治，如一切東西都用古文，則一般人對報紙仍看不懂，對政府的命令也仍將不知是怎麼一回事，所以只好用白話。但如寫正經的文章或著書時，當然還是作古文的。因而我們可以說，在那時候，古文是為「老爺」用的；白話是為「聽差」用的。

總之，那時候的白話，是出自政治方面的需求，只是戊戌政變的餘波之一，和後來的白話文可說是沒有多大關係的。

不過，那時候的白話作品，也給了我們一種好處：使我們看出了古文之無聊。同樣的東西，若用古文寫，因其形式可作掩飾，還不易看清它的缺陷，但用白話一寫，即顯得空空洞洞沒有內容了。[19]

由此看來，周作人對近代白話書寫的成績不以為然，並未賦予它一個獨立的價值。

其實，周作人的看法雖有貶低近代白話書寫運動之處，[20]但身為五四白話文運動的領袖之一，這種貶低亦情有可原。回顧近代白話書寫的作品，僅管其中有一些是從文言翻成白話的，但純粹以白話書寫的作品也是所在多有，譬如白話道人為《中國白話報》寫的〈發刊詞〉：

> 天氣冷啊！你看西北風鳴鳴的響。挾著一大片黑雲在
> 那天空上飛來飛去，把太陽都遮住了。上了年紀的這
> 時候皮袍子都上身了，躺在家裡，把兩扇窗門緊緊關
> 住，喝喝酒，叉叉麻將，吃吃大煙，倒也十分自在。
> ……21

以上句子並無一點文言翻成白話的味道，而是個人創作成份濃厚的散文，與五四白話文學相比也不遜色。如此看來，周作人的論點未免以偏蓋全。

此外，周作人認為近代白話書寫與五四白話文沒有多大關係，應該是他這篇文章最引人矚目的論點，如文中提到「那時候的白話，是出自政治方面的需求，只是戊戌政變的餘波之一，和後來的白話文可說是沒有多大關係的。」這段話明顯否決白話書寫的承繼關係；但為後世論者廣泛接受，並引入各種論著之中，成為影響深院的論述觀點。

究其實，五四提倡白話文學的健將，與近代提倡白話書寫的人物，確實不大一樣。22尤其是近代倡導白話小說甚力的梁啟超、夏曾佑、狄葆賢等人，在五四新文學運動中都不再充當領袖人物。這使得一般容易認為兩者果真無明顯關聯，應為兩批人士的不同活動。但是，如同前所述在主張白話書寫上，兩者的聯繫相當明顯，陳獨秀及胡適在近代白話書寫風潮下編寫過白話報刊，即是明證。換言之，可以肯定的是，他們在近代白話書寫中的經歷，皆成為他們日後在五四白話文運動中的基礎。

就以上三位五四健將對於近代白話的看法而言，其言說皆指向一點：即五四白話文的發生與近代的關聯不大。那

麼，諸位五四健將之所以不能、或不願將兩者之關聯明確點出，背後應有更深層的因素有待理解。針對這個問題，至少應從以下兩點觀察：

第一，五四白話文是歐化的書面語，近代白話則與傳統白話書面語較為接近，大多是一種半白半文的形製，兩者呈現極為不同的面貌。因此，五四白話文領袖大多沒有直接將兩者聯繫在一起。

第二，五四領袖的白話經驗有很大一部分來自於古典白話小說的閱讀，並非只接觸近代的白話作品。因此，這項閱讀經驗使得五四白話文領袖容易略過近代白話作品所產生的影響。

關於第一點，在科學（賽先生）至上、西學為重的五四時期，胡適等人多有留學西方國家經驗，接收歐美最新的文學思想以改革中國文體及語言文字，是他們當時最先注意到的問題。因此，五四時期的白話詩歌、散文及小說中，都能輕易看到歐化的痕跡，與近代白話呈現極為不同的語言特色。如〈夢與詩〉：

> 都是平常經驗，
> 都是平常影像，
> 偶然湧到夢中來，
> 變幻出多少新奇花樣！
>
> 都是平常情感，
> 都是平常言語，
> 偶然碰著個詩人，

變幻出多少新奇詩句！

醉過才知酒濃，
愛過才知情重：——
你不能做我的詩，
正如我不能做你的夢。[23]

又如〈人力車夫〉：

日光淡淡，白雲悠悠，
風吹薄冰，河水不流。
出門去，雇人力車。街上行人，往來很多；車馬紛
紛，不知幹些什麼。
人力車上，個個穿棉衣，個個袖手坐，還覺風吹來，
身上冷不過。
車夫單衣已破，他卻汗珠顆顆往下墮。[24]

關於第二點，五四領袖的閱讀書單，不只是觸手可及的
近代白話作品而已，古典小說才是他們白話養分的來源。以
胡適為例，他極度推崇《水滸》、《三國》、《西遊》、《金
瓶》等白話小說，並列為創造新文學的工具之一：

甲、多讀模範的白話文學例如《水滸傳》、《西遊
記》、《儒林外史》、《紅樓夢》；宋儒語錄；白話信
札；元人戲曲；明清傳奇的說白；唐宋的白話詩詞，
也該選讀。[25]

同時，他更認為古典白話小說的閱讀是今日五四白話文得以
發展的重要背景：

> 我們要知道，這幾百年來，中國社會裡行銷最廣，勢
> 力最大的書籍，並不是四書五經，也不是程朱語錄，
> 也不是韓柳文章，乃是那些「言之不文，行之最遠」
> 的白話小說！這就是國語文學的歷史的背景。這個背
> 景早已造成了，《水滸》、《紅樓夢》……已經在社
> 會上養成了白話文學的信用了，時機已成熟了，故國
> 語文學的運動者能於短時期中坐收很大的功效。我們
> 今日收的功效，其實大部分全靠那無數白話文人白話
> 詩人替我們種下了種子，造成了空氣。[26]

因此，以胡適的立場而言，推行一項革命性的文學運動，必
需為它找到歷史的論據，以加強活動的必要及正當性。因
此，將白話經驗上推至古典小說的影響，確實是不得不然的
作法。
　　因此，基於上述兩點，置身於五四的文人或許因近身觀
察近代，而無法客觀的做出周延的判斷。然今日視之，通過
更多資料，已足以驗證兩者之間的關聯性是無庸置疑的。

# 第二節 近代白話書寫「救國維新」之實用性先行於文學藝術性之上

近代白話書寫的特色之一，簡言之就是以實用性的政教宣傳效用為主，較為缺乏文學的藝術性。這也正是近代白話書寫容易為人貶抑並忽略之處。誠如袁進所言：

> ……儘管報刊已經崛起，「報章體」也初具離型，但是它們的力量還不足以引起一場語言變革，因為此時報章主要集中在上海等少數幾個城市，中國大部分地區感受不到它的衝擊。報刊等帶來的語言變化，是在晚清先進知識份子掀起的「救國」熱潮中才轉變為語言變革，形成潮流的，它匯成潮流的關鍵在於把提倡「白話文」與「救國」結合起來，而原來享有文言文專利的士大夫中，分化出一批先進份子，成為提倡白話文的急先鋒。27

此段文字透露的訊息，第一點是儘管報章體已形成，但由於報刊書籍皆集中於幾個大城市，對於全體國民的影響力有限，因此報刊等白話書寫的文章，所引起的語言變革並未形成太大的衝擊。第二點則是只有當白話文與救國的目的結合在一起之後，才使得語文變革形成一股潮流，直接衝擊傳統的價值觀。因此，最重要的關鍵在於原先專利使用文言文的

士夫們，分化出一批先進的知識份子，成為白話書寫的倡導
者。因此，只有當救國的觀念先行於文學藝術的追求之上
時，才能激顯出白話書寫所帶來的語文變革的可能性。

　　正是由於這批先進知識份子的膽識與魄力，使得白話書
寫成為可能。而提出這種創見的知識份子們，著意的是救國
與維新，在意的是開通民智的效果，因此所有宣傳文字必須
力求淺顯，以利於閱讀傳送。正是因為如此，站在文學發展
的立場而言，這樣的文字作品缺乏了文學應有的美感及溫柔
敦厚的氣質，大都流於純粹實用的政教目的。如夏曉虹所
言：

> 晚清白話文作為開通民智的工具，是寫給不懂文言的
> 下層人民看的，只求淺白，自然缺乏現代詞語與美
> 感。梁啟超的新文體所用語體並非白話，而是淺近文
> 言，只能起過渡作用；而近代白話小說數量雖多，但
> 大都用作改良政治的手段，或則單純以娛樂讀者為目
> 的，不大注意白話的提純與現代化。正因為他們都有
> 弊病，無法地表達現代人的社會生活和思想感情，而
> 且在觀念上，絕大多數人仍將文言與優秀的民族文化
> 和愛國思想並聯，反映在實踐中，文言的實際地位便
> 高於白話，因此，晚清白話文、新文體與白話小說便
> 都不能單獨取代文言文成為主流。[28]

這段文字對於近代白話之所以無法取代文言做了很中肯的說
明。第一點，這些作品的首要目的在於開通民智，是寫給不
懂文言的人們閱讀的，在講求淺白效果的要求下，自然很難

顧及文學美感的展現。第二點，以數量龐大的白話小說而言，除了以改良政治為目的者，其餘又大多以娛樂休閒為主要訴求，真正注意白話詞語的運用及現代化的少之又少。第三點，許多人對於文言與白話的應用仍具有傳統而刻板的觀點，即文言的優越性高於白話，文言的適用性仍為文人士夫的主流，而白話則適用於引車賣漿之流。綜合言之，白話書寫作品以政教為導向的目的，直接影響了它的文學內涵，不得不走向救國救民的實用價值上。

因此，近代白話在文學功能方面，以達成政教目的為主，較不著意於藝術性是可以想見的。若與五四白話文運動相較，更能突顯此項特質。這恐怕是由於近代的語文變革並非直接來自其內部所產生的變革，而是通過社會政治的變革所帶動的。因此，當語言文學被賦予「改良政治」的動機時，它的效用是短暫的；一旦革命黨人完成政教宣傳的目標轉而付諸實際行動時，白話文的創作就很少有人願意著筆了。換言之，宣傳的目的達成了，便「過河拆橋」。如此一來，白話書寫的作品便沒有機會獲得適當的錘鍊與修飾了。誠如袁進所言：

> 晚清的白話文運動是由「改良政治」為動力的，要推行「民主」，普及教育，必須「言文一致」，讓更多的平民接受教育。晚清白話文運動失敗的原因之一就在以「改良政治」為動力上。一旦革命黨人由宣傳變為行動時，白話文就很少有人再作。共和國的建立，更使許多人覺得政治任務已經完成，白話文已經失去了它的宣傳作用。這時白話報刊便很少了。[29]

近代白話的命運便如此與近代社會政治的運勢共同糾結一處，成為改革社會的工具；但它也在任務達成之後，成為被快速遺忘的棄兒。

然而，也有學者認為近代白話文學仍有藝術性較高的作品可待驗證，而不是只有啟迪民智的而已。如龔鵬程所言：

> 晚清白話文學之發展，不應只以中國遭受西方衝擊的反應面來觀察，而應視為中國傳統內部非主流因素勢力逐漸擴大中的一個部分。因為在晚清，中國傳統中較不受重視或被貶抑的東西，都被提舉出來，勢力大為增強。民間小說戲劇評話之發展亦然，且有大量文人投入其中，參與研究及創作，如王國維、吳梅、俞樾、劉鶚……等。其目的皆不在啟迪民智也。[30]

由此而言，近代白話書寫的發展，不大需要完全以反應西方衝擊為主要因素，反而應該直接視之為文學史內部自然生成的一股壯大的力量。這種自然生發的情形，多半反映在被貶抑的小說戲劇等文類的受到重視上。究其實，白話文學的傳統由來已久，傳統上被歸類於說部的小說戲劇就是最佳的範例；那塊不受上層文士重視的園地，卻向來是白話文學的陣地。一旦文學史內部規律發展到了某個波段，便不得不重掀波瀾，起而代之。近代白話書寫在小說戲劇上的表現，顯然遠較散文或詩歌的成績要來得出色不少，應當就是這種文學史發展規律下的正常發展。但是，正面肯定近代白話小說的書寫成績的論述，卻是付之闕如。如何能夠更正確的評價近代白話文學，尤其是白話小說，恐將是一項艱鉅的工程。

其後，五四白話文的倡導者毫無例外地都以古代的白話
文學名著做為典範。五四學者最鍾情的文學典範就是明清及
近代的白話小說。他們不僅將《水滸傳》、《紅樓夢》等視
為白話書寫的教科書看待，更發現「白話不但不鄙俗，而且
甚優美適用」。[31]同時，胡適更肯定近代白話小說的價值：

> 吾每謂今日之文學，其足與世界「第一流」文學比較
> 而無愧色者，獨有白話小說（我佛山人，南亭亭長，
> 洪都百煉生三人而已）一項。[32]

由此可見，他們已不再如同近代白話書寫提倡者純粹由實用
角度出發；他們肯定白話書寫除了宣傳及啟蒙的功用之外，
還能夠表達複雜而豐富多樣的人生經驗，進一步從文學美學
的眼光欣賞白話，認為用白話書寫情感，描摹景物，都能達
到真善美的境地。以此言之，劉鶚等人的白話小說，也可以
被視為現代白話小說的起源了。因此，只要懂得運用白話，
也可能達到文言所呈現的藝術效果時，白話便可堂而皇之地
取代文言，成為文學創作的主要語言了。

因此，以接受角度觀之，一般多認為五四時期的白話文
學作品較注重文學的藝術性，這由現代文學史多將五四時期
刊登於《新青年》的《狂人日記》視為白話文學的第一部小
說，即可驗證。簡言之，五四時期的白話小說多已具備現代
小說的雛型，但並非如五四學者所謂的「平民文學」，如袁
進所言：

> 一般人常有誤會，以為「五四」白話文運動提倡白話

是要推行「平民文學」。其實這是晚清白話文運動的
宗旨，「五四」白話文運動已經遠遠超越這一宗旨。
儘管「五四」白話文運動的倡導者們要「推倒迂晦的
艱澀的山林文學，建設明瞭的通俗的社會文學」（陳
獨秀〈文學革命論〉，載《新青年》第二卷第六號），
而且明確提出「平民文學」的口號，但在事實上，
「五四」白話文運動與晚清白話文運動的重大區別，
就是面向普通老百姓宗旨的淡化。33

當五四白話文被放置在與近代白話相同的基點上觀察時，其
最大的共同點就是面向平民大眾這一訴求；但弔詭的是，這
也是它們最關鍵的不同處。質言之，與近代白話相較之下，
五四白話文的藝術性成就較為明顯。

綜合以上，五四白話文學的成功，不僅在於理論上的建
樹，更在創作實踐上出現一大批以純正白話書寫的具備現代
文學範式的創作；這也正是近代白話書寫難以企及的成就。
因此，就文學的功能而言，近代白話書寫的政教效能較為顯
著，而五四的藝術性較為鮮明。


# 第三節　近代白話書寫融鑄「口頭語」與「書面語」的糾葛


近代白話書寫的特色之二，就是企圖融鑄「口頭語」與
「書面語」所造成的糾葛。

將口頭語與書面語合一的構想，其初衷甚佳，但口頭語

與書面語卻是不同的兩個系統，兩者幾乎不可能完全一致的。究其實，為救國維新而推出的言文一致的口號，的確具有適當性與必要性；但也因為不是從文學發展的角度立論，往往忽略了深層的文學內在規律。終究落得口號震天價響，卻難得有作品符合言文一致的標準。根據袁進的研究指出：

> 平心而論，「言文一致」在文言與口語相距太遠時作為口號提出，推行白話文是是可以的，但它其實是不可能做到的。「我手寫我口」多少帶有空想的性質，因為口頭語與書面語是不同的，兩者絕不可能完全一致。[34]

黃遵憲提出的「我手寫我口」，雖嶄新而誘人，終究敵不過現實操作上的侷限。今日思之，兩者之間的合流其實是相當複雜的課題。那麼，口頭語與書面語兩者之間的糾葛與拉距，究竟如何嚴重。袁進的研究成果正好可以證明這一點：

> 口頭語最活躍，變化大，書面語的要求總要比口頭語高，比口頭語規範穩定得多。如果把書面語降低到口頭語的水平，絕不能產生優秀的第一流的文學作品。但是口頭語與書面語的距離又不能過大，成為兩種不同的語言，他們必須能準確地表達人們的思想情感，滿足社會交流的需要。有的文言最初也是口頭語，如《尚書》的誥語，漢代的手詔，它們與後來的口頭語相比，變化之大，遠遠超過書面語的變化。世界上沒有一個民族的口頭語與書面語是完全一樣的。[35]

口頭語的特色是活潑且不穩定性較高，而書面語的要求則強調文辭典雅與行文端整，比起口頭語的可變動性顯得規範許多。而口頭語一旦行諸文字，進入書面成為可供閱讀的篇章時，便必須有所修飾，無法直接記載原始而不加矯飾的口語。若否，往往流於俚俗淺白的境地，無法達到情文並茂的美文標準。因此，活潑的口頭語與已定型的書面語之間，總是存在著深刻的鴻溝。此理且放諸四海而皆準，並無一國家的語文真能達到言文一致的地步。因此，言文一致口號的提出有其時代意義，它促使書面語由文言文走向白話化的口語發展；俗化後的書面語，變得更具親和力。但是，口語化之後的書面語與原來的口頭語果真合一？又是另一個問題。袁進對此有一番見解：

> 所以，「言文一致」作為口號在從晚清到五四時期提出，促進了白話文運動的發展，使漢語的書面語產生重要變革，由「雅」向「俗」發展，豐富了它的表現力，具有很大的功績。但是這個口號不是一個科學的口號，它有著自身的片面偏限，因此它不可能成為書面語發展的最終目標，它在「五四」白話文運動勝利後便遭拋棄，是必然的。36

口頭語順利進入書面之後，直接促使書面語的通俗化、口語化；使文學由雅向俗發展。同時，也造成另一股反激的效果。即過於俗化而不思文學語言修辭的精準，使得許多以白話書寫的作品，為眾多知識份子及讀者所摒棄，反而產生另一批以文言書寫的作品，從詩詞到文章、小說皆有37。白話

與文言所書寫的作品儼然形成對峙局面。究其實，口頭語進
入書面之後所產生的白話，並非成熟的文體，讀者的接受情
形亦未達成共識，使得口頭語與書面語的合一，於實際操作
上糾葛不定。

　　近代白話標榜的口頭與與書面語合一的理想，著實充滿
許多困難。相較之下，五四時期推動口頭語與書面語的合
一，顯然成效卓著。在一片推行國語文學的呼聲下，黃遵憲
的「我手寫我口」，變成了胡適高舉的口號。由這句話的重
新標舉，已明顯透露五四白話文學所要強調的「白話」特
質。既然標榜必須將口頭語寫成書面語，身為領袖的胡適便
率先嘗試為之，成就許多篇章，甚至學術論著亦以淺白口語
寫就。胡適的影響力與近代白話的績累、西方文學思想的引
進，促使口頭語進入書面語的白話書寫，逐漸於五四時期走
向成熟局面。從此正式改寫千百年來的文言書寫習慣，造就
今日以白話書寫為主流的局面。

　　然而，五四白話文學的推動亦「曾經」遭遇讀者接受的
問題。許多習慣閱讀文言者，不耐白話書寫的淺白；而接受
半白半文、淺近文言者，也同樣難以接受純白話書寫的直
樸。究其實，閱讀人口的形成極不容易；一旦形成，更不容
易驟然改變。而近代至五四的書面語言的不穩定，確實造成
一些特異的景象：

　　　　新白話絕非通俗到如白居易的詩歌，連當時一般的老
　　　太太也能懂。其實當時識字的老太太們寧可去讀鴛鴦
　　　蝴蝶派的白話，或者文白相雜的淺近文言，也不要讀
　　　新文學的白話。魯迅的母親就是例子，她寧可讀張恨

> 水等人的小說，也不喜歡看兒子所著的小說。新文學
> 不通俗的原因有多方面，其中之一就是語言表達大量
> 引進外國語的表達方式，使用「歐化」的白話。38

五四推行白話文學的初期，魯迅的《狂人日記》被認為是第
一篇具備現代意義的白話小說，享有極高的評價。但五四白
話創作的成就，卻不是真的依靠「我手寫我口」所創作出來
的白話文，而是經由一群先進的文人們錘鍊後的白話文。換
言之，到了五四時期，成熟的白話書寫作品其實是已經「雅
化」之後的結果。至此，白話書寫的俗化可說已由五四時期
的雅化所取代了。

因此，白話書寫，原本旨在促使書面語的俗化，然而一
旦真正完成俗化之後，又必須面臨雅化的曲折變化；這樣的
發展，恐怕使得閱讀習慣已固定者很難迅速扭轉，可能根本
看不懂「真正」的白話小說。這應該也是魯迅之母無法立即
接受新的白話文學的根本原因吧。

綜合以上，所有改革運動初期皆必須面臨某個階段的窘
境。而口頭語與書面語合一的推動，更是複雜而棘手的問
題，除了語言轉換的問題，亦牽涉到雅俗之間的流動；而讀
者接受的情形更影響言文合一的效果。因此，近代白話書寫
運動在強調口頭語與書面語合一的問題時，同時得面臨它的
糾結之處。

## 第四節　近代白話書寫倡議者與個人 文言書寫習慣之間的矛盾

近代白話書寫的特色之三，就是倡議白話書寫者的書寫習慣仍以文言為主。前文已述及（第五章）傳統知識份子面對文言與白話所持的態度，以功能分殊視之。換言之，由於傳統古文的訓練，文言書寫已內化為自身的一部分，使用文言吐屬思想情感，是一件相當自然的事情；而白話書寫似乎只能在搖旗吶喊時使用。於是，文言的使用仍在上層文士之間流動，白話則是溝通下層社會的利器。面對不同階層的讀者，使用的是二種不同的書寫系統。然而，同時，這也是促使白話書寫的文學性質付之闕如的重要關鍵。

關於這點，在後來的研究中也有相關論述。如胡適即認為近代許多文人對於文言與白話的使用存在著矛盾而複雜的態度：

> 那時候的中國知識份子是被困在重重矛盾之中的：……（二）他們明知白話文可以作「開通民智」的工具，可是他們自己總瞧不起白話文，總想白話文只可用於無知百姓，而不可用於上流社會。[39]

胡適此言深中肯綮。近代中國知識份子在文化思想上最明顯的特色，就是「被困在重重矛盾之中的」，例證之多不勝枚舉。[40] 其中一批比較先進的知識份子，目睹變局，「暫時」

跳脫原有的文言書寫的習慣，改以白話喚醒大多數沉睡中的老百姓。因此，以白話書寫的作品大多直接訴諸強烈的救國維新思想，較不著意於文學語言的修飾。

因此，當時的白話書寫對於許多文人而言，還是與自身的書寫品味有段距離，難以成為日常生活中的一部分，這從他們所寫的文論大多以文言或半文言書寫就可以看得出來。而當時的文學環境中，文言仍為多數文學創作的主要書寫形式，詩歌以同光體最為風行，還有許多譯翻為文言的外文小說及論著等；更有許多文人是擅長碑帖文字的。總之，這群文人所處的上層社會中，仍然籠罩在一股古典的文學氛圍中。同時，白話書寫的功效在面對群眾時發酵，因此形成一種奇特的並置或錯置的現象。如龔鵬程的研究指出：

> 以白話宣揚政見、啟發民智，在晚清只是個輔助系統，聲勢並不如今人想像中大。以革命黨和保皇黨的鬥爭來說，革命派之章太炎、劉師培，皆文筆古奧，章氏尤甚。但在宣傳上卻如魯迅所說，是「當之披靡，令人神往」。為什麼？因為大部分的知識份子覺得章氏的文章較有「根柢」，梁啟超新民叢報體，就不免有些淺薄了。所以革命派文宣之勝利，主要是他們的表達方式較符合一般知識份子的文學認知，也吻合他們的格調（當時很多人寫信都用篆字，玩古董、賞古碑、論古學，也是一般知識人普遍的生活方式，且大流行於晚清）。白話固然也有人提倡，但根本上仍是重「文」而輕「話」。[41]

此文對於新民叢報體（白話文體）所發生的功效，抱持較為質疑的態度。理由是，以古文寫就的革命派的文章，在魯迅的回憶中達到「當之披靡，令人神往」的地步，受到同樣享有文言專利的士大夫們的歡迎，符合他們的格調與要求。然而，此說固然切中肯綮，但需要說明的是，白話書寫所欲發聲的對象，原本即設定為對中下階層的啟蒙，並非要向知識份子灌輸思想。因此，白話書寫的接受者是廣大需要啟蒙的百姓，至於一般知識份子對白話書寫的接受顯然並非當務之急。但文中指出當時知識份子普遍「輕視」白話、認為白話欠缺根柢的態度，卻是相當值得重視的。關於這個問題，袁進也有相關論述：

> 裘廷梁、梁啟超、黃遵憲、林白水、陳獨秀、蔡元培等人都是舉人，至少也是秀才，有的還是進士出身。他們提倡白話，並不是由於他們擅長寫白話文，（恰恰相反，他們寫文言文的能力都遠遠超過他們寫白話文的能力）而是由於他們確信運用白話文能夠普及教育，減少中國人花在無用的文學上的受教育時間，從而騰出更多的時間來接受科學知識及社會科學知識的教育，促使國家富強起來。白話文運動能夠匯成潮流，形成中國近代的語言變革，也是因為當時的士大夫和後來的民國當政者都接受了這一看法。[42]

究其實，裘廷梁等接受古文教育成長的知識份子，推動白話的初衷，完全是由於他們確信白話可以普及教育，能夠振衰起弊；與他們本身是否擅長寫作白話，是沒有關聯的。因

此，他們只能將文言與白話的功能分別看待，以釐清兩者的
用途。

　　因此，一般知識份子除了普遍「輕視」白話之外，也經
常一邊提倡白話書寫，一邊仍使用文言寫作。他們在文言的
使用習慣已穩固建立的同時，面對嶄新的白話書寫卻有難以
掌控的困窘。因此最重要的問題是，白話書寫的提倡者自己
也無法提供一個真正嶄新的語言規範。換言之，在新的語言
規範尚未建立之前，即已先行提倡新的書寫文體或模式，必
然要面臨諸多紛雜的問題。袁進的研究恰可證明這一點：

　　　文學語言的「由雅變俗」與「由俗趨雅」似乎顯示了
　　士大夫所處的困境：為了救國，為了喚起老百姓，他
　　們接受了語言「由雅變俗」的主張；但是他們所受的
　　教育，他們的欣賞趣味，又決定了他們不能完全接受
　　適合老百姓的俗話，而要把它改變為適合士大夫欣賞
　　趣味的文言。周作人說晚清文人提倡白話是先用文言
　　想好，再從文言翻成白話，並沒有完全說錯，晚清確
　　實有不少這樣的情況，只是它們不能代表晚清白話的
　　最高水平。梁啟超便曾感慨用白話翻譯外國小說遠較
　　用文言困難，所以只能「文俗並用」。這種狀況也證
　　明了這場語言變革不是語言自發產生的，連提倡變革
　　語言的領袖們也不能提供新語言的模版。[43]

證諸許多事例，這場白話書寫運動產生的文章大約可以「瑕
瑜互見」、「良莠不齊」形容之。不但有許多宣傳式的白話
文章、由文言翻成白話的白話文章，也有品質較高的白話小

說、以淺近文言翻譯的西文論著等等。異態紛呈的局面，完全是因為近代白話的寫作並沒有一個定型的規範，無怪乎梁啟超自己也要感慨只能「文俗並用」而已，要全面達成白話書寫的理想還有一段距離。

綜合以上，提倡白話書寫的知識份子本身，即同時擺盪在文言的典雅與白話的淺俗之間；沒有全面拋棄文言（雖然文論中皆呼籲拋棄文言），更無法建立白話書寫的規範。時日既久，任由改革狂潮一旦遠颺，白話書寫的政治正確性便幾乎要蕩然無存了。因此，白話書寫運動的主要人物，一直處於啟蒙與救國使用白話，平日行文仍使用文言書寫的習慣。領袖人物在書寫習慣上的矛盾，正是它最終走向衰敗的重要原因。

# 第五節　五四以後白話掌握書寫權

近代所發生的白話書寫運動，僅管規模宏大，終究未竟全功；未能完全翻轉文言與白話書寫並存、且文言書寫仍佔優勢的現實。近代以白話書寫取代文言的呼聲雖然響亮，但嚴復卻認為這是十分不合理的一件事：

> 革命時代，學說萬千，然而施之人間，優者自存，劣者自敗，雖千陳獨秀、胡適、錢玄同，啟能劫持其柄，則亦如春鳥秋蟲，聽其自鳴自止可耳。[44]

嚴復憑藉歷史經驗，認為以白話代替文言終究行不通。但

是，出乎意料之外，到了五四時期，文言書寫終於抵擋不住白話狂潮的襲捲而讓出主導地位；使白話書寫成為日後通行的體制，名正言順領有中國現代文學語言的正確性。[45]

因此，從近代到五四，成為今日通行文體的白話書寫，其普遍的適用性是由五四時期逐漸展開而一路影響至今的。其實，它的影響不止及於五四時期的大陸本土作家作品而已；對於日據時代的臺灣，甚至二十世紀初海外華文文學的白話書寫，也有相當程度的影響。簡言之，白話書寫逐漸由點線擴展為全面性的書寫主流。

揆諸現代白話文學的發展面貌，肯定的是白話書寫已全面攻佔日常的、乃至學術的書寫，以主流文體之姿展現它的理所當然。文言書寫在這五十餘年來已退守至極有限的領域當中，如國文教學中的文言文教材、學院裡的或一般古典文學愛好者的舊詩及駢文、應用文件及書信中的典雅文辭等等，都是現代文言書寫的發聲之所。除此之外，文言的出現極為稀少。即便如此，仍遭抗拒與質疑。這恐怕是白話扭轉書寫習慣之後的不得已與不適應。料想百年前提倡白話書寫當時，恐怕也無法想像今日全面接受白話的局面。

因此，四九年之後的文學鳥瞰圖就是白話書寫全面佔領上風。這情況雖逼得文言使用日趨稀少，但以文言書寫為主的古文仍肩負著傳承文化使命的責任，白話譯本的存在正說明此一事實。[46]白話譯本在近代推行白話書寫時即已存在，如《女誡》即有裴毓芬的譯文。而當時推出白話譯本，是希望藉由白話譯本讓不識字者識得經典；而現代的白話譯本是為了讓對文言陌生與排拒者，經由簡便明白的譯本「直接」閱讀經典，節省解讀文言的時間。不同時代的白話譯本的出

現，僅管成因不盡相同，其結果都是為了消弭大眾閱讀經典時對文言所產生的隔閡感。

放眼當代，白話書寫已是理所當然之事，其間亦誕生無數的經典之作，豐富了文學史的篇幅。而當代白話書寫的文學史仍在書寫當中。

# 註 釋

1　借王德威〈沒有晚清，何來五四？── 被壓抑的現代性〉（《如何現代，怎樣文學？── 十九、二十世紀中文小說新論》）及〈沒有晚清，何來五四？〉（《被壓抑的現代性 ── 晚清小說新論》導論）的標題一用。

2　所謂「一九一九年文學革命的重要宣言」，指的應該是一九一七年，胡適所發表的〈文學改良芻議〉一文。

3　王德威〈沒有晚清，何來五四？〉，《被壓抑的現代性 ── 晚清小說新論》（臺北：麥田出版社，2003年）導論，頁15。

4　1921年出版。

5　胡適〈引子〉，《白話文學史上卷／第一編·唐以前》（臺北：遠流出版公司，1988年），頁13-14。

6　該文發表於1935年。與〈逼上梁山〉合刊為《中國新文學運動小史》（臺北：胡適紀念館出版，1974年）。

7　〈中國新文學運動小史〉（《中國新文學運動小史》，北京：北京大學出版社，1998年），頁18。

8　李孝悌〈胡適與白話文運動的再評估 ── 從清末的白話文談起〉（《胡適與近代中國》，臺北：時報文化公司），頁2。

9　胡適《四十自述》，頁67-68。

10　同上注。

11　錢玄同〈寄陳獨秀〉，《中國新文學大系·建設理論集》（上海：良友圖書，1935年），頁52。

12　五四階段，梁啟超反而轉向古典文學，不似青年時期那般吶喊的關注新文學的發展。

13　原載1917年2月1日《新青年》第二卷第六號。

14　引自徐中玉編《中國近代文學大系第1集·第1卷·文學理論集

一》，（上海：上海書店，1994年），頁240。

15　作於1923年11月13日，12月1日在《前鋒》期刊上發表。

16　引自胡適〈新文學運動小史〉（《中國新文學運動小史》，北京：北京大學出版社，1998年），頁18-19。

17　這段文字中所提到的章行嚴，即章士釗。當時，胡適發起文學改良運動，發表〈文學改良芻議〉一文，大力提倡「文學的國語，國語的文學」；從此讓白話文的應用在五四之後更加普及。此時，嚴復、章行嚴、林紓等維護文言使用權的文人，遂與胡適、陳獨秀、錢玄同等人形成壁壘分明的對立局面。兩大陣營皆為自己的主張反覆辯駁。當時章行嚴和胡適進行過筆戰，嚴詞批評白話文運動的主張。因此，陳獨秀才有此言。

18　此書原為1932年受沈兼士之邀至北平輔仁大學演講的稿本，亦出版於同年。

19　周作人《中國新文學的源流》（臺北：里仁書局，1982年），頁98-101。

20　參考袁進《中國文學觀念的近代變革》（上海：上海人民出版社，1996年）第七章「文學語言的變革」，頁167-168。

21　寫於1903年。轉引出處同上，頁167。

22　同注20。

23　胡適《嘗試集》，頁150-151。

24　沈尹默《沈尹默詩詞集》（北京：書目文獻出版社，1983年），頁7。

25　胡適〈建設的文學革命論〉，《文學改良芻議》（臺北：遠流出版公司，1994年），頁64。

26　胡適《白話文學史·引子》（臺北：遠流出版公司，1994年），頁13-14。

27　袁進《中國文學觀念的近代變革》（上海：上海人民出版社，1996年），頁170-171。

28　夏曉虹〈五四白話文學的歷史淵源〉（《中國現代文學研究叢刊》1985年第三期，北京：北京作家出版社，1985年7月），頁39-40。

29　袁進《中國文學觀念的近代變革》（上海：上海人民出版社，1996年），頁168。

30　龔鵬程〈傳統與反傳統──論晚清到五四的文化變遷〉，《近代思想史散論》（臺北：東大圖書公司，1991年），頁38。

31 胡適〈逼上梁山 —— 文學革命的開始 —— 〉,《中國新文學運動小史》(臺北:胡適紀念館出版,1974年),頁54。

32 胡適〈文學改良芻議〉,《文學改良芻議》(臺北:遠流出版公司,1994年),頁8-9。

33 袁進《中國文學觀念的近代變革》(上海:上海人民出版社,1996年),頁177-178。

34 袁進《中國文學觀念的近代變革》(上海:上海人民出版社,1996年),頁170。

35 同上注。

36 同上注。

37 以文言書寫者,如同光體、如南社諸賢、如林紓與嚴復的翻譯、如章士釗的政論文……等等。

38 袁進《中國文學觀念的近代變革》(上海:上海人民出版社,1996年),頁168。

39 胡適〈中國新文學運動小史〉(《中國新文學運動小史》,臺北:胡適紀念館出版,1974年),頁17。

40 如梁啟超出入古典與現代之間的迴環往復,以及提倡一夫一妻卻仍坐擁二妻的矛盾。此類問題在許多近代知識份子身上都曾出現過。

41 龔鵬程〈傳統與反傳統 —— 論晚清到五四的文化變遷〉,《近代思想史散論》(臺北:東大圖書公司,1991年),頁38-39。

42 袁進《中國文學觀念的近代變革》(上海:上海人民出版社,1996年),頁170-171。

43 同上注,頁176。

44 嚴復〈書札六十四〉,引自《中國新文學大系·文學論爭集》(上海:良友圖書,1935年),頁96。

45 參考夏曉虹〈五四白話文學的歷史淵源〉(《中國現代文學研究叢刊》1985年第三期,北京:北京作家出版社,1985年7月),頁36。

46 如三民書局至今不斷推出的古典文學白話譯本即為一例。

# 第十章

# 結　論

近代白話書寫現象是一次廣泛的語文改革運動，在推動書面語與口頭語合一、擴大白話的使用範圍、提高白話書寫的地位等方面，都為往後白話文的書寫提供重要的發展基礎。因此，近代白話書寫現象不只是一次文學史的奇峰突起，也是影響文化發展極為重要的變革。

## 第一節　白話書寫現象的意義

近代白話書寫現象的意義，可由三個層次觀察之：一是白話書寫的歷史及相關理論，二是白話書寫的實踐及文本的呈現，三是近代白話書寫與五四白話文的對照及影響。

本文在第一部分所處理的是白話書寫的歷史及相關理論問題。首先，回歸大傳統，鉤勒文學史上的白話書寫脈絡，以建構近代白話書寫的歷時參照系統。重溯文學史的結果發

現，由書寫系統之分化、文風雅俗之歸趨與文化階層之分野等三個面相，特別能夠看出白話（有別於文言）的意義。並且進一步發現白話與文言並非完全對立的兩組命題，而是交互影響的；同時，文學史的內部規律，才是白話書寫正式由邊陲走向中心的原因。

其次，當白話書寫成為近代文學的重要主張，檢視現象之後的文化背景，正是建構其理論與實踐的重要依據。因此，研究發現促使白話書寫成為近代文學主張的文化背景，至少與科舉制度的廢除、翻譯事業的興盛及文學社會運行機制的變化等三個面相密切相關。在這樣的文化背景之下，才有推動白話書寫的客觀條件。

最後，針對近代白話書寫現象的發生，進一步探賾相關理論問題。近代知識份子的言說正是左右此書寫現象的重要關鍵，大約可粗分為先進及傳統兩派。前者多大力提倡並全面肯定白話書寫主張，從「我手寫我口」、「崇白話而廢文言」、「以白話為維新之本」到「開民智、啟愚民」等主張覺世的言說，先進知識份子皆指向白話書寫對啟蒙的必要性。後者則大多對白話書寫抱持功能分殊論。大致來說，他們認為改良社會應以白話書寫為主，發揚國粹則以文言書寫為主。換言之，預設讀者決定了工具的使用為何。近代知識份子對於白話書寫的異態紛呈，顯示這場書寫風潮的正確性及必要性。

第二部分所處理的是白話書寫的實踐及文本的呈現。本論文以三個場域展現其內涵：童蒙教育、大眾傳播與文學創作。從文化橫跨文學的範疇，正好說明近代白話書寫現象的豐富及複雜。

　　首先，從童蒙教育所表現的白話書寫現象而言，注音及文法書籍、蒙學刊物及白話教科書的出現，在在印證白話運用於啟蒙的必要性。結論是：推動知識的普及化，必須使用白話書寫。

　　其次，從大眾傳播所表現的白話書寫現象而言，白話文告及傳單、白話報刊及報章文體等，都能驗證白話書寫的普遍性。尤其是白話報刊的出現，更加速推動白話書寫的發展。

　　最後，從文學創作所表現的白話書寫現象而言，在小說、散文、詩歌及劇本創作上分別展現出姿態各異的面貌。無論展現的成果如何，文學創作紛紛以淺俗的文字為主，展現白話書寫的正確性。

　　第三部分則處理白話書寫與五四白話文的對照與影響。在此突顯的議題，首先是近代白話與五四白話的接壤與對照問題，其次是由此展現近代白話書寫的三項特色，最後並論及對現代白話文學的影響。透過以上向度的呈現，展現近代白話書寫現象的影響。

　　首先，就近代白話與五四白話的接壤與對照而言，要處理的是五四白話文領袖對近代白話的看法與評論。研究結果顯示，五四領袖的白話書寫基礎，大多出自早年參與報刊編寫的經驗。進一步透過近代與五四的對照，突顯近代白話書寫的特色。結果顯示特色有三：一是救國維新的實用性高於文學藝術性之上，二是融鑄口頭語與書面語容易糾葛、三是倡議書寫白話者，其個人書寫習慣仍以文言為主。以上三點不僅是近代白話書寫的特色，同時也顯示它的侷限所在。但是，不足的部分，也正好提供五四以迄現代白話努力的空

間。

最後，就近代白話對現代文學的影響而言，毫無疑問地，近代白話書寫風潮確實影響了五四以後白話文學的發展。其實不止如此，一水之隔的臺灣，在日據時代所發生的白話書寫運動也曾經受到相當影響。此外，近代白話更是遠渡重洋，影響二十世紀初期海外華文文學的白話書寫。由以上看來，白話書寫對現代文學的影響是全面性的。當然四九年以後的現代文學，以白話書寫已是不爭的事實。

透過以上研究內容的展開，從歷時性與並時性的互動中建構出近代白話書寫的歷史面貌。並佐以理論的探究、文本的閱讀，以及影響的梳理，填補近現代文學史空白的工程於焉完成。

# 第二節　白話書寫現象的價值

近代白話書寫現象在文學及文化上的價值，可分別就「承先」、「啟後」兩個向度觀察之。

## 一、承先：肯定白話書寫傳統的價值

近代白話書寫運動在文學及文化上的意義之一，就是肯定白話書寫的傳統價值。反映在現實中，就是積極推動書面語與口頭語的合一。使得「言文一致」、「言文合一」、「我手寫我口」、「崇白話而廢文言」等口號，喊得震天價響。

基本上，循著文學史脈絡溯源，便發現白話書寫傳統一

直是存在的。估計自先秦時代的《尚書》文誥、《詩經》國風以來，即已明明白白的展現一道屬於白話書寫傳統的血胤。它們大都出自傳奇、小說、戲劇以及語錄體身上。[1]經過歷時性的變動，近代首度將白話書寫的價值提到改革社會、啟蒙愚民的高度。

其實，無論就文學或文化的角度而言，中國的語言、文字分離已久，要使它們復合，並非一朝一夕能夠成功的。而近代白話書寫運動的推行，使這種在自然狀態下必需花很長時間才能完成的合一，短時間之內便達到相當規模的成效。

無論評價如何，近代白話書寫時期至少已出現許多手口如一的作品，也反映了語言文字由雅入俗的可能性。同時，應用性質的散文大量使用白話，也證明白話具有很強的實用性，而「有用」正是語言存在的第一條件。

因此，必須肯定近代白話書寫運動，既承繼文學史的白話傳統，也走出了白話實用的路途。因此，近代白話書寫的發生也說明文學「由雅入俗」的最大可能性。

## 二、啓後：白話書寫成為現代文學之主流

至於近代白話書寫運動在文學及文化上的意義之二，就是擴大白話的使用範圍及題材，為五四白話文學提供語言基礎，進而成為現代文學創作的主流文體。

原本只在下層社會使用的白話，如果沒有經過大批近代文人寫作這一階段，是不可能在五四時期突然受到重視，一夜之間成為打倒古文的權威。正因為近代白話書寫的累積，才可能於五四時期產生如此重大的突破。

是以,近代白話書寫的成果,為五四新文學做了最佳的預備。如白話小說,近代即已出現許多質量均佳的傑作,如《老殘遊記》、《孽海花》一類以白話寫成的「章回」小說。僅管形式上未脫胎換骨,但無可否認的是白話文體的運用已粗具規模。經由大批文人的創作實踐累積之後,所謂的白話已經不再只是粗壞而已,文人的生花妙筆雅化了它的原始白話面貌。使得白話逐漸脫離下層啟蒙的俗化,轉而走向雅化的局面。因此,經過文人錘練後的白話小說,基本上已具備現代小說的規模了。

值得一提的是,白話小說由近代發展至五四以迄現代,已成為文學中的正典。近代以前長久處於邊陲的小說創作,毅然將詩歌創作拋在身後遠處,佔據經典的位置。這般現象,恐怕是近代那些率先以白話創作者所無法想像的狀況。

因此,經由大批近代文人的創作,使得白話書寫在五四成為順理成章之事,也使得雅化之後的白話文能登大雅之堂,直接促使五四新文學創作自然而然走向白話書寫為主的潮流中。

今日視之當然的白話文,置於百年前的社會而言,卻是十分不容易被全面接受的。必須肯定的是,若非經過近代文人的努力,促使白話書寫由俗入雅,則五四以後的白話書寫世界大約不是如此規模。

## 三、小結

最後,總結近代白話書寫現象的意義及價值之後,必須說明的是:本研究尚未「結束」,未來仍有研究的空間,以

裨補不足之處。質言之,口頭語無論多麼口語化,一旦走入
書面,也就成了書面語;所謂的白話文也是一種書面化的
「文」字,而非原來的純口語了。因此,無論「言文合一」
或「文言合一」,企圖結合兩者以達到理想狀態的主張,都
存在著相當糾結的問題。只因為言文殊離日久,整體語文發
展的問題太過龐雜,實非短暫之間能夠成就的。但是,這個
龐雜的問題,至少已說明一件事實:即文言與白話的長久殊
離,在近代的紛擾中並未獲得完整而一致的答案;僅管白話
書寫的近代圖象已經樹立。但是,文言與白話、書面語與口
頭語的對立與分殊,仍舊等待更深入的探賾。

## 註 釋

1 可參考吳遁生、鄭次川編《中國歷代白話文選》以及胡適《白
話文學史》的選文及論述。

# 參考書目

說明：

1. 分為「近代白話書寫文本」、「近代白話書寫理論」、「白話文學史及研究」、「近代文學史及研究」、「啓蒙、教育與傳播（報刊）相關研究」及「其他著作」六類。
2. 近代以前古籍以年代排序，其餘以姓名筆劃排序。

## 壹、近代白話書寫文本[1]

1. 吳沃堯《二十年目睹之怪現狀》，臺北：河洛圖書公司，1980年
2. 李寶嘉（伯元）、薛正興主編《李伯元全集》，南京：江蘇古籍出版社，1997年
3. 李寶嘉（伯元）《中國現在記》臺北：廣雅書局，1984年
4. 李寶嘉（伯元）《文明小史》，臺北：廣雅書局，1984年
5. 李寶嘉（伯元）《官場現形記》，臺北：文化圖書公司，1981年

6. 李寶嘉（伯元）《海天鴻雪記》，收錄於薛正興主編《李伯元全集》，南京：江蘇古籍出版社，1997年

7. 沈尹默《沈尹默詩詞集》，北京：書目文獻出版社，1983年

8. 秋瑾《秋瑾集》，上海：上海古籍出版社，1991年

9. 胡適《嘗試集》，臺北：遠流出版公司，1994年

10. 梁啓超《劫灰夢傳奇》、《新羅馬傳奇》、《俠情記傳奇》，收錄於張品興編《梁啓超全集》，北京：北京出版社，1999年

11. 梁啓超《新中國未來記》，收錄於張品興編《梁啓超全集》，北京：北京出版社，1999年

12. 陳天華《獅子吼》（與頤瑣《黃繡球》合刊），臺北：廣雅書局，1984年

13. 陳天華〈猛回頭〉、〈警世鐘〉，中國史學會編《辛亥革命》，上海：上海人民出版社，1981年

14. 章炳麟（太炎）《章太炎的白話文》，臺北：藝文印書館，1972年

15. 章炳麟（太炎）〈革命軍序〉、〈洪秀全演義序〉，武繼山編《章太炎詩文選譯》，成都：巴蜀書社，1997年

16. 曾樸《孽海花》，臺北：世界書局，1976年

17. 黃遵憲〈山歌〉，《人境廬詩草箋注》，上海：上海古籍出版社，1999年

18. 劉鶚《老殘遊記》，臺北：桂冠圖書公司，1994年

19. 韓邦慶《海上花列傳》，臺北：廣雅書局，1984年

20. 韓邦慶著、張愛玲譯《海上花開——國語海上花列傳 I》，臺北：皇冠出版公司，1996年

21. 韓邦慶著、張愛玲譯《海上花落 —— 國語海上花列傳 II》，臺北：皇冠出版公司，1996年

## 貳、近代白話書寫理論[2]

1. 王運熙主編《中國文論選（近代卷）》，江蘇：江蘇文藝出版社，1996年

2. 江蘇社科院文學所明清小說研究中心編《中國通俗小說總目提要》，北京：中國文聯出版社，1990年

3. 吳趼人、周桂笙編《月月小說》，臺北：文海書局，1979年

4. 阿英編《晚清文學叢鈔·小說戲曲研究卷》，北京：中華書局，1961年

5. 徐中玉主編《中國近代文學大系·第1集·第1卷·文學理論集》，上海：上海書店，1994年

6. 張枬、王忍之編《辛亥革命前十年間時論選集》，北京：三聯書店，1978年

7. 梁啓超《時務報》，臺北：文海書局，1987年

8. 梁啓超《清議報全編》，臺北：文海書局，1987年

9. 梁啓超《飲冰室文集》，與《專集》合錄為《飲冰室合集》，北京：中華書局，1994年

10. 梁啓超《飲冰室詩話》，北京：人民文學出版社，1998年

11. 梁啓超《新民叢報》，臺北：藝文印書館，1966年

12. 陳平原、夏曉虹編《二十世紀中國小說理論資料》第一卷，北京：北京大學出版社，1989年

13. 舒蕪等編選《近代文論選》，北京：人民文學出版社，1999年

14. 黃遵憲《日本國志‧學術志二‧文學》，臺北：文海書局，
    1974年

15. 黃遵憲〈梅水詩傳序〉，《人境廬未刊稿》（未出版單行本）

16. 黃遵憲〈雜感〉，《人境廬詩草箋注》，上海：上海古籍出
    版社，1999年

17. 賈文昭編《中國近代文論類編》，合肥：黃山書社，1991
    年

18. 趙家璧主編《中國新文學大系‧建設理論集》，上海：良友
    圖書，1935年

19. 鄭振鐸主編《中國新文學大系‧文學論爭集》，上海：良友
    圖書，1935年

20. 翦成文輯〈清末白話文運動資料〉，《近代史資料》1963
    年第2期（總31號），北京：中華書局，1963年12月

## 參、白話文學史及研究[3]

1. 尹雪曼〈白話與文言之爭〉，《中國新文學史論》，臺北：
   中央文物供應社，1983年9月

2. 吳遁生、鄭次川編《中國歷代白話文選》，臺北：木鐸出版
   社，1980年

3. 呂正惠〈他改寫了文學史——白話文學史六十年後〉，
   《國文天地》第12期，1986年5月

4. 呂正惠〈白話文的病根在那裡？〉，《國文天地》第21
   期，1987年2月

5. 李孝悌〈胡適與白話文運動的再評估——從清末的白話文
   談起〉，《胡適與近代中國》，臺北：時報文化公司，1991
   年5月

6. 汪暉〈地方形式、方言土語與抗日戰爭時期「民族形式」的論爭〉，彭小妍編《文藝理論與通俗文化》，臺北市：中央研究院中國文哲研究所籌備處，1999年

7. 周有光〈中國語文向信息化前進〉，《語文建設通訊》第54期，1997年12月

8. 周有光〈白話文運動80年〉，《語文建設通訊》第56期，1998年7月

9. 周志文〈信念與迷思——初期的白話文學運動〉，《國文天地》第12期，1986年5月

10. 胡明亮〈漢字適合漢語書面語〉，《語文建設通訊》第44期，1994年6月

11. 胡適《白話文學史上卷——第一編·唐以前》，臺北：遠流出版公司，1988年

12. 胡適《白話文學史上卷——第二編·唐朝》，臺北：遠流出版公司，1994年

13. 胡適〈林琴南先生的白話文〉，初刊於《晨報副刊六周年紀念增刊》（1924年12月），後收入《胡適學術文集——新文學運動》，頁460-461。胡頌平《胡適之先生年譜長編初稿》亦引述此文，頁579-580。

14. 夏曉虹〈五四白話文學的歷史淵源〉，《中國現代文學研究叢刊》1985年第三期（總第24期），北京：北京作家出版社，1985年7月

15. 馬欽忠〈白話文運動的文化針對性與崇古情結〉，《二十一世紀》第44期，1997年12月

16. 張克濟〈白話文運動的再省思〉，《第五屆近代中國學術研討會論文集》，中壢：中央大學中文系所，1999年3月

17. 張漢良〈白話文與白話文學〉,《比較文學理論與實踐》,臺北:東大圖書公司,1986年2月

18. 陳瓔婷《民初白話文運動（1917-1919）》,臺北:輔仁大學中文所碩士論文,1989年

19. 馮永敏〈劉師培的白話文〉,《臺北市立師範學院學報》第23期,1992年11月

20. 黃國彬〈白話文的得與失〉,《二十一世紀》第10期,1992年4月

21. 臺靜農〈中國文學由語文分離形成的兩大主流〉,《大陸雜誌》第二卷第九、十期,1951年5、6月

22. 裴毅然〈方言語匯進入文學書面語的思考〉,《語文建設通訊》第52期,1997年6月

23. 譚彼岸《晚清的白話文運動》,武漢:湖北人民出版社,1956年

**肆、近現代文學史及研究[4]**

1. 上海書店出版社編《中國近代文學的歷史軌跡》,上海:上海書店出版社,1999年

2. 王運熙、顧易生主編《中國文學批評通史——近代卷》,上海:上海古籍出版社,1996年

3. 王德威《小說中國——晚清到當代的中文小說》,臺北:麥田出版公司,1993年

4. 王德威《如何現代,怎樣文學?——十九、二十世紀中文小說新論》,臺北:麥田出版公司,1998年

5. 王德威《想像中國的方法——歷史‧小說‧敘事》,北京:三聯書店,1998年

6. 王德威著、宋偉杰譯《被壓抑的現代性——晚清小說新論》,臺北:麥田出版公司,2003年

7. 司馬長風《中國新文學史》,臺北:傳記文學出版社,1991年

8. 任訪秋〈晚清文學思潮的流派及其論爭〉,《社會科學戰線》總第十八期,1982年第二期

9. 李瑞騰《晚清文學思想論》,臺北:漢光出版公司,1992年

10. 李繼凱、史志瑾《中國近代詩歌史論》,長春:吉林教育出版社,1995年

11. 周作人《中國新文學的源流》,臺北:里仁書局,1982年

12. 季桂起〈論近代文學變革的文化成因〉,第十屆「中國近代文學學術研討會」,福州,2000年10月

13. 阿英《晚清小說史》,北京:東方出版社,1996年

14. 姜義華主編《胡適學術文集——新文學運動》,北京:新華書店,1993年

15. 胡適《五十年來中國之文學》,臺北:遠流出版公司,1986年

16. 胡適《文學改良芻議》,臺北:遠流出版公司,1994年

17. 胡適〈中國新文學運動小史〉、〈逼上梁山〉,《胡適文集》(一),北京:北京大學出版社,1998年

18. 胡適〈中國新文學運動小史〉、〈逼上梁山〉合刊為《中國新文學運動小史》,臺北:胡適紀念館出版,1974年

19. 胡曉真主編《世變與維新——晚明與晚清的文學藝術》,臺北:中央研究院中國文哲研究所籌備處,2001年

20. 范伯群《民國通俗小說鴛鴦蝴蝶派》,臺北:國文天地雜誌

社，1990年

21. 夏志清《中國現代小說史》，臺北：傳記文學出版社，1991年

22. 夏曉虹《覺世與傳世——梁啓超的文學道路》，上海：上海人民出版社，1992年

23. 夏曉虹〈晚清文學改良運動〉，《文學史》第二輯（陳平原、陳國球主編），北京：北京大學出版社，1995年10月

24. 袁進《中國文學觀念的近代變革》，上海：上海社會科學院出版社，1996年

25. 康來新《晚清小說理論研究》，臺北：大安出版社，1990年

26. 張永芳《晚清詩界革命論》，桂林：灕江出版社，1991年

27. 張堂錡《從黃遵憲到白馬湖——近現代文學散論》，臺北：正中書局，1986年

28. 梁啓超《中國近三百年學術史》（附《清代學術概論》），臺北：里仁書局，1995年

29. 連燕堂《梁啓超與晚清文學革命》，桂林：灕江出版社，1991年

30. 郭延禮《中西文化碰撞與近代文學》，濟南：山東教育出版社，1999年

31. 郭延禮《中國近代文學發展史》，濟南：山東教育出版社，1995年

32. 郭延禮《近代西學與中國文學》，南昌：百花洲文藝出版社，2000年

33. 陳子展《中國近代文學之變遷》、《最近三十年中國文學史》合刊，上海：上海古籍出版社，2000年

34. 陳平原《中國現代學術之建立 —— 以章太炎、胡適之為中心》，臺北：麥田出版公司，2000年

35. 陳平原〈一本詩集：《嘗試集》是怎樣成為經典的〉，《觸摸歷史與進入五四》，臺北：二魚文化公司，2003年

36. 陳伯海主編《近四百年中國文學思潮史》，上海：東方出版中心，1997年

37. 陳國球等編《書寫文學的過去 —— 文學史的思考》，臺北：麥田出版公司，1997年

38. 陳敬之《中國新文學的誕生》，臺北：成文出版社，1980年

39. 陳敬之《中國新文學運動的前驅》，臺北：成文出版社，1980年

40. 陳敬之《新文學運動的阻力》，臺北：成文出版社，1980年

41. 陳萬雄《五四新文化的源流》，香港：三聯書店，1992年

42. 章亞昕《近代文學觀念流變》，桂林：漓江出版社，1991年

43. 程亞林《近代詩學》，長沙：湖南人民出版社，2000年

44. 馮光廉主編《中國近百年文學體式流變史》，北京：人民文學出版社，1999年

45. 楊義、中井政喜、張中良合著《二十世紀中國文學圖志》，臺北：業強出版社，1995年

46. 裴效維、牛仰山撰著《近代文學研究》，北京：北京出版社，2001年

47. 劉增傑主編《中國近代文學思潮》，臺北：文史哲出版社，1997年

48. 蔣英豪《近代文學的世界化──從龔自珍到王國維》，臺北：臺灣書店，1998年

49. 鄭逸梅《清末民初文壇軼事》，上海：學林出版社，1987年

50. 錢基博《現代中國文學史》，出版項不詳

51. 羅志田《權勢轉移──近代中國的思想、社會與學術》，武漢：湖北人民出版社，1999年

52. 羅福惠《辛亥時期的精英文化研究》，武昌：華中師範大學出版社，2001年

53. 龔書鋒主編《中國近代文化概論》，北京：中華書局，2000年

54. 龔鵬程《近代思想史散論》，臺北：東大圖書公司，1991年

## 伍、啟蒙、教育與傳播（報刊）相關研究[5]

1. 丁守和主編《辛亥革命時期期刊介紹》[6]，北京：人民出版社，1983年

2. 上海圖書館編《中國近代期刊篇目彙編》，上海：人民出版社，1979年

3. 戈公振《中國報學史》，臺北：臺灣學生書局，1982年

4. 王爾敏《上海格致書院志略》，香港：中文大學出版社，1980年

5. 王爾敏《明清時代庶民文化生活》，臺北：中央研究院近代史研究所，1996年

6. 王爾敏〈中國近代知識普及化之自覺及國語運動〉，《中央研究院近代史研究所集刊》第十一期，臺北：中央研究院

近代史研究所，1982年7月

7. 王爾敏〈中國近代知識普及運動與通俗文學之興起〉，《中華民國初期歷史研討會論文集》，臺北：中央研究院近代史研究所，1984年

8. 王德昭《清代科舉制度研究》，香港：中文大學出版社，1988年

9. 李孝悌《清末的下層社會啓蒙運動1901-1911》，臺北：中央研究院近代史研究所，1998年

10. 沈蘇儒《論信達雅——嚴復翻譯理論研究》，臺北：臺灣商務印書館，2000年

11. 汾陽、丁東《報館舊蹤》，南昌：山西教育出版社，1999年

12. 周邦道《近代教育先進傳略》，臺北：文化大學出版部，1981年

13. 周慶華〈傳統雅俗文學觀念的定性與定量問題〉，《東師語文學刊》第十二期，1999年6月

14. 林明德〈文學與傳播的關係——以梁啓超《新民叢報》為例〉，《文學與傳播的關係》，臺北：臺灣學生書局，1995年6月

15. 林芳玫〈雅俗之分與象徵性權力鬥爭——由文學生產與消費結構的改變談知識份子的定位〉，《臺灣社會研究季刊》第十六期，1994年3月

16. 邱坤雯〈庶民書寫——從主體性確立、歷史保存、社會連帶談起〉，《歷史月刊》1999年8月

17. 阿英《晚清文藝期刊述略》，上海：古典文學出版社，1956年

18. 胡從經《晚清兒童文學鉤沉》，上海：少年兒童出版社，1982年

19. 胡繼武〈晚清文藝報刊拾零〉，《文獻》總第五輯，北京：書目文獻出版社，1980年

20. 范放〈中國官音白話報〉，《近代史資料》1963年第2期（總31號），1963年12月

21. 倪海曙《清末漢語拼音運動編年史》，上海：上海人民出版社，1959年

22. 商務印書館編《最近三十五年之中國教育》，上海：上海書店，1989年

23. 國立中興大學中國文學系編《通俗文學與雅正文學第一屆全國學術研討會論文集》，臺中：國立中興大學中文系，2001年

24. 張小平、陳新段、史復洋〈辛亥革命時期的教育期刊簡介〉，《辛亥革命時期期刊介紹》，北京：人民出版社，1983年

25. 張倩儀《另一種童年的告別》，臺北：臺灣商務印書館，1998年

26. 張靜盧編《中國近代出版史料二編》，上海：群聯出版社，1954年

27. 張靜盧編《中國近代出版史料初編》，上海：群聯出版社，1954年

28. 梅家玲〈發現少年，想像中國——梁啓超〈少年中國說〉的現代性、啓蒙論述與國族想像〉，《漢學研究》第19卷第1期，2001年6月

29. 陳子褒《教育遺議》，臺北：文海出版社，1973年

30. 陳翊林《最近三十年中國教育史》，上海：太平洋書店，1930年

31. 陳萬雄《新文化運動前的陳獨秀》，香港：中文大學出版社，1982年

32. 劉秀生、楊雨青《中國清代教育史》，北京：人民出版社，1994年

33. 蔡長林〈從啓蒙思想看梁啓超的小説理論及其侷限〉，《中國文學研究》第十期（臺灣大學中國文學研究所），1996年6月

34. 蔡樂蘇〈清末民初的一百七十餘種白話報刊〉，《辛亥革命時期期刊介紹》，北京：人民出版社，1983年

35. 鄭貞銘《百年報人——報業開路先鋒》，臺北：遠流出版公司，2001年

36. 鄭國民〈語文教科書的變革歷程〉，北京師範大學「中國基礎教育網」（www.cbe21.com），2000年12月29日。

37. 鄭觀應《盛世危言》，臺灣大通書局，出版年月不詳

38. 黎錦熙《國語運動史綱》，上海：上海書店，1990年

39. 龍應台、朱維錚編注《未完成的革命——戊戌百年紀》，臺北：臺灣商務印書館，1998年

40. 瞿立鶴《清末西藝教育思潮》，臺北：中國學術著作獎助委員會，1971年

## 陸、其他著作

### （一）古籍[7]

1. 漢·王充《論衡》，臺北：藝文印書館，1966年

2. 晉·葛洪《抱朴子》，臺北：世界書局，1956年

3. 唐‧杜甫、清‧仇兆鰲注《杜詩詳註》，臺北：文史哲出版社，1985年

4. 唐‧劉知幾《史通》，臺北：臺灣商務印書館，1965年

5. 宋‧李清照、王學初校注《李清照集校註》，臺北：里仁書店，1982年

6. 宋‧胡仔《苕溪漁隱叢話》，臺北：臺灣商務印書館，1968年

7. 宋‧陳師道《後山詩話》，清‧何文煥輯《歷代詩話》（一），臺北：漢京文化公司，1983年

8. 宋‧黃升《花庵詞選》，香港：中華書局，1962年

9. 宋‧葉夢得《避暑錄話》，臺北：新文豐出版社，1980年

10. 宋‧羅大經《鶴林玉露》，北京：中華書局，1983年

11. 明‧施耐庵《水滸傳》，臺北：世界書局，1962年

12. 明‧凌濛初《二刻拍案驚奇》，臺北：三民書局，1991年

13. 明‧袁宏道《袁中郎全集》，臺北：世界書局，1978年

14. 明‧袁宗道《白蘇齋類集》，臺北：偉文出版社，1976年

15. 明‧謝榛《四溟詩話》，清‧丁福保輯《歷代詩話續編》，臺北：木鐸出版社，1988年

16. 明‧蘭陵笑笑生《金瓶梅詞話》，臺北：桂冠書局，1992年

17. 清‧吳敬梓《儒林外史》，臺北：臺灣商務印書館，1974年

18. 清‧曹雪芹《紅樓夢》，臺北：里仁書局，1984年

## （二）古籍之外

1. 丁文江編《梁任公先生年譜長編初稿》，臺北：世界書局，1959年

2. 牛愛忠、方國根編著《俗文化》，北京：中國經濟出版社，1995年

3. 王照《小航文存》，臺北：文海書局，1968年

4. 林薇選注《林紓選集・文詩詞卷》，成都：四川人民出版社，1988年

5. 姜義華《章太炎》，臺北：東大圖書公司，1991年

6. 胡頌平《胡適之先生年譜長編初稿》，臺北：聯經出版公司，1990年修訂版

7. 胡適《四十自述》，臺北：遠流出版公司，1992年

8. 胡適《四十自述》，臺北：遠流出版公司，1994年

9. 孫克強編著《雅文化》，北京：中國經濟出版社，1995年3月

10. 索緒爾（Ferdinand de Saussure）《普通語言學教程》，北京：商務印書館，1982年

11. 馬克鋒譯注《嚴復林紓詩文選譯》，四川：巴蜀書店，1997年

12. 康有為《康有為自編年譜》，北京：中華書局，1992年

13. 張之洞《勸學篇》，臺北：文海書局，1967年

14. 張品興主編《梁啟超全集》，北京：北京出版社，1999年

15. 梁啟超《中國韻文裡頭所表現的情感》，臺北：中華書局，1992年

16. 陳祖武、汪學群《清代文化志》，上海：人民出版社，1998年

17. 章炳麟《太炎文錄・初編》，上海書店，1992年

18. 章炳麟《太炎文錄・續編》，上海書店，1992年

19. 章炳麟《訄書》，臺北：廣文書局，1978年

20. 章炳麟《國故論衡》，臺北：廣文書局，1977年

21. 章炳麟《國學概論》，上海：上海古籍出版社，1997年

22. 章炳麟《章太炎全集》，上海：上海人民出版社，1992年

23. 勞乃宣《桐鄉勞（乃宣）先生遺稿》，臺北：文海書局，1969年

24. 馮永敏《劉師培及其文學研究》，臺北：文史哲出版社，1992年

25. 楊揚、楊引馳、傅傑選編《大師自述》，香港：三聯書店，2000年7月

26. 劉師培《劉申叔先生遺書》，寧武南氏排印本，1934年

27. 劉師培著、李妙根編《劉師培辛亥前文選》，香港：三聯書店，1998年

28. 魯迅《中國小說史略》，收錄於《魯迅小說史論文集》，臺北：里仁書局，1992年

29. 魯迅《魯迅全集》，北京：人民文學出版社，1982年

30. 薛綏之、張俊才編《林紓研究資料》，福州：福建人民出版社，1983年

31. 譚嗣同著、蔡尚思、方行編《譚嗣同全集》，北京：中華書局，1998年

32. 嚴復著、王木式主編《嚴復集》，北京：中華書局，1986年

33. 嚴復譯、亞當史密斯著《原富》，臺北：商務印書館，1977年

34. 嚴復譯、赫胥黎著《天演論》，臺北：商務印書館，1977年

# 註 釋

**1** 部分文本並非全然以白話書寫，但特別能展現新舊交替的年代裡，文白夾雜的書寫面貌，因此為了完整展示近代白話文本的面貌，仍然列入。

**2** 指的是近代文論家提倡白話書寫的理論。一部分為文論家的專著，一部分為後人搜編的選集，一部分則為報刊雜誌。梁啓超等人編寫的報刊中，有相當珍貴的理論資料，一併列入。

**3** 與「白話」文學史相關的第二序研究。

**4** 有關近現代文學的第二序研究。

**5** 在本書中，啓蒙、教育與傳播（報刊）之間有相當緊密的關聯，相關書目互相參照，不易驟然區分，乃將相關書目列為一類。

**6** 丁守和主編《辛亥革命時期期刊介紹》中大部分篇幅介紹近代期刊的來龍去脈，拙論中關於白話期刊的介紹多得益於此。此外，該書尚有多篇重要論文，如蔡樂蘇〈清末民初的一百七十餘種白話報刊〉及張小平、陳新段、史復洋〈辛亥革命時期的教育期刊簡介〉兩文，為突顯其重要性，特別另外列出明細，列於序號第24及34中。

**7** 古籍部分指的是近代以前的典籍，以年代排序。

# 跋

　　一場浩大的書寫工程終於完成。回首來時路，點滴在心頭。

　　決定將研究領域自宋代陶淵明的接受史（碩士論文《宋代陶學研究》）延伸至近代白話文的發展（博士論文《近代白話書寫現象研究》），看似離了軌道，實則思維一致；兩者皆以填補或改寫文學史議題為寫作策略。試圖回到百年前的文學史脈絡，走入那個時代氛圍中，去看看近現代文學史草萊初闢的面貌，以還原或填補文學史中的一塊空白。從陶淵明接受史到近代白話書寫的發展，都與文學接受史或讀者理論的思維範疇離不開關聯。換言之，文學傳播與接受的議題，正是這幾年來投注心力的重點。

　　回顧學思歷程，從古典到近現代文學研究這條道路的發展，竟隱然與李瑞騰老師的學術方向吻合，我想是老師的潛移默化吧。

　　而博士論文就在公私兩忙的緊湊生活中斷續寫就。值此

畢業周年之際，職場的漂泊正告一個段落，有幸以專書形式出版博士論文，心中有滿滿的謝意。

要感謝的人太多。李瑞騰教授擔任論文指導教授，對我而言意義重大。身為近現代文學的後學者，有幸親炙李老師的寬厚與包容，委實獲益良多。此外，康來新教授的隨機指點，常有提醍灌頂之效。而張夢機教授、顏崑陽教授、岑溢成教授、蔡英俊教授等諸位先生，時常鼓勵並適時提點，皆銘感於內。特別的是，任職聯合大學時期的長官——張光宇教授，不時於閒談中點撥人生，受益匪淺；雖非受學，亦視如師父看待。諸先生惠我良多，難以一一細表。

其實，必需感謝的還有親愛的家人，尤其是父母、公婆及外子。由於他們的愛護與支持，使小女得到妥適的照拂與滿滿的愛；了無後顧之憂的我遂得以專注於工作及學業中。僅管如此，身為假日父母的愧歉，其實不曾稍減。此外，中央大學眾多學友們的情誼灌注，也要感謝的。最後，服務於元培學院期間，雖然案牘勞形，但同僚們的真誠與包容，卻無上珍貴，值得一記。

論文的寫作至此劃下句點，但研究的長路還在繼續。

羅秀美

94年1月於風城

國家圖書館出版品預行編目資料

近代白話書寫現象研究／羅秀美著. -- 初版.
-- 臺北市：萬卷樓, 2005[民 94]
面；　　公分
參考書目：面
ISBN 957－739－518－X (平裝)
1. 中國文學－歷史－民國 (1912－　)
828　　　　　　　　　　　94000559

# 近代白話書寫現象研究

著　　　者：羅秀美

發　行　人：許素真

出　版　者：萬卷樓圖書股份有限公司

臺北市羅斯福路二段 41 號 6 樓之 3

電話(02)23216565‧23952992

傳真(02)23944113

劃撥帳號 15624015

出版登記證：新聞局局版臺業字第 5655 號

網　　　址：http://www.wanjuan.com.tw

E－mail　：wanjuan@tpts5.seed.net.tw

承印廠商：晟齊實業有限公司

定　　　價：340 元

出版日期：2005 年 3 月初版

ISBN 957－739－518－X